MOEWIG

SCIENCE FICTION

Gordon R. Dickson

MIT DEN AUGEN DER FREMDEN

Herausgegeben und mit einem Nachwort
von Hans Joachim Alpers

MOEWIG

Titel der Originalausgabe: The Alien Way
Aus dem Amerikanischen von Heinz Nagel

Umschlagillustration: Schlück
Umschlagentwurf und -gestaltung: Franz Wöllzenmüller, München
Redaktion: Hans Joachim Alpers
Verkaufspreis inkl. gesetzl. Mehrwertsteuer
Auslieferung in Österreich:
Pressegroßvertrieb Salzburg, Niederalm 300, A-5081 Anif
Printed in Germany 1981
Druck und Bindung: Mohndruck Graphische Betriebe GmbH, Gütersloh
ISBN 3-8118-3550-5

1

Jason Barchar drehte sich im Schlaf. Das Gewicht seines Kopfes ruhte jetzt auf seiner rechten Schädelseite, dort, wo man ihm den Empfänger eingepflanzt hatte. Die Stelle tat immer noch weh, obwohl seit der Operation schon zwei Monate verstrichen waren, und so drehte er sich etwas weiter, bis er beinahe auf dem Bauch lag, und fuhr dann fort, von den Bären zu träumen.

Er träumte, er wäre wieder in den kanadischen Rockies wie damals vor sechs Jahren. Ganz still lag er in der warmen Frühlingssonne, den Feldstecher am Auge, und blickte auf die kleine Wiese mit den Birken hinunter. Die steifen, abgebrochenen Grasstoppeln stachen an den Handgelenken in seine Haut, dort, wo die Lederjacke zurückgerutscht war; seine Ellbogen taten bereits von den Steinen weh, auf denen sie ruhten, aber er achtete nicht darauf. Dort unten befanden sich etwa zwei Dutzend Bären, ganz in die Wut der Frühjahrspaarung und ihrer Kämpfe versunken. Die braunen und schwarzen Jungen hingen meistens in den Bäumen, die weiblichen Tiere hielten sich etwas im Hintergrund. Aber unmittelbar unter ihm, in einer künstlichen Arena, die von einem Gestrüpp gebildet wurde, umkreisten sich zwei männliche Tiere, aufrecht auf den Hinterbeinen gehend, den Hals wie Schlangen gebogen und die Köpfe voller Wut nach vorn gestreckt.

Ihre Wut machte sie blind. Sie sahen weder ihn noch die Weibchen noch die Jungen, und sein Anblick wäre ihnen auch völlig gleichgültig gewesen. Für die Kämpfer gab es jetzt nichts außer dem Gegner. Ihr Kampf wirkte beinahe wie ein Ritual, ungemein formell, wie sie immer wieder aufeinander zuschritten und sich dann schlurfend zurückzogen. Jasons Herz schlug mit dem ihren. Das war es, was einen Naturforscher aus ihm gemacht hatte. Denn das war eine Weltanschauung, nicht nur die Anwendung von Buchwissen, wie die Leute immer glaubten – weshalb sie auch Dinge wie diese Frühjahrskämpfe der Bären nicht verstehen konnten.

Sie glaubten, der Drang zu kämpfen, das Kämpfen selbst, das Gewinnen, das Verlieren, dies alles sei einfach nur eine Sache automatischen Instinkts. Aber das stimmte nicht. Brauchtum gehörte dazu und eine komplizierte Erfahrung, derer sich jeder Kämpfer bediente. Jeder Bär brauchte Entscheidungsvermögen und Mut. Da waren auch Hoffnung und Furcht und die Kunst, einen leeren Bluff von einer echten Bedrohung zu unterscheiden. Es gab viele Faktoren, die das Geschehen auf der Wiese bestimmten – und es gab keine zwei Kämpfe, die einander glichen.

So träumte Jason von seinem Erlebnis mit den Bären. Und das Summen der Insekten in seinem Traum verschwamm mit dem Summen der Klimaanlage an seinem Schlafzimmerfenster. Die ganze dunkle Wohnung in der regnerischen Juninacht war eine kalte, isolierte Höhle, völlig getrennt von den schlaflosen, nächtlichen Straßen Washingtons, wo die Taxis die ganze Nacht über den glitzernden Asphalt rollten, an den Verkehrszeichen und den Neonreklamen der Restaurants vorbei.

In dem Schlafzimmer bewegte sich nichts. Die Klimaanlage summte. Der Raum war von Schatten erfüllt. Das Licht einer Straßenlaterne leuchtete schwach durch die heruntergezogenen Jalousien und zeichnete zwei gespenstisch schwache Lichtrechtecke auf die Wand hinter dem Bett. Sie schienen im Begriff, ineinander zu verschwimmen, so undeutlich waren sie und so blaß.

Jasons Kleider lagen zusammengeknüllt auf dem Stuhl neben dem Bett. Der Teppich unter dem Stuhl war eine dunkle Fläche, die zu der offenen Tür und durch sie hindurch ins Wohnzimmer hinausreichte. Das fahle Licht, das durch die Fenster hereindrang, beleuchtete Bücherregale und ein Glaskabinett, vollgestopft mit den Bälgen kleiner Tiere, sorgfältig zusammengenäht, mit Borax konserviert und mit kleinen Etiketten versehen. Ihre große Zahl ließ sie in dem Kabinett wie ein Rudel Gefangener erscheinen. Eingeschlossen von unsichtbaren Glaswänden, ebenso wie die Bären von unsichtbaren Instinkten und Wünschen eingeschlossen waren. Auf den Bücherregalen, die die Wände des Raums vom Boden bis zur Decke bedeckten, ließ das schwache Licht, das durch die Jalousetten hereinfiel, undeutlich einige der Titel erkennen. P. Chapin, *Präparation von Vogelhäuten;* H. Hediger, *Wildgänse in Gefangenschaft;* K. P. Schmidt, *Kommentar zu Klima und Evolution;* W. K. Gregory, *Die Entwicklung der Spezies* . . .

Auf dem mit Papieren übersäten Schreibtisch lag der bis jetzt uneingelöste letzte Gehaltsscheck, ausgestellt an Jason S. Barchar von der „Studienabteilung für wilde Tiere“, die das US-Innenministerium kürzlich gegründet hatte. Der Scheck lautete nur über sein halbes Gehalt, da Jason die letzten beiden Monate Studienurlaub genommen hatte. Und unter dem Scheck lag eine zwei Wochen alte Geburtstagskarte mit der gekritzelten Aufschrift: „Alles Liebe – Liebe zum Geburts-un-tag, Mele."

Isoliert, dunkel, schlummerte die Wohnung – mit Ausnahme des Empfängers, jenes winzigen Mikrogeräts, das man in Jasons Schädel eingebettet hatte. Mit seinem haarfeinen Draht, der zu gewissen Zentren seines Gehirns führte. Schlaflos, unisoliert, tastete der Empfänger durch den Hyperraum hinaus ins Weltall zu einem kalten, finsteren Fragment irdischer Herkunft, das so fern war, daß in diesem Augenblick dasselbe Sonnenlicht darauf fiel, das die Verurteilten in den Hexenprozessen von Salem im Jahre 1692 beschienen hatte.

Und diesem Fragment nahe und immer näher rückend – obwohl er das noch nicht wußte –, in einem Schiff, das nicht viel größer war als ein Zehn-Meter-Motorboot auf der Erde, kam ein anderer Träumer, ein Träumer, der nie die Frühlingsluft in den Bergen oder die schwüle Luft einer Nacht von Washington geatmet hatte. Er hätte keines der ausgestopften Tiere, kein menschliches Buch und kein Neonzeichen verstanden. Auch keine Geburtstagskarte wäre ihm begreiflich gewesen, und kein unterzeichneter Scheck hätte ihm genützt, noch hätten die Kämpfe irgendwelcher Bären ihn erregt.

Und dennoch – auch er träumte. Er saß mit den Händen auf einem mit Schaltern und Knöpfen bedeckten Tisch. Seine Hände waren ebenso wie sein Körper mit schwarzem Fell bedeckt. Aber sein Fleisch war warm; eine Lebensflüssigkeit, die von einem herzähnlichen Pumporgan angetrieben wurde, floß durch Adern in seinem Körper und wurde von Sauerstoff aus einer Atmosphäre, in der auch Jason hätte atmen können, erfrischt.

Sein Geist kannte seine eigenen Wünsche. Er spürte Hitze, Kälte, Triebe und Angst und die Notwendigkeit, Entscheidungen zu treffen. Wilde Wut war in ihm – und Hoffnung.

Und jener andere Träumer träumte. Er träumte von einem weißen Palast mit vielen unterirdischen Stockwerken und nur drei Stockwerken über der Erde im Licht eines Sterns, den er noch nicht gefunden hatte. Und in der obersten Etage befanden sich die Mütter seiner Söhne und seine Söhne selbst, aufrecht, stark und ehrenhaft – und träumend, so wie er jetzt träumte.

Aber es war ein Wachtraum, den er träumte. Der Traum, ein Reich zu gründen.

2

Und deshalb geschah es, daß, bevor der Schläfer im fernen Washington erwachte, Kator Zweitvetter, in der Umgebung eines variablen Cepheiden – den seine Karten als 47391 L bezeichneten, aber den der Schläfer Ursae Minoris oder Polaris, den Polarstern, genannt hätte –, daß also Kator, wie gesagt, plötzlich das Gefühl hatte, der Zufallsfaktor, den alle suchen, sei ihm in die Hände gefallen.

Auch wenn er nur ein Zweitvetter war, gehörte er doch der Familie von Brutogas an. Und so reagierte er sofort, ergriff die Möglichkeit, die sich ihm bot und blockierte die Steuerorgane. Vor ihm strahlte seine große Chance, ein Reich zu gründen. Und deshalb plante er sorgfältig, aber schnell. Ein Zugstrahl griff nach dem im Weltall treibenden Artefakt, das der Zufallsfaktor ihm geboten hatte. Es war ein schönes Artefakt, selbst in seinem bruchstückhaften Zustand, gut fünfmal so lang wie der Zwei-Mann-Aufklärer, in dem er und Aton Mutteronkel aus der Familie Ochadie routinemäßig die galaktische Drift abgesucht hatten.

Kator zentrierte das Artefakt in der Mitte seines Bildschirms und lehnte sich im Pilotensessel zurück. Ein auf Hochglanz poliertes Schott zur linken Seite des Schirms zeigte ihm sein eigenes Bild, und er drehte nachdenklich die steifen, katzenartigen Barthaare seines runden Gesichtes und lächelte dann zufrieden, während er seine Lage überdachte.

Günstiger hätte sich seine Chance kaum darbieten können. Aton Mutteronkel war nicht einmal durch Heirat mit der Familie Brutogas verbunden. Zugegebenermaßen hing er wie die Brutogasi eher dem Hakenglauben als den Stäben an. Andererseits war die Aussicht, daß sich ein solcher Zufallsfaktor wie dieser noch einmal auf einer wissenschaftlichen Forschungsfahrt ergeben würde, einfach astronomisch klein.

Damit waren die normalen Pflichten und Konventionen automatisch außer Kraft gesetzt. Aton Mutteronkel hätte es zweifellos gebilligt, daß Kator versuchte, den Zufallsfaktor positiv mit Kators eigenem Lebensmuster zu integrieren. „Außerdem", dachte Kator und musterte sein Spiegelbild in dem Schott und strich seinen Bart,

„bin ich jung, und die besten Jahre meines Lebens liegen noch vor mir.“

Er erhob sich, löste eine Verbindung am Recorder des Schiffes und streckte die acht Zentimeter langen Klauen seiner kurzen Stummelfinger aus. Dann ging er ins Schlafquartier hinter der Steuerkanzel. Auf einem größeren Schiff wäre die Tür stets verschlossen gewesen. Aber auf einem kleinen Schiff wie diesem mußten die Forscher ihre Arbeit ohne Schlüsselträger auf sich nehmen. Aton schlief auf der unteren Pritsche und wandte ihm den Rücken zu.

Geschickt stieß Kator dem Schläfer die Klauen unmittelbar unter seinem runden, mit schwarzem Pelz bewachsenen Schädel in die Wirbelsäule. Aton seufzte nur einmal auf und blieb dann reglos liegen. Er hatte nichts gespürt, dessen war Kator sicher. Er hatte schnell und sicher zugeschlagen. Kator zog den schweren Körper von der Pritsche, trug ihn vorsichtig zur Luftschleuse und stieß ihn ins Weltall. Dann kehrte er zu dem Recorder zurück, stellte die gelockerte Verbindung wieder her und zeichnete auf, daß Aton ihn in einem Anfall geistiger Umnachtung ohne Warnung angegriffen und dabei den Recorder beschädigt habe. Als Kator sich wehrte, war Aton in seinem Anfall in die Schleuse gerannt und hatte Selbstmord begangen, indem er sich selbst in das atmosphärelose All ausstieß.

Als Kator seinen Bericht aufgezeichnet hatte, dachte er mit einem Gefühl der Dankbarkeit über seine Ahnen nach. *Während andere denken, handle ich,* war das Motto des ersten Brutogas gewesen. Kator strich sich voll tiefer Dankbarkeit für seine Ahnen über den Bart.

Dann legte er seinen Raumanzug an. Etwa eine halbe Stunde später, in den Zeitbegriffen von Kators Volk, einem Volk, das sich selbst die *Ruml* nannte, hatte Kator eine Magnetleine an dem von einer Explosion zerstörten Rumpf des Artefakts befestigt und zog sich jetzt Hand über Hand darauf zu. Dann begann er seinen Fund im Licht eines hellen Scheinwerfers zu untersuchen.

Es hatte offenbar einem Volk gehört, das Kators eigener Art sehr ähnlich war. Die Türen hatten die richtige Größe, und Kator hätte bequem auf den Sitzgeräten Platz nehmen können. Unglücklicherweise war der größte Teil des Weltraumschiffes – denn um ein solches handelte es sich zweifellos – durch eine Explosion des Hyperfeldes, das es vernichtet hatte, zerrissen worden. Das war wichtig, sehr wichtig sogar, denn der überlichtschnelle Antrieb, den Kators Volk benutzte, ging auch von der Theorie des Hyperraums aus, und darin gab es ein Feld wie dieses, das bei seiner Explosion Spuren in allen Farben des Regenbogens an den zerfetzten Wänden des Artefakts hinterlassen hatte.

Selbstverständlich war praktisch alles, was nicht festgeschraubt gewesen war, nach außen abgestoßen worden und infolge der Explosion im Raum verlorengegangen ... nein, entdeckte Kator, doch nicht alles. Er fand eine Art Tragebehälter mit einem halbkreisförmigen Handgriff, der zwischen den Beinen eines der Sitzgeräte festgeklemmt war. Kator löste den Behälter unter dem Stuhl heraus und nahm ihn mit in sein Forschungsschiff zurück.

Nachdem er die routinemäßigen Tests durchgeführt hatte, gelang es Kator, den Behälter zu öffnen. Der Fund war großartig. Da waren einige Gegenstände, die aus einer Art Stoff bestanden – geformt wie ein einteiliger, an allen Stellen gleich fester, dünner, alles bedeckender Körperharnisch. Es waren keine Vorrichtungen vorhanden, um Ehrenzeichen oder Waffen zu befestigen. Dennoch gab es Zeichen in verschiedenen Formen und Größen. Sie bestanden aus Metall und befanden sich ebenfalls in dem Behälter. Meistens waren sie ringförmig und von einer Größe, daß man sie vielleicht über Finger oder Arme schieben konnte. Und dann noch etwas, bei dem es sich offenbar um ein Schreibgerät handeln mußte. Es bestand aus weichem, rotem Wachs und hatte eine Spitze und eine Schraubvorrichtung, um es aus einem Behälter zu schieben.

Und in klares, durchsichtiges Verpackungsmaterial eingehüllt, gab es da noch zwei seltsam geformte Behälter, die vielleicht als Fußschutz dienen sollten. An der Unterseite klebten noch Bodenfragmente, und Kator hielt unwillkürlich den Atem an. Er löste die Erde und trug sie an ein Mikroskop, um sie vorsichtig zu untersuchen.

Der Zufallsfaktor hatte ihn nicht im Stich gelassen. Inmitten der zerbröckelten Erde entdeckte er ein winziges, totes, organisches Lebewesen. Ein Wurm, kaum von primitiven Würmern zu Hause zu unterscheiden.

Kator holte ihn vorsichtig mit einer Pinzette aus der Erde und verschloß ihn in einem kleinen Würfel aus durchsichtigem Material. Er schob den Würfel in die Tasche seines Harnischs. Das gehörte ihm, sagte er sich. Im Rest des Artefakts gab es genügend Material, um die Untersuchungskommission zu Hause glücklich zu machen. Daraus sollten sie die Herkunft der Rasse, die das Artefakt hergestellt hatte, ergründen. Aber dieses kleine Wesen, den Grundstein seines künftigen Reiches, würde er bei sich behalten. Und wenn der Zufallsfaktor fortfuhr, seine Situation zu unterstützen, würde er dieses kleine Ding auch gebrauchen können . . .

Kator zeichnete seine Position im Logbuch auf, ebenso die Richtung, in die das Artefakt getrieben war, als er es zum erstenmal entdeckt hatte. Dann nahm er es ins Schlepptau, stellte seinen Kurs auf die Heimatwelt ein und legte sich in Atons Bett, um sich der wohlverdienten Ruhe hinzugeben.

Als der Schlaf ihn umfing, begann er sich an einige der gemeinsamen Forschungsexpeditionen zu erinnern, die er mit Aton unternommen hatte, und das Bedauern brannte wie körperlicher Schmerz in ihm, bis der Schlummer ihn linderte.

Sie waren zwar nie verwandt gewesen, nicht einmal durch eine entfernte Heirat. Aber Kator hatte im Laufe der Zeit gelernt, tiefe Freundschaft für den älteren Ruml zu empfinden, und es fiel ihm gewöhnlich nicht leicht, Bekanntschaften zu schließen.

Nur, so dachte er an der Schwelle zum Schlaf, was kann man machen, wenn es schließlich um ein Reich geht?

3

Der Schläfer erwachte und stellte fest, daß er weinte. Einen Augenblick lag er reglos da, das Gesicht im Kissen vergraben. Er konnte nur daran denken, daß Aton tot war, daß er ihn getötet hatte.

Und dann verdrängte langsam das vertraute Summen der Klimaanlage die Erinnerung an Aton. Und das weiche Bett gemahnte ihn daran, daß er sich an einem ganz anderen Platz befand, nicht im leeren Weltraum, nicht an einem Ort, wo es darum ging, Reiche zu gründen. Die Erinnerung an ein anderes Leben erwachte im Hintergrund des Gehirns des Schläfers und überflutete noch einmal sein Bewußtsein. Dann wischte er sich sein Gesicht an der dünnen weißen Decke ab und setzte sich im Bett auf.

Er befand sich in seinem eigenen Schlafzimmer. Die Leuchtziffern seiner Uhr funkelten zu ihm herüber. Es war ein Uhr dreiundzwanzig früh. Er tastete nach dem schwarzen Umriß des Telefons auf dem Nachttisch. Seine vom Schlaf noch etwas ungeschickten

Finger schlugen den Hörer von der Gabel, ehe sie ihn umfassen konnten. Aber es gelang ihm, ihn ans Ohr zu ziehen, und er wählte Meles Nummer. Es klingelte und klingelte wieder.

„Hello ..." Das war ihre verschlafene Stimme, die da plötzlich antwortete.

„Mele ..." sagte er. Seine Stimme schien ihm in der Kehle steckenbleiben zu wollen. „Ich bin es, Jason. Ich bin durch. Ich habe gerade im Schlaf Verbindung bekommen."

„Jason ..." Sie schien nur langsam wach zu werden. Und dann kam ihre Stimme plötzlich deutlicher. „Jason? Ist alles in Ordnung, Jason?"

„Ja." Er fuhr sich mit zitternder Hand über das Gesicht und atmete tief. Den Umständen nach war es einfach lächerlich, so zu fühlen. Aber er konnte nicht anders.

„Deine Stimme klingt so eigenartig, Jason. Bist du auch sicher, daß dir nichts fehlt?"

„Ja", sagte er. „Es ist bloß auf der anderen Seite etwas passiert. Das ist alles."

„Was?"

„Das sag' ich dir später." Langsam gewann er die Kontrolle über sich selbst zurück. Seine eigene Stimme klang bereits vertrauter, kühler, geschäftsmäßiger. „Ich ziehe mich jetzt gleich an und komme zur Stiftung. Rufst du den Ausschuß an?"

„Sofort ... Jetzt gefällt mir deine Stimme schon besser."

„Ich fühle mich auch besser", sagte er. „Ich zieh' mich jetzt an und packe. Ich fahre hier in fünfzehn bis zwanzig Minuten weg. Ich nehme ein Taxi. Soll ich dich unterwegs mitnehmen?"

„Das wäre nett." Jetzt, da sie anfing wach zu werden, bekam ihre Stimme einen freundlichen, warmen Klang. Er liebte sie sehr. „Ich rufe jetzt die Leute vom Ausschuß an, und nachher rufe ich dich zurück. Wiedersehen, Liebster."

„Wiedersehen ... Liebste", antwortete er und hörte, wie auf ihrer Seite der Hörer auf die Gabel gelegt wurde. Dann legte er selbst auf und stieg aus dem Bett. Wie er so, nur mit den Pyjama-Hosen bekleidet, in dem finsteren Zimmer stand, die grobe Struktur des Teppichs unter seinen Füßen verspürte, während der Wind der Klimaanlage seine vom Schweiß feuchte Brust kühlte, wurde er ganz wach.

Er drückte den Schalter auf seinem Nachttisch, und das plötzliche grelle Gelb der Deckenbeleuchtung ließ das zerwühlte Bett und die vertrauten Wände hart und unnatürlich auf ihn wirken. Er schüttelte den Kopf, um die letzten Eindrücke aus Kator Zweitvetters Geist loszuwerden – aber es gelang ihm nicht. Er holte sich frische Shorts und ein T-Shirt aus der Schublade seiner Kommode, ging durch die Tür ins Badezimmer, das dem noch in Dunkelheit daliegenden Wohnzimmer gegenüber angeordnet war.

Er duschte, und das heiße Wasser belebte ihn. Er begann – und war jetzt wach genug, über die Vorstellung zu lächeln – sich wieder menschlich zu fühlen. Er verließ die Duschkabine, seifte sich ein und begann automatisch, sich zu rasieren. Er begann zu vergessen, daß er irgend etwas anderes als ein normaler, die Erde bewohnender Zoologe, Ende der Zwanzig, war.

Aber als er sich dann den Schaum abwusch, kehrte der Schock zurück. Und mit ihm die Angst, die er verdrängt hatte. Er hob das Gesicht, von dem noch Wasser tropfte, und musterte sich in den dunklen Tiefen des Spiegels mit den Leuchtröhren zu beiden Seiten, die es grell erleuchteten – und erkannte es eine Sekunde lang nicht.

Es war ihm nicht nur fremd. Es war fremdartig wie das Gesicht eines unbekannten Tieres.

Ein schmales Gesicht starrte ihn an, schmal und dunkel. Seine Haut war von der dauernden Arbeit im Freien, wie das bei einem Zoologen und Naturforscher üblich ist, gebräunt. Sein schwarzes Haar kräuselte sich über einer hohen Stirn, auf der der Haaransatz bereits nach hinten zu wandern begann. Und unter dieser Stirn waren seine Augenbrauen kohlschwarz und gerade.

Und darunter lagen seine Augen so tief, daß man ihr Braun normalerweise gar nicht zu sehen vermochte. Frauen – nicht Mele – hatten ihm gelegentlich gesagt, er habe schöne Augen. Das hatte ihn immer erschüttert, denn für ihn klang das so, als sagten sie, seine Augen ließen ihn weich erscheinen. Jetzt, in dem grausamen Licht der Leuchtröhren, war an den Augen, die er sah, nichts Schönes. Ihre Farbe war hart – wie brauner, verwitterter Granit –, aber er erinnerte sich an die völlige Schwärze der Augen, die sich in einem polierten Schott spiegelten.

Er wandte sich ruckartig von seinem Bild ab und ging ins Schlafzimmer zurück, wo er anfing, sich anzuziehen. Als er fertig war, zog er eine kleine Reisetasche unter dem Bett hervor und begann zu packen. Das Telefon klingelte.

„Jason?“ fragte Meles Stimme.

„Ja“, sagte er. „Ich bin schon angezogen und packe gerade. In zwanzig Minuten bin ich bei dir. Aber warte oben. Falls es irgendwelche Verzögerungen gibt, möchte ich dich telefonisch erreichen können."

„Du kannst mich auch anrufen, wenn ich in der Lobby bin. Der Nachtportier ist immer an seinem Platz. Du brauchst ihn nur aufzufordern, mich an seinen Apparat zu rufen."

„Ja, freilich." Er strich sich mit den Fingerspitzen über die Stirn. „Natürlich. Daran hab' ich nicht gedacht. Hast du den Ausschuß angerufen?"

„Ja, sie kommen alle, mit Ausnahme von Wanek. Er ist an der Westküste. Jason?" fragte sie dann. „Wie fühlst du dich denn jetzt?"

„Prima", sagte er. Er zwang sich dazu, in das Telefon zu lächeln. „Einfach prima."

„Fein. Dann warte ich auf dich."

„Schön. Wiedersehen."

Sie legte auf. Er bestellte ein Taxi, erfuhr, daß in fünf Minuten eines vor seiner Haustür sein würde, und packte seine Tasche.

Als er hinunterkam, wartete das Taxi – ein gelber Gleiter – bereits am Fuß der altmodischen Granittreppe. Die Schwüle und die Hitze des Tages hingen immer noch in der feuchten Luft, aber die Straßen und Bürgersteige waren bereits getrocknet. Er zwängte die Reisetasche neben sich auf den Rücksitz.

„Vier-zwölf, North Frontage Road", sagte er.

„Okay", sagte der Fahrer und nickte.

Der Motor des Gleiters heulte auf, und sie fegten die nachtleere Straße hinunter. Vom Rücksitz konnte Jason das ungepflegte Haar sehen, das sich unter der Mütze des Fahrers herausringelte, und er empfand einen Augenblick etwas wie Ekel, gleichsam als sähe er ein ungepflegtes, schmutziges Tier vor sich. So blickte er statt dessen zu den Seitenfenstern hinaus und sah zu, wie die Lichter Washingtons vorbeiflogen.

Als sie schließlich vor den breiten Glastüren von Meles Hotel anhielten, sah er sie drinnen stehen. Sie trug ein hellblaues Sommerkleid, das gut zu ihrem braunen Haar paßte, dazu weiße Handschuhe und eine hellblaue Handtasche. Sie wartete nicht, bis er aus dem Taxi stieg, um sie abzuholen, sondern kam sofort heraus, als sie den Wagen sah.

Er öffnete die Tür und blickte zu ihr auf. Sie setzte sich neben ihn. Ein leichter Hauch von Eau de Cologne – er empfand es nicht als unangenehm, aber als seltsam – kam mit ihr in den Wagen. Sie saß gerade da, und ihr Rücken berührte kaum den Sitz. Ihre Augen warfen ihm einen beruhigenden Blick zu.

„Zwölfte und Independence Avenue", sagte er zu dem Fahrer, ohne hinzusehen. Mele küßte ihn. Ihre Lippen fühlten sich kühl und fremd an, ebenso wie der Duft nach Kölnisch Wasser seltsam gewirkt hatte.

Wieder reihte das Taxi sich in den Verkehr ein. Sie rutschte näher zu ihm heran, ergriff seinen Arm und hielt seine rechte Hand. Ohne zu reden, saßen sie nebeneinander. Er hatte ein seltsames Gefühl, wie ein Mann, der lange Zeit krank gewesen war und jetzt wieder genesen ist, aber weiterhin die Gewohnheiten seiner Krankheit spürt, die an ihm festhaften. Die Erinnerung, Kator Zweitvetter zu sein – von dem Augenblick an, da Kator den Wurmkadaver aufgehoben hatte, der ihn mit den virusgroßen Mechanismen infiziert hatte, die den Kontakt zwischen ihm und Jason möglich gemacht hatten –, ließ ihn nicht los, hüllte ihn ein wie ein Laken. Wie ein Laken aus Plastik, durchsichtig und doch von einer Art, daß die ganze Welt, mit der er vertraut war, durch dieses Laken verzerrt und undeutlich erschien.

Mele war in diesem Experiment nicht nur sein Beobachter, sondern auch die Frau, die er zu heiraten beabsichtigte. Sie liebte ihn. Aber jetzt, da sie neben ihm saß, erschien sie ihm irgendwie fern und fremd.

Und es gab nichts, was er dagegen tun konnte. Von hier an war alles weitere unbekannt. Und es gab kein Zurück.

4

Vor der breiten Treppe und den schweren Bronzeportalen des Gebäudes, in dem die Stiftung für angewandte Wissenschaft ihr Hauptquartier hatte, hielten sie an. Jason bezahlte das Taxi, nahm seine Tasche und ging mit Mele die Treppe hinauf. Als sie läuteten, ließ der Nachtwächter Walt sie herein.

„Es sind alle schon da", sagte Walt. „Die sitzen in der Bibliothek und warten auf Sie."

Jason und Mele gingen den breiten, mit grünem Teppich belegten Korridor hinunter, bis sie die Abzweigung nach rechts erreichten, folgten einem anderen Gang bis zu einer geschlossenen Tür, an der sie vorbeigingen, und betraten durch die nächste offene Tür einen Raum, dessen rundumlaufende Bücherregale bis zur Decke reichten.

An einem polierten Tisch am anderen Ende des Saals, auf geraden Stühlen, die neben dem übrigen, üppig gepolsterten Mobiliar des Raums reichlich unpassend wirkten, saßen die acht Mitglieder des Ausschusses. Hinter ihnen hatte man die grünen Gardinen vor die hohen Fenster gezogen, so daß der Blick auf den von Mauern gesäumten Garten der Stiftung verwehrt war.

Jason und Mele nahmen ihre Plätze am Tisch ein.

„Da sind Sie ja", sagte Thornybright.

Jason sah sich um. Langsam kam ihm seine Umwelt wieder normal vor. Hier, in diesem vertrauten Raum, wo alles geplant und entschieden worden war, gewann die Sache mit Kator wieder ihre richtige Perspektive. Die acht Männer, die er sah, keiner jünger als Mitte Dreißig und mindestens einer, Wilder, Mitte Sechzig – sahen alle wie Männer aus, die mitten in der Nacht hastig aus dem Bett gestiegen waren. Die meisten waren unrasiert, und nicht alle hatten ihre Krawatten gerade gebunden oder sämtliche Hemdknöpfe geschlossen.

Es waren alles gute Leute, Spitzenkönner in ihrem Fach. Jason kannte sie alle; James Mohn hatte ihm in Wisconsin Biologie beigebracht – einen Augenblick tauchten die Straßen rings um die Universität vor Jasons geistigem Auge auf und verschwammen dann wieder. William Heller hatte ihm dabei geholfen, seine augenblickliche Position beim Innenministerium zu bekommen. Und so weiter. Aber in diesem Augenblick waren nur zwei der acht Männer wichtig. Der eine war Joe Dystra und der andere Tim Thornybright. Anfang der Fünfzig, massig gebaut, beherrschte Dystra allein durch seine Anwesenheit den ganzen Raum. Ihm gegenüber wirkte der schlanke, vierzigjährige, halb kahle Thornybright zerbrechlich und unwichtig.

Aber das war eine Illusion. Tim war hart wie Stahl. Als Sekretär des Aufsichtsrats war er für die meisten seiner Beschlüsse zuständig. Er und Joe Dystra ergänzten einander durchaus. Wie jeder andere im Raum – mit Ausnahme von Mele, der Bibliothekarin der Stiftung – waren Tim und Joe Wissenschaftler. Aber beide waren auch außerhalb ihrer Disziplinen tätig, die bei Tim Psychologie und bei Joe Physik waren. Tim hatte besonderes Interesse für Politik, und Joe war ein wahres Genie in allem, was geschäftliche und organisatorische Dinge anging.

„Haben Sie immer noch Kontakt, Jason?“ fragte Dystra jetzt.

Jason nickte. „Ich fühle mich immer noch . . . anders“, sagte er.

Thornybright hob die Hand.

„Ich schalte jetzt den Recorder ein“, sagte der zierliche Psychologe. „Je schneller wir anfangen, desto besser.“

Alle hörten das leise Klicken, als er den Schalter umlegte.

„Also“, sagte Thornybright. „Diese Aufzeichnung wird am dritten Juni um . . .“ er sah auf die Uhr, „zwei Uhr acht gemacht. Es ist die sechsundvierzigste Sitzung des Ausschusses der Stiftung für angewandte Wissenschaften. Anwesend sind Lester Wye, Joseph Dystra, William Heller . . .“ Er zählte sämtliche Anwesenden auf.

„. . . und Miß Mele Worman, Bibliothekarin der Stiftung und Beobachterin unserer Versuchsperson. Sie steht mit Köder dreizehn, Jason Lee Barchar, in Verbindung“, schloß er. „Die Gründe, die die Stiftung dazu veranlaßt haben, dieses Projekt zu betreiben, sind aktenkundig. Da wir aber jetzt einen entscheidenden Punkt erreicht haben, glaube ich, daß eine kurze Zusammenfassung angebracht wäre.“ Er sah sich um. „Demzufolge stelle ich den Antrag, daß eine kurze Darstellung der Ereignisse, die uns zu diesem Augenblick geführt haben, jetzt vom Sekretär in den Recorder diktiert wird, ehe diese Sitzung weitergeht.“

Er hielt inne.

„Antrag unterstützt“, sagte Dystra.

„Alle einverstanden?“ Thornybright sah sich am Tisch um, wo ein zustimmendes Murmeln zu hören war, mit Ausnahme von Mele, die keine Stimme hatte.

„Antrag einstimmig angenommen“, sagte Thornybright. Er griff in die Innentasche seiner Sportjacke und holte einige Blätter mit Schreibmaschine beschriebenen Papiers heraus, die er auseinanderfaltete. Er begann vorzulesen.

„Dieser Ausschuß“, las er dann mit trockener Stimme weiter, „wurde vor einem Jahr von freiwilligen Mitgliedern der Stiftung gebildet und hat das Ziel, unsere Welt vor den Folgen eines möglichen Kontakts und der Vernichtung durch fremde Rassen in unserer Galaxis zu schützen. In dem ‚Bericht über die Wahrscheinlichkeit von Fremdkontakten‘, der vor fünf Jahren nach beinahe zehnjähriger Arbeit durch Mitglieder dieser Stiftung und der ihr angehörenden Gesellschaften und Organisationen erstellt wurde, sind die Gründe für diese Besorgnis niedergelegt worden. Dieser Bericht wurde zu dem Zweck erstellt, die Regierung der Vereinigten Staaten und alle anderen betroffenen Regierungen dieses Planeten darauf hinzuweisen, welche Situation durch den Bau von Schiffen entstanden ist, die imstande sind, benachbarte Sternsysteme mit Geschwindigkeiten, die die Lichtgeschwindigkeit überschreiten, zu erreichen – unter Anwendung der Hyperraumtheorien von Joseph Dystra, einem Mitglied dieser Stiftung und ihres Ausschusses."

Thornybright hielt inne und räusperte sich, ein trockenes, brüchig klingendes Geräusch.

„Diese Raumfahrzeuge", fuhr er dann fort, „wurden trotz eingehender Warnungen seitens dieser Stiftung in Dienst gestellt und werden jetzt seit gut zehn Jahren benutzt. Ich darf an dieser Stelle wiederholen, daß diese Stiftung ursprünglich vor dreiundzwanzig Jahren gegründet wurde, um die Meinung aller Wissenschaftler in der Welt zu koordinieren, die sich mit reiner Grundlagenforschung befassen. Sie wurde in erster Linie gegründet, um der Öffentlichkeit, insbesondere aber den Regierungen, die Tatsache zu verdeutlichen, daß praktisch seit Anfang des zwanzigsten Jahrhunderts die technologische Entwicklung alle Reservoire der Grundlagenforschung ausgeschöpft hat, so daß es den Gründern dringend geboten schien, größere Geldmittel zur Förderung weltweit koordinierter Forschungstätigkeit bereitzustellen.

In den vergangenen dreiundzwanzig Jahren hat die Stiftung diesen Standpunkt mit nicht weniger als sechs umfangreichen Berichten mit vollständiger Dokumentation untermauert und dargelegt, daß zwar der allgemeine Stand der Technik sich laufend verbessert, der Fundus an neuem Wissen aber, aus dem dieser technische Fortschritt allein gespeist werden kann, immer weiter zurückgegangen ist."

Er hielt inne und schlug das zweite Blatt auf.

„Die Empfehlung dieser Stiftung", las er weiter, „war von Anfang an die, daß die Regierungen dieser Welt dieser Situation entgegenwirken, indem sie umfangreiche Geldmittel und eine geeignete Organisation zur Verfügung stellen, die in ihren Möglichkeiten und den Gehältern, die sie zu zahlen imstande ist, mit der privaten Wirtschaft konkurrenzfähig ist. Nur so können wir uns der Mitarbeit erstklassiger Forscher versichern. In den vergangenen dreiundzwanzig Jahren hat die Stiftung diese Ansicht mit nicht weniger als sechs umfangreichen Berichten unterstützt, welche die sich stetig verschlechternde Situation in vollem Umfang dokumentierten und die Maßnahmen in Vorschlag brachten, die zur Abhilfe erforderlich sind. Dennoch . . .“

Thornybright unterbrach sich und griff unter den Tisch nach einem Glas Wasser. Er nippte daran, stellte es wieder hin, räusperte sich und las weiter.

„Trotzdem und trotz der Tatsache, daß in allen Regierungen der wichtigeren Staaten der Welt hierfür ein erhebliches Maß an Unterstützung zutage trat, sind weder die Mittel noch die Organisation zur Verfügung gestellt worden.“

Dystra gab ein bedrohliches Knurren von sich. Thornybright sah ihn an und fuhr dann fort: „Mit der praktischen Anwendung der Hyperraumtheorie und des darauf aufbauenden Hyperantriebs und der Erforschung von Sternsystemen in einem Umkreis von mehr als fünfzig Lichtjahren ist die Situation nach Meinung dieser Stiftung kritisch geworden. Wie der Bericht über die Wahrscheinlichkeit von Fremdkontakten vor drei Jahren ergab, ist ein solcher Kontakt – im Licht augenblicklicher wissenschaftlicher Erkenntnisse – eine statistische Sicherheit binnen zehn Jahren nach Veröffentlichung des Berichts geworden. Der Bericht führt weiter aus, daß wir einem solchen Kontakt zu einer Zeit entgegensehen, da wir in einer wissenschaftlich unausgeglichenen Zivilisation leben, die in den Techniken, die uns selbst persönliche Bequemlichkeit schaffen, weit überentwickelt ist – einer Zivilisation aber andererseits, in der es im Hinblick auf das Wissen und die Techniken, die uns in die Lage versetzen würden, mit einer anderen intelligenten raumfahrttechnisch entwickelten Rasse Kontakt aufzunehmen, sie zu begreifen, mit ihr zu koexistieren oder mit ihr in Konflikt zu geraten, jämmerlich bestellt ist. In unserem vor drei Jahren veröffentlichten Bericht schätzten wir, daß wir einer Rasse wie dieser binnen einem Jahrzehnt weiterer Raumforschung begegnen werden.“

Der hagere Psychologe hielt inne, um eine neue Manuskriptseite aufzuschlagen. Jason warf Mele, die zu seiner Rechten saß, einen Blick zu. Er wollte sehen, wie sie auf diese Wiederholung ihnen längst bekannter Tatsachen reagierte. Aber ihr Profil war so ruhig wie das Profil der Statue einer ägyptischen Prinzessin vor viertausend Jahren. Jason blickte zu Thornybright zurück.

„Demzufolge“, las Thornybright weiter, „wurde dieser Ausschuß gebildet, um folgendes Projekt durchzuführen: Die Stiftung sollte fingierte Bruchstücke zerstörter – auf der Erde hergestellter –

Raumschiffe in den Weltraum schicken. Diese Bruchstücke wurden in bisher unerforschte Regionen des umgebenden interstellaren Raums gesandt, wo eine hohe Wahrscheinlichkeit für den Kontakt mit anderen intelligenten raumfahrenden Rassen bestand. Diese Stücke, die als ‚Köder' bezeichnet wurden, sind alle mit einer neuen Erfindung eines Mitglieds dieser Stiftung ausgestattet. Diese Erfindung, die unter Anwendung der Hyperraumtheorie in Verbindung mit neuesten Entwicklungen die elektrischen Wellen, wie sie die Gehirnaktivität begleiten, ausnützt – übrigens eine Entdeckung, die sich auch auf das Gehirn einer postulierten fremden Intelligenz erstreckt –, konnte in virusgroßen Mechanismen untergebracht werden. Diese Mechanismen sollen das Kreislaufsystem eines mit ihnen in Verbindung tretenden fremden Wesens ertasten, mittels dieses Kreislaufsystems in sein Gehirn eindringen und dort eine spontane, also ohne Zeitverlust reagierende Verbindung zwischen diesem Fremden und einer freiwilligen Versuchsperson, die diesem Ausschuß verantwortlich ist, herstellen."

Er wendete das letzte Manuskriptblatt um.

„Diese Versuchspersonen, Mitglieder der Stiftung und Mitglieder dieses Projekts, die sich freiwillig gemeldet haben und die man unter den Freiwilligen nach ihrer Eignung ausgesucht hat, sind insgesamt zwölf an der Zahl. Heute morgen hat uns zum erstenmal einer von ihnen, Jason Lee Barchar, über einen Kontakt mit einem Fremden aus dem Weltraum berichtet."

Er hielt inne und wandte sich Jason zu.

„Er wird uns jetzt diesen Kontakt so ausführlich wie möglich schildern – Jason?"

Jason stützte sich auf seine Ellbogen und begann zu reden. Er begann mit dem Augenblick, als Kator seinen Raumanzug wieder abgenommen hatte und den toten Wurm nach seiner Rückkehr in das Schiff untersuchte. Er beschränkte sich allein auf Kators Handlungen und behielt all die fremden, nur halb verstandenen Gefühle und Triebe für sich, die ihn im Augenblick des Mordes an Aton Mutteronkel und später, als Kator einschlief, erreicht hatten.

Sein Gewissen plagte ihn wegen dieser Unterschlagung. Aber dann sagte er sich, daß das, was er jetzt nicht sagte, später in seinem ausführlichen schriftlichen Bericht Platz finden würde. Im Augenblick war er zu erschöpft, zu mitgenommen von dem Kontakt mit dem fremden Bewußtsein Kators, um wirklich sagen zu können, was er sonst noch gefühlt oder nicht gefühlt oder begriffen hatte.

„Das wäre es also?“ fragte Dystra schließlich, als er geendet hatte. Seine Augen blickten durchdringend über den Tisch.

„Das ist alles, was geschehen ist“, sagte Jason.

„Na schön“, sagte Dystra. Er war beim Zuhören tief in seinem Stuhl versunken gewesen. Jetzt richtete er sich auf und sah Thornybright an, der rechts von Jason hinter Mele saß. „Wir werden jetzt abstimmen, ob wir dieses ganze Projekt der Regierung der USA übergeben oder ob wir noch etwas warten – Jason, Sie haben bei dieser Abstimmung kein Stimmrecht, es sei denn, wir wären stimmengleich. Gut. Ich schlage vor, wir stimmen ab.“

„Einverstanden“, sagte Heller leise. Sein knochiges Gesicht lächelte Jason an.

Sie stimmten ab. Dystra, Heller, Mohn und der einzige Arzt, der dem Ausschuß angehörte, Dr. Allan Creel, waren für Abwarten. Dafür, die Regierung zu informieren und sämtliche Informationen und Geräte jetzt abzuliefern, waren Thornybright und die drei restlichen Mitglieder.

„Ich meine“, sagte Thornybright mit seiner präzisen Buchhalterstimme, „jeder, der dafür ist, noch zu warten, sollte sich seine Entscheidung noch einmal überlegen. Für private Bürger sind wir ohnehin schon ziemlich weit gegangen.“

„Andererseits“, wandte Dystra ein, „steckt viel Arbeit in diesem Projekt. Wir haben schon früher manches Mal Dinge den Behörden übergeben und dann festgestellt, daß sie alles zunichte gemacht haben, weil sich irgendwelche Bürokraten nicht entscheiden konnten.“

Er sah sich um. „Sobald wir einmal etwas gemeldet haben, können wir nicht mehr zurück. Und das, was wir uns vorgenommen haben, ist noch nicht erreicht. Ich sage, wir sollten warten. Schließlich haben nicht nur wir Kontakt zu den Ruml hergestellt, sondern sie auch zu uns. Sie können unseren Köder untersuchen und eine Menge in Erfahrung bringen – wie steht's? Will jemand es sich anders überlegen?“

Er sah sich um, aber niemand regte sich.

„Gut.“ Er nickte Thornybright zu, und dieser wandte sich Jason zu.

„Gut, Jason“, wiederholte er wie ein Echo, „jetzt sind Sie dran. Wie entscheiden Sie?“

„Daß wir das Projekt noch für uns behalten“, sagte Jason.

Er sah, daß alle ihn anstarrten. Er hatte schnell gesprochen, so schnell, daß Thornybright kaum seine Frage hatte beenden können.

„Sie vergessen eines", erklärte er. „Unsere ursprüngliche Idee war, daß unser Wurm mit den Transmittern von Hand zu Hand gehen würde, so daß wir über eine Anzahl von Kontakten verfügen würden, nicht nur über einen. Bis jetzt aber hat mein Kontakt den Wurm für sich behalten. Sein Partner ist tot. Wir wollen wenigstens noch so lange weitermachen, bis Kator nach Hause kommt und wir weitere Kontakte mit anderen Ruml bekommen."

Thornybright sah sich ein letztes Mal in der Runde um.

„Veranlaßt Sie dieser Beitrag dazu, Ihre abgegebene Stimme zu ändern?" fragte er.

Wieder regte sich niemand.

„Mich ebenfalls nicht", sagte Thornybright. „Ich bin immer noch der Ansicht, daß jetzt, da ein Kontakt hergestellt wurde, die Angelegenheit in die Hände der Behörden gehört. Aber wie dem auch sei, Jasons Stimme hat diese Frage entschieden. Gemäß der schon früher getroffenen Übereinkunft wird Jason jetzt hierher in das Stiftungsgebäude ziehen, wo er seitens eines der Ausschußmitglieder unter dauernder Beobachtung gehalten und bewacht werden kann und wo fortlaufende Aufzeichnungen über die von seinem fremden Kontakt erhaltenen Informationen gemacht werden können – will jemand beantragen, diese Sitzung zu schließen?"

„Ich beantrage es", sagte Dystra.

„Antrag unterstützt", sagte Heller.

„Die Sitzung ist antragsgemäß beendet", sagte Thornybright und schaltete den Recorder ab.

Das Klicken hallte noch lange in Jasons Ohren nach, so als klänge es über eine unvorstellbare Entfernung – vielleicht so weit wie das Raumschiff von Kator Zweitvetter mit dem darangehängten Artefakt, das jetzt seiner Heimat zustrebte, seiner Heimat und den Fachleuten der Ruml.

5

Das Zimmer, das man Jason zuwies, war schon lange für diesen Fall vorbereitet worden. Es lag im Keller des Stiftungsgebäudes zwischen dem Billardsaal und weiteren Bibliotheksräumen.

Unmittelbar anschließend daran befand sich ein kleiner Raum, in dem Mele ihr Büro hatte, und dahinter wiederum gab es Bücher – Bücher, die vom Keller bis in den fünften Stock reichten, in einem Raum, der einmal ein Liftschacht gewesen war.

Jasons Kellerraum hatte eine Tür, die zu diesem ehemaligen Liftschacht führte, aber Thornybright versperrte diese Tür, als er die erste Beobachtungsschicht antrat.

„Tut mir leid, Jason", hatte Thornybright gesagt, als er ihn einsperrte, „aber wir müssen uns an die Regeln halten. Alles, was wir tun, wird von den Behörden unter das Mikroskop genommen werden, sobald die sich einmal einschalten."

Er machte es sich auf einem Lehnstuhl bequem, während Jason sich in das Bett legte, das man für ihn bereitgestellt hatte, und etwas Schlaf zu finden versuchte. Man hatte ihm Seconal gegeben, um sicherzugehen, daß er schlief, statt erneut mit Kator in Verbindung zu treten. Und kaum berührte sein Kopf das Kissen, als er auch schon eingeschlafen war.

Das letzte, woran er sich erinnerte, war der Anblick Thornybrights, der unter einer gut abgeschirmten Stehlampe saß und las. Der Psychologe hatte das Jackett offen, und so sah Jason, daß etwas Dunkles, Schweres unter seinem Arm hing. Es gehörte wenig Phantasie dazu, um den Schluß zu ziehen, daß es sich um einen Revolver – und zwar um einen geladenen – handelte. Trotzdem beschlich Jason beim Anblick der Waffe eine gewisse Angst, ehe er einschlief.

Schließlich hatte das Stiftungsmitglied, das für die Entwicklung der virusgroßen Kontaktmechanismen zuständig gewesen war, mit allem Nachdruck erklärt, daß an diesen Mechanismen gewisse Dinge unbekannt waren. Man hatte sie getestet, sorgfältig untersucht und sich dabei überzeugt, daß sie zwischen menschlichen Versuchspersonen, ja sogar zwischen Mensch und Tier, keinerlei Schaden, sei er nun physischer oder psychologischer Natur, anrichten konnten – aber wie konnte jemand vorhersehen, was im Falle einer Verbindung zwischen dem Bewußtsein eines Menschen und dem eines Fremden geschehen würde . . .?

Der Schlaf verdrängte diese Gedanken.

Jason erwachte gegen zehn Uhr am nächsten Morgen. Er war jetzt ausgeruht und sehr viel besser gestimmt. Er ließ sich ein Frühstück bringen und ging mit Dystra im Garten der Stiftung spazieren. In seiner Bewachung hatte inzwischen ein Schichtwechsel stattgefunden. Und dann begab er sich in die Bibliothek zurück und begann, einen ausführlichen Bericht über den ersten Kontakt zwischen seinem Geist und dem Kators niederzuschreiben.

Den Rest des Morgens und den ganzen Nachmittag lang arbeitete er daran. Als er fertig war, fiel ihm auf, daß er noch immer die starken Gefühle nicht erwähnt hatte, die ja ebenfalls Teil des Kontakts gewesen waren. Er sagte sich, sie seien sehr schwer zu definieren, und nahm sich vor, sie dann schriftlich zu erwähnen, wenn sie bei einem neuen Kontakt erneut und verstärkt auftreten sollten.

Das Abendessen an diesem Tag nahm er in Meles Büro ein. Er bildete sich ein, sie beobachte ihn während des Essens unauffällig, achtete aber wenig darauf. In dieser Nacht hatte er erneut Kontakt mit Kator. Aber bei diesem Kontakt und bei jedem der anderen, die während der nächsten zehn Tage folgten, befand Kator sich immer noch auf der Heimreise zu der Heimatwelt Ruml, dem ursprünglichen Geburtsplaneten der Rasse und der Hauptwelt von vier Sonnensystemen, die die Ruml kolonisiert hatten.

Trotzdem war Jason voll beschäftigt. Einer der Gründe, die dazu geführt hatten, daß man gerade ihn als Freiwilligen ausgewählt hatte, war, daß er zeichnen konnte. Das war ihm bei der Beobachtung wilder Tiere in ihrer natürlichen Umgebung sehr gelegen gekommen. Wenn er ein Tier, einen Vogel, ein Reptil oder Insekt skizzierte, so hatte er festgestellt, daß er es nicht nur sehr viel sorgfältiger beobachtete, als wenn er ein Foto davon anfertigte, sondern daß er sich auch gut genug an die Beobachtung erinnern konnte, um sich selbst kleinste Einzelheiten ins Gehirn zurückrufen zu können. Jetzt verbrachte er seine Tage damit, für den Ausschuß die Instrumente, Werkzeuge und Geräte im Inneren des Ruml-Aufklärers zu skizzieren.

Er stellte fest, daß er keinen eigentlichen Gedankenkontakt mit Kator hatte, ebensowenig wie Menschen, die den winzigen Mechanismus benutzten, die Gedanken eines anderen Menschen hatten lesen können. Er sah mit Kators Augen, fühlte mit Kators Sinnen, und die ausgeprägten Emotionen Kators erzeugten in ihm Parallelemotionen. Ferner gelang es ihm gelegentlich, Erinnerungen Kators aufzufangen und zu interpretieren, wenn dieser sich besonders stark darauf konzentrierte. Allerdings erlebte Jason solche Erinnerungen nicht als Bilder, wie Menschen sie sehen, sondern als Licht- und Schatteneindrücke, als Muskelspannungen, als Emotionen und Gespräche.

Diese Gespräche waren es auch, die Jason anfangs am meisten beunruhigten. Bis jetzt hatte Kator niemanden gehabt, mit dem er reden konnte, und er hatte auch keine Veranlassung zu reden. Die Gespräche, an die er sich erinnerte, kamen als höchst eigenartige Doppelempfindung zu Jason. Er hörte dann in seinem menschlichen Ohr den Widerhall fremder Laute in der tiefen Stimme der Ruml. Die Kinnladen der Ruml waren länger und schmaler als die der Menschen, und auch im Mund und in der Kehle gab es ausgeprägte Unterschiede. Insbesondere kannte die Sprache der Ruml keine Gaumen- und keine Nasallaute; Laute wie *m, n, c* und *tsch* fehlten völlig. Andererseits war ihre dickere, schmalere Zunge in der Lage, das *t, d* und *l* in einer Art und Weise zu rollen, wie das für Menschen völlig unmöglich war. Wenn Jason mit ihm in Kontakt war, hörte er aber sich selbst in seiner Erinnerung diese Laute erzeugen und erhielt gleichzeitig gewisse Eindrücke von ihrer Bedeutung.

Es war notwendig, das Wort „Eindruck" zu definieren, und zwar auch für sich selbst. Was ihn nämlich störte, war etwas, das bisher noch nie einen Menschen gestört hatte, der auf der Erde eine fremde Sprache benutzte. Um es klar, wenn auch etwas verwirrend, auszudrücken, begriff Jason völlig, woran Kator sich erinnerte. Aber sein menschlicher Verstand war oft nicht in der Lage, dieses Verstehen in menschliche Begriffe zu übertragen.

Wenn Kator zum Beispiel hungrig war, so sah er dies so, daß er sich „gestattete" zu hungern. Und dennoch hatte auch er keine bewußtere Kontrolle über seine körperliche Empfindung des Bedürfnisses der Nahrungsaufnahme, als das bei Jason der Fall war. Der Unterschied lag tief vergraben in einem Labyrinth instinktiver und sozialer Aspekte, die die Kultur der Ruml von der der Menschen unterschied.

„Ich verstehe es, aber ich kann es nicht immer übersetzen. Und ich kann ohnehin nur selten perfekt übersetzen", sagte Jason eines Abends, zehn Tage nach dem ersten Kontakt, zu Mele. Sie saßen in ihrem Büro, und er zeigte ihr die Skizzen, die er an jenem Tag gemacht hatte, während sie dienstlich unterwegs gewesen war. „Nicht nur die Zeichen und Etiketten der Instrumente am Armaturenbrett des Aufklärers . . ." – er deutete auf die Skizze – „. . . sondern auch die Instrumente selbst kommen nicht ganz richtig heraus, wenn ich sie skizziere. Vielleicht sehen Kators Augen mit einem etwas anderen Spektrum als wir."

„Es fasziniert dich, nicht wahr?" fragte sie plötzlich und unerwartet.

Etwas zuckte in ihm, ohne daß er es zu kontrollieren vermochte. Er blickte auf und sah, wie ihre braunen Augen – hellere als die seinen – ihn scharf beobachteten.

„Ja", sagte er, bemüht, seine Stimme gleichmäßig zu halten, „ja, ich denke schon, sie sind wie eine neue Tierspezies. . ."

„Nein", unterbrach sie ihn. „Ich meine nicht die Ruml. Ich meine, daß dich der Prozeß des Kontakts an sich fasziniert."

„Nicht . . . fasziniert . . ." sagte er langsam. Und in ihm begann sich plötzlich eine unerklärliche Angst zu regen.

„Dann beängstigt es dich also?" fragte sie.

„Beängstigen . . . ja", gab er zu. „Ein bißchen."

„Das spüre ich", sagte Mele. „Ich habe dich beobachtet. Jason . . ."

„Was?" fragte er scharf und schob die Skizzenblätter zusammen.

„Vielleicht solltest du aufhören."

„Nein!" Er wunderte sich selbst über die grobe Antwort. Dann senkte er seine Stimme und sprach im normalen Gesprächston weiter: „Wir haben hier etwas, das viel wichtiger ist als alles, was der Mensch erlebt und erfunden hat, seit er das Feuer entdeckte. Glaube ich jedenfalls. Ich kann es bloß nicht festnageln. Jedenfalls können wir jetzt nicht einfach aufhören."

„Wenn es wirklich gefährlich für dich wäre, würde der Ausschuß . . ."

„Nein", sagte er. „Es ist nicht gefährlich. Außerdem ist gar nicht daran zu denken, daß wir aufhören. Wir müssen das jetzt durchstehen. Ich werde nach Kators Landung mehr über die Grenzen des Kontakts wissen. Er müßte morgen nachmittag auf der Heimatwelt landen."

Aber Kator landete nicht am Abend darauf, sondern noch an dem gleichen Abend, an dem Jason mit Mele sprach. Er hatte irgendwie das Zeitintervall falsch verstanden. Genauer gesagt, als Jason an jenem Abend einschlief und sein Geist mit Kator Fühlung aufnahm, hatte der Ruml die Landung bereits vollendet und erstattete den Rumlbehörden Bericht in einem Gebäude in der Nähe des sechzig Quadratkilometer messenden Landeplatzes, von dem aus die Heimatwelt ihre Raumschiffe abschickte und bei der Rückkehr wieder empfing.

Wenn Jason diesen Fehler nicht gemacht hätte – wenn er früh zu

Bett gegangen oder auch nur die Augen geschlossen hätte, so wie er es sich für den folgenden Tag vorgenommen hatte –, wären unschätzbar wichtige Einzelheiten über die Landefläche und ihre Verteidigungseinrichtungen gewonnen worden. Aber diese Chance war jetzt vertan.

In der Dunkelheit im Keller des Stiftungsgebäudes liegend, sickerte Jason langsam in den etwas gebeugten, mit einem Harnisch bekleideten, von schwarzem Fell umhüllten Körper ein, der Hunderte von Lichtjahren entfernt drei älteren Ruml gegenüberstand, die hinter etwas saßen, das entfernt einem Schreibtisch glich. Es war Kator, der dort stand, aber gleichzeitig war es auch Jason. Jason-Kator stand vor dem Inspektorenausschuß. Jason stand dort, stolz und triumphierend, und verbarg zugleich den Doppelschlag seines warmen Herzens unter seiner starren Hab-acht-Stellung.

Er war gerade auf Anweisung der Ordonnanz der Inspektoren zur Tür hereingekommen. Jetzt stand er da, mit funkelndem Harnisch, die Füße gerade ausgerichtet auf dem Boden, die Knie so nahe beieinander wie nur möglich und mit so aufrechter Haltung, daß er an den Hüften kaum abknickte. Seine Schnurrbarthaare stachen starr heraus. Sein Ausdruck war unerschütterlich, denn ebenso wie die Inspektoren spielte auch er das Spiel, daß seine Rückkehr nicht anders war und sich durch nichts von den Tausenden anderer unterschied, die Monat für Monat in diesem Gebäude stattfanden.

„Ich vertraue darauf, mich unter Freunden zu befinden“, sprach er die Inspektoren an.

„Ja, du befindest dich unter Freunden“, sagte der Inspektor, der an der rechten Seite den Vorsitz führte. Aber der Ton seiner Antwort war ironisch. Jason verübelte es ihm nicht. Die Inspektoren waren alles altehrwürdige Leute aus ersten Familien. Ihre Harnische waren schwer mit geerbten Ehrenzeichen behängt, während Jason neben seinem kleinen Aufklärer-Ehrenzeichen nur die beschränkte Ehre besaß, einer der jüngeren Brutogasi zu sein, und hinzu kam nun das neue, aber auch große Ehrenzeichen eines Zufallsfaktors, das er am Harnisch trug. Und dieses letzte Abzeichen glitzerte und funkelte und wirkte beinahe billig, so neu war es. Die geerbten Ehrenzeichen der ältesten Männer hinter dem Schreibtisch dagegen waren stumpf von Staub und Patina, wie es sich gehörte.

Dieser Ausschuß, vor dem häufig ehrenwerte Leute standen,

bediente sich der alten Höflichkeitsformeln, aber das bedeutete natürlich nicht, daß die Inspektoren sich Jason gegenüber so verhalten mußten, als wäre er ihnen gleichgestellt.

„Wir haben deinen Bericht überprüft, Kator Zweitvetter Brutogasi", sagte der Vorsitzer des Ausschusses. „Das Artefakt, das du zurückgebracht hast, wird, glaube ich, augenblicklich im Untersuchungszentrum überprüft. Hast du etwas hinzuzufügen – insbesondere was den Tod deines Partners auf dem Aufklärer angeht?"

„Es ging so schnell", sagte Jason. „Gerade kämpfte ich noch um mein Leben – und da war er schon weg. Und die innere Tür der Luftschleuse hatte sich hinter ihm geschlossen. Ich konnte sie nicht rechtzeitig gegen den Innenluftdruck des Schiffes öffnen, um ihn daran zu hindern, die Außentür zu öffnen."

„In der Tat!" sagte einer der anderen Inspektoren. Ein Unterton von Respekt klang in seiner Stimme mit, ein Tribut an die kühle Art und Weise, in der Kator geantwortet hatte. Für jemand, der erst zwei Jahre erwachsen war, war es eine Leistung, so gut zu antworten.

„Junger Mann, wenn du so weitermachst, ist es durchaus möglich, daß du ein geachtetes Leben vollendest."

Kator beugte den Kopf, um sich für das Kompliment zu bedanken. Er sah, daß der Inspektor, der gerade gesprochen hatte, die Plakette der Hakenpartei trug – ebenso wie er selbst und alle Brutogasi. Der vorsitzende Inspektor, ebenso wie der andere, trug das Emblem der Stäbe. Plötzlich wurde Jason klar, daß vielleicht der ganze Ausschuß ihm seine Anerkennung hatte ausdrücken wollen – aber das war den Stäben natürlich nicht möglich. Jason glühte innerlich, und seine Lungen füllten sich mit Feuer.

„Sofern es also keine anderen Fragen gibt", meinte der vorsitzende Inspektor, „wollen wir dich nicht länger aufhalten. Man wird dich rufen, das Untersuchungszentrum zu unterstützen, falls sich in bezug auf das Artefakt irgendwelche Fragen ergeben sollten."

Jason neigte erneut den Kopf, ging zur Tür und nach draußen. Dort reichte ihm die Ordonnanz das kurze zeremonielle Schwert, das sie für ihn gehalten hatte, und Jason befestigte es wieder an seinem Harnisch. Die Ordonnanz war nicht besonders respektvoll gewesen, aber Jason nahm das oberste Geldstück von seinem Gurt und gab dem Mann trotzdem ein Trinkgeld.

„Mögest du ein Reich gründen", sagte die Ordonnanz und verbeugte sich.

Der arme Teufel hatte keine Ahnung. Jason ging hinaus und nahm in der Kabinenbahn Platz, die in die Innenstadt und zum Schloß der Brutogas führte. Der Weg über die mit Muscheln gepflasterte Straße zum Schloß war kurz, und viele ältere Frauen, die keine Kinder mehr bekommen konnten, arbeiteten in Gruppen und harkten die Muscheln. Die Muschelfragmente glitzerten im blauweißen Licht der punktgroßen Sonne, die jetzt über den Dächern des westlichen Stadtviertels hing. Die kleinen Schmuckteiche, die den Weg säumten, waren mit kristallklarem, blauem Wasser gefüllt, welches ebenfalls glitzerte wie Ehrenfassungen für die Kristalle, die in der Mitte des kreisförmig, oval oder sonstwie geformten Teiches wuchsen.

Die Frauen sangen bei der Arbeit – die Hauslieder und die Lieder der Reichsgründer. Wie schön war doch die Stadt seines Volkes, dachte Jason, wenn die Morgensonne darauf ruhte und wenn die Frauen sangen. Er bückte sich, um aus einem der künstlichen Teiche neben dem Weg zu trinken. Er war so breit wie sein ausgestreckter Arm, und das Wasser hätte ihm etwa bis zur Hüfte gereicht. Ein rubinfarbener Kristall leuchtete ihm aus seiner Fassung von weißen Fliesen unter dem Wasser entgegen. In dem klaren Wasser glitzerte er wie ein riesiges Ehrenzeichen.

„Schatten sei mit mir, Wasser sei mit mir, Kraft sei mit mir“, flüsterte Jason, hob die triefenden Schnurrbarthaare aus dem Wasser und stand wieder auf.

In der Nähe harkte eine einzelne Frau. Dem Alter nach hätte sie Jasons Mutter sein können, aber das war unwahrscheinlich. Jasons Mutter befand sich zweifellos noch im Palast der Brutogasi. Er mußte einmal in den Akten nachsehen. Er hatte schon immer vorgehabt, sich um diese Sache zu kümmern. Ein ehrenwerter Mann sollte die Frau kennen, die ihn geboren und sieben Jahre lang schlafend in ihrem Beutel getragen hatte.

Ein Impuls – vielleicht hatte der Glücksfaktor ihn ausgelöst – veranlaßte Jason, eine Münze vom Gürtel zu nehmen.

„Singst du mir ein Lied, fruchtbare Frau?“ fragte er. „Das Lied von der Gründung des Reichs der Brutogas?“

Sie nahm die Münze, stützte sich auf ihren Rechen und sang. Ihre Stimme war hoch und süß. Sie war älter, als er gedacht hatte. Sie sang jetzt, wie der Brutogas mit der Expedition zum dritten Planeten des zweiten Systems, das er sich unterworfen hatte, ausgezogen war. Jener Planet, der voll von Dschungeln und giftigen Meeren gewesen war, hatte vorher schon zwei Expeditionen gekostet. Das Lied schilderte, wie der Brutogas – damals noch Brutogas Drittvetters Erstkind von den Leechena – mit nur zwölf Begleitern von all den vielen, die mit ihm gezogen waren, zurückgekehrt war. Und wie er dann jene anderen elf bezichtigt hatte, Verbrechen gegen die Expedition begangen zu haben, und wie er alle elf zwischen Sonnenaufgang und Sonnenuntergang eines Tages getötet hatte – und damit die Siedlung für sich gewonnen und das Reich der Brutogas geschaffen hatte.

Das Lied endete. Die Frau ging an ihre Arbeit zurück. Jason stand da, erfüllt von den Bildern, die das Lied in seiner Phantasie erzeugt hatte. Ebenso wie er selbst war der ursprüngliche Brutogas nur ein entfernter Verwandter einer berühmten Familie gewesen. Nicht daß ihm das gar soviel bedeutet hätte. Große Männer gab es überall – aber Qualität erzeugt Qualität, daran bestand auch kein Zweifel. Und unter Jasons Ahnen gab es solche hoher Qualität, wenn er auch einige Verwandtschaftsstufen von der Hauptlinie entfernt war.

Dann erreichte er endlich die Tore des Schlosses Brutogas und wurde von dem Wächter am Tor, der alle Angehörigen der Familie vom Sehen kennen mußte, eingelassen. Er betrat den Hof unter dem zweiten Stock, wo die direkten Mitglieder der Familie lebten, und dem dritten – der höchsten gesetzlich zulässigen Wohnetage –, wo der augenblicklich herrschende Brutogas selbst seine Wohnung hatte. Er und all die Mütter seiner Söhne bewohnten eine Fläche von beinahe einem Quadratkilometer an Korridoren und Räumen.

Jason war ein Zweitvetter und hatte daher ein Zimmer im obersten der höchsten Kellergeschosse des Schlosses. Er ging hinunter. Es tat gut, die Tür hinter sich zu schließen und in diesem kleinen, viereckigen Raum mit den leeren Wänden und dem Bild des ersten Brutogas in der Ecke zu stehen. Es war noch ebenso, wie er es verlassen hatte, als er vor einer halben Periode zum Aufklärungsflug ausgezogen war. Das Sonnenlicht fiel schräg durch die hohen Halbfenster über Jasons Kopf und zauberte vertraute Muster aus Licht und Schatten auf den kleinen Waschteich darunter, die kreisförmige Schlafpritsche und das Schränkchen mit Jasons Besitztümern.

Er hatte seinen ganzen Harnisch abgenommen, als die Tür ihn ansprach und verkündete, daß jemand draußen war. Er öffnete und sah die Gestalt von Bela Erstvetter, eine Generation älter als er und dem ursprünglichen Brutogas eine Verwandtschaftsstufe näher. Bela reichte ihm einen kleinen, goldglitzernden Gegenstand.

„Das ist für dich vom Brutogas", sagte Bela. Sie waren Verwandte und beinahe Freunde, und so musterten sie einander fast ohne jede Spannung. „Und du sollst morgen ein Zimmer im Erdgeschoß beziehen."

Er salutierte und verließ Jason. Jason blickte auf den goldenen Gegenstand in seiner fellbedeckten Hand. Es war eine Halbehre, der kleinere von zwei Familienorden, die das Familienoberhaupt seinen entfernteren Verwandten verleihen konnte. Jasons Brust hob sich, und ein tiefes Gefühl bewegte ihn. Er war also nicht unbekannt geblieben – die Tatsache, daß er, ein Angehöriger der Familie, eine Manifestation des Zufallsfaktors wie das fremde Artefakt entdeckt hatte und dann allein zurückgekehrt war.

Zugegeben, nur ein einziger Mann hatte sich neben ihm auf dem Aufklärer befunden . . . Und das ursprüngliche Familienoberhaupt hatte an jenem fernen Tag mit elf anderen gekämpft – gar nicht zu sprechen von jenen, die von Anfang an der Expedition angehört hatten, von der jener erste Brutogas und seine Begleiter zurückgekehrt waren. Aber immerhin war sein eigener bescheidener Fall nicht völlig unbemerkt geblieben.

Sein Inneres war bewegt von Stolz und Liebe. Er wandte sich dem Bild des Brutogas in der Ecke zu und kauerte langsam vor ihm nieder. Er kreuzte die Vorderarme vor der nackten Brust. Freude und Schmerz, fast zu groß als daß er sie ertragen konnte, erfüllten ihn. Er blieb in dieser ehrerbietigen Stellung, bis die Sonne draußen an seinem Fenster vorbeizog.

„Gib mir Schatten . . . gib mir Wasser . . . gib mir Kraft . . ." betete er.

Und in seinem eigenen Kellerzimmer auf der Erde erwachte Jason – allein, um festzustellen, daß sein Kopfkissen erneut von Tränen getränkt war.

6

„Aber warum?" wollte Thornybright bei der nächsten Sitzung des Ausschusses wissen, „warum gibt er nur den Wurm nicht weiter, damit wir endlich unsere Mechanismen auch in den Blutstrom und das Gehirn von ein paar weiteren Ruml pflanzen können?"

„Sie haben keine Möglichkeit, ihn irgendwie zu beeinflussen?" fragte Heller.

Jason schüttelte den Kopf.

„Ich bin nur Passagier", sagte er zu Heller. „Ich weiß, es bestand die Hoffnung, daß eine Versuchsperson wie ich rein zufällig bei einem fremden Lebewesen eine Art geistigen Druck ausüben könnte."

Er lächelte einen Augenblick. „Genauso wie niemand wirklich die Angst aufgegeben hat, Kator könnte vielleicht auf subtile Weise anfangen, mich zu beherrschen. Aber ich gebe Ihnen mein Wort, keines von beidem geschieht. Es ist genauso wie damals, als ich vor Beginn des Programms Versuche mit einem anderen Menschen machte. Ich empfinde einfach das gleiche wie das Kontaktwesen. Das ist alles."

„Sie haben meine Frage nicht beantwortet", sagte Thornybright.

„Weil ich die Antwort nicht kenne. Aus irgendeinem Grund, den nur er weiß, behält er den Wurm für sich. Er denkt immer an die ‚Gründung eines Reichs' dabei."

„Vielleicht hat er vor, den Wurm als eine Art Symbol zu benutzen", sagte Dystra und sah Jason dabei von der Seite an. „Vielleicht will er einen Aufstand gegen die Familienoberhäupter anzetteln? Vielleicht will er auf dieser Heimatwelt, wie er sie nennt, eine Revolution beginnen und damit sich selbst an die Macht bringen?"

„Nein. Nichts dergleichen." Jason schüttelte den Kopf. „Sie können einfach die Rumlgesellschaft nicht so sehen, wie ich sie sehe. Jede Art von Revolution ist . . . undenkbar. Ich meine nicht unmöglich. Ich meine . . ." – wieder suchte er nach einem Wort – „. . . undenkbar. Die Ruml sind totale Individualisten. Die gesellschaftliche Herrschaftsstruktur bei ihnen ist instinktiver, nicht soziologischer Natur." Und dann wußte er plötzlich, wie er es ihnen erklären mußte. „Wenn Sie Kator jetzt hier hätten und ihm erklären könnten, was Sie unter ‚Revolution' verstehen, würde er Sie zu guter Letzt anstarren und sagen: ‚Gegen was?' Sehen Sie, selbst wenn ein Ruml aus einem – für einen Ruml – wahnsinnigen Grund die Macht über Leben und Tod über alle seine Mitruml gewinnen würde, hätte das für ihn nichts zu bedeuten."

„Hätte nichts zu bedeuten?" wiederholte Thornybright.

„Ich meine . . ." Wieder suchte Jason nach Worten. „Die Gewalt, die er erworben hätte, wäre für die Natur eines Ruml einfach nicht wünschenswert. Was wünschenswert ist, sind Ehren – und das sind abstrakte Dinge. Zugegeben, sie nennen die Plaketten, die sie an ihrem Harnisch tragen, Ehren oder Ehrenzeichen. Aber in Wirklichkeit sind die Plaketten nichts anderes als unsere Orden – sie repräsentieren die eigentliche Ehre. Und die eigentlichen Ehren stehen in tiefer, grundlegender Art und Weise mit den Instinkten der Weiterführung und der Entwicklung der Rumlrasse in Verbindung."

„Damit meinen Sie also", bohrte Thornybright, „daß diese Ehren Handlungen repräsentieren, die zu der Fortführung und der Entwicklung der Rasse beitragen?"

„Ja . . ." sagte Jason zögernd. „Aber ich möchte eigentlich nicht einfach ja sagen und es dabei bewenden lassen. Was Sie sagen, trifft zu, und dennoch – für einen Ruml bedeutet es mehr. Für einen Ruml ist an diesen Ehren etwas Religiöses, etwas zutiefst Edles und Bewegendes. Wir betrachten etwas wie, sagen wir, die Kongreßehrenmedaille, als etwas, das im Grunde wenig Beziehung zu dem Menschen hat, der sie erwarb. Aber für den Ruml ist irgendwie der Mensch – entschuldigen Sie, ich sollte wohl sagen, das ‚Individuum', aber sie sehen sich genauso als ‚Menschen', wie wir es tun –, ist der Mann oder der Mensch gleichbedeutend mit der Ehre. Es ist also, als würde die Verleihung der Ehre lediglich etwas anerkennen, das schon seit dem Augenblick seiner Geburt in ihm war."

Er sah sie an, sah sie alle an, und hatte dabei das hilflose Gefühl, daß er ihren Geist hinter ihren menschlichen Gesichtern einfach nicht erreichte. Selbst Mele sah ihn ohne echtes Verständnis an.

„Jemand, dem die Kongreßmedaille verliehen wurde . . ." sagte Jason. „Wir wären natürlich schockiert, aber würden es nicht als unmöglich betrachten, daß jemand, dem man sie verliehen hat, sich später als Feigling, als Dieb, als Mörder erweist . . . Bei einem Ruml könnte so etwas einfach gar nicht geschehen. Wenn ein Mensch – ein Individuum – dort eine Ehre als tapfere Person empfängt, kann es einfach nicht geschehen, daß sich zu irgendeinem späteren Zeitpunkt erweist, daß er irgend etwas anderes als tapfer ist. Es ist in der ganzen bekannten Geschichte dieser Rasse nie passiert und könnte nie passieren. Und selbst wenn es passierte, könnte es nicht passieren. Wenn es sich erweisen sollte, daß er ein Feigling wäre, so wäre er nur scheinbar ein Feigling."

„Sie meinen, sie würden es nicht glauben können, selbst wenn es wahr wäre?" fragte Dystra.

„Ich meine, es wäre nicht wahr. Er würde einfach . . ." Er sah sich um, hilflos. „Er wäre einfach kein Feigling."

„Was bewirkt es denn, daß keine Fehler passieren?“ wollte Thornybright wissen. „Was verhindert denn, daß ein Feigling ein Ehrenzeichen für Tapferkeit erhält, einfach durch einen bürokratischen Fehler?“

„Der Empfänger würde es nicht annehmen, wenn es nicht zu ihm paßte“, sagte Jason. „Aber es würde gar nicht so weit kommen. Lange vor der Verleihung eines Ehrenzeichens würde es dem Verleihenden und dem Empfänger klarwerden, ob es verdient ist oder nicht.“

„Die Ruml können also keine Fehler machen?“ fragte Thornybright.

Die Augen des Psychologen waren scharf und starrten Jason an, als wollten sie ihn durchbohren.

„Sie können Fehler machen, aber . . . das ist eine Sache des Instinkts, ich sage es Ihnen doch!“ sagte Jason. „In Fragen der Ehre irren sie sich nie. Nie, sage ich!“

Thornybright lehnte sich in seinem Sessel zurück.

„Ich schlage vor, daß wir dieses Projekt jetzt den Regierungsbehörden übertragen“, sagte er. „Der Fremdkontakt hält den mit dem Mechanismus infizierten Wurm fest, und unsere einzige menschliche Kontaktperson leidet unter der Last einer zu großen Verantwortung, wenn er diese fremden Wesen uns gegenüber interpretieren soll. Und inzwischen werden diese Ruml in ihrem ‚Untersuchungszentrum‘ jeden Tag mehr über uns aus diesem Köder deduzieren, und das trotz all der Vorsichtsmaßregeln, die wir ergriffen haben. Wir haben nicht das Recht, allein die Verantwortung des Kontakts mit einer möglicherweise feindlichen Rasse zu tragen.“

„Ich unterstütze den Antrag“, sagte Jules Warbow, jenes Ausschußmitglied, das neben ihm saß.

„Diskussion?“ fragte Thornybright und sah sich am Tisch um.

„Ich bin einfach dagegen, das ist alles“, sagte Jason. „Ich kann Ihnen das einfach noch nicht erklären, ebensowenig wie ich die Ehren oder die Gründung eines Reichs erklären kann. Aber ich gebe Ihnen mein Wort, als von dem Fall betroffene Versuchsperson, daß wir die Kontrolle über dieses Projekt noch eine Weile behalten sollten.“

Sie stimmten ab. Wie zuvor ging die Abstimmung wieder vier zu vier aus, und Jason sorgte mit seiner Stimme dafür, daß die Behörden noch nicht informiert wurden.

Dann wurde die Sitzung vertagt.

Die Ausschußmitglieder kehrten in ihr eigenes geschäftiges Leben außerhalb der Wände des Stiftungsgebäudes zurück. Jason folgte Mele in ihr kleines Büro und nahm auf einem Stuhl Platz, während sie ihre Schreibmaschine zu sich heranzog und sich anschickte, das Protokoll der Sitzung zu schreiben.

„Die können das nicht einfach abtun und zu den Akten legen“, sagte Jason mit etwas schiefer Miene.

„Sie können den Gedanken nicht loswerden, daß ich unter die Kontrolle von Kators Bewußtsein geraten und auf diese Weise zu einem Monstrum werden könnte, wie man es in den Science Fiction-Filmen im Fernsehen sieht. Das ist es, was hinter der Opposition steht. Nur bei Tim Thornybright ist das nicht so. Er hat weder vor Mensch noch Monstrum Angst. Aber er möchte, daß das Projekt in die Hände der Regierung kommt und zehnmal so groß wird, wie es jetzt ist.“

Er sah Mele an.

„Mele“, meinte er, „du glaubst doch nicht etwa, daß ich im Begriff bin, unter die Kontrolle eines fremden Bewußtseins zu geraten, oder?“

Sie hatte gerade mit dem Schreiben beginnen wollen, die Hände bereits über dem Tastenfeld der Maschine. Jetzt ließ sie sie sinken und sah ihn über den Schreibtisch hinweg an. Sie atmete tief.

„Nein“, sagte sie. „Aber ich glaube, daß du unrecht hast, Jason.“

„Unrecht?“ Er starrte sie verblüfft an.

„Unrecht, indem du deine Stimme immer wieder so abgibst, damit das Patt gebrochen wird und das Projekt in den Händen der Stiftung bleibt“, sagte sie. Ihre braunen Augen blickten ihn fast hart an.

„Du bist zu vorsichtig, zu konservativ. Dieses Projekt braucht jetzt die Mittel und die Möglichkeiten, die eine Organisation wie die Vereinten Nationen aufbringen könnte, und sollte nicht auf einen Mann in einem Kellergeschoß und acht Wissenschaftler – selbst wenn die klügsten Köpfe der Welt dazugehören – beschränkt sein, die um einen Tisch herum sitzen und Entscheidungen treffen.“

Er erwiderte ihren Blick mit grimmiger Miene. Sie war jünger als er und alles andere als konservativ. Sie hatte viele Bücher gelesen, und die Bücher waren voll von Lösungen für Probleme. Er hatte dasselbe Vertrauen zu Lösungen gehabt, wie Bücher sie anboten, bis er dann in den Bergen gelegen hatte und den Frühlingskämpfen der Bären zugesehen hatte oder tagelang in einem Zwei-Mann-U-

Boot den Mörderwalen durch die eisigen Gewässer der Antarktis gefolgt war.

„Aber wenn wir einmal die Behörden einschalten, gibt es kein Zurück mehr", wandte er ein.

„Wieso bist du denn so sicher, daß du es rückgängig machen willst?" konterte sie. „Du hast uns auch noch keine logischen Gründe vorgelegt."

„Aber die Lage dort auf der Heimatwelt der Ruml hat mit logischen Gründen auch nichts zu tun. Logische Gründe sind ein Teil des logischen Denkens. Und logisches Denken ist ein Teil der intellektuellen Vorgänge, wie sie eine zivilisierte, komplexe Gesellschaft entwickelt hat . . ."

„Und die Gesellschaft der Ruml ist nicht zivilisiert oder komplex?"

„Doch, natürlich ist sie das", sagte er, „aber . . ."

„Ehrlich, Jason", sagte sie, „jetzt ganz ehrlich, ist es nicht einfach deine persönliche Sturheit, deine Vorsicht, wenn du so willst, die es einfach nicht zuläßt, die Behörden einzuschalten, solange du selbst nicht genau über diese Fremden Bescheid weißt – selbst wenn das noch vierzig Jahre Studium bedeutet? Du hast doch zu niemandem Vertrauen!"

Und dann fing sie an, auf die Typen ihrer Schreibmaschine einzuhämmern.

„Nein", sagte er – so laut, daß sie unwillkürlich zu tippen aufhörte und ihn ansah. „Du verstehst das nicht, genausowenig wie die anderen im Ausschuß es verstehen. Die instinktive Basis der Zivilisation der Ruml unterscheidet sich drastisch von der instinktiven Basis unserer Zivilisation. Und wenn wir in diesem Punkt einen Fehler machen, wird es dazu kommen, daß wir gegen sie kämpfen müssen, um unser Leben kämpfen müssen, und genau das ist es doch, was wir vermeiden wollen!"

Sie beugte sich vor, stützte die Ellbogen auf den Tisch und starrte ihn unter erhobenen Brauen an.

„Jetzt kommt es heraus", sagte sie. „Du traust es keinem anderen zu, den Kontakt mit einem Ruml herzustellen. Du vertraust nur dir selbst!"

„Ich fürchte, daß ich der einzige bin, der begreift, daß in Sachen des Überlebens oder des Nichtüberlebens der Instinkt von entscheidenderer Bedeutung sein kann als der Intellekt", sagte er. Er hörte selbst, wie seine Stimme lauter wurde, aber er hatte nicht mehr die

Kraft, sie zu kontrollieren. „Mein Gott, du bist doch eine Frau. Hast du denn gar kein Zutrauen zum Instinkt?“

„Ich habe sehr viel Zutrauen zum Instinkt“, sagte sie eisig. „Aber zufälligerweise bin ich in dieser Zeit geboren – nicht vor fünfhundert Jahren, als Männer wie du glaubten, Frauen hätten außerhalb der vier Wände ihrer Häuser nichts zu suchen! Ich habe all die natürlichen, normalen Instinkte einer Frau – Gott sei Dank –, aber das bedeutet nicht, daß ich sie nicht mit den übrigen Zentren meines Gehirns unter Kontrolle halten könnte, wenn ein Konflikt entstehen sollte.“

Er saß da und starrte sie an. Er war jetzt wieder ruhig geworden.

„Ich glaube“, sagte er nach einer Weile, „das Problem hier liegt in deiner Persönlichkeit, nicht in der meinen.“

Sie fing wieder zu schreiben an.

„Oder wollen wir sagen, ebenso wie in der meinen“, sagte er. „Und noch etwas. Wenn du glaubst, du könntest deine Instinkte unter Kontrolle halten, und zwar jedesmal, dann hast du ebenso unrecht wie alle anderen hier unrecht zu haben scheinen.“

Er stand auf und ging hinaus und hörte noch eine Weile hinter sich das Klappern der Schreibmaschine. Draußen, in dem jetzt verlassenen Bibliothekssaal war die Sonne während seiner kurzen Auseinandersetzung mit Mele in eine schmale Bank dunkler Wolken gesunken, die den Horizont überzog. Das Zentralgestirn der Erde erfüllte den leeren Raum mit einem kalten, roten Licht, das düstere Schatten erzeugte, die in den Ecken und hinter den Lehnstühlen hängenblieben. Einen Augenblick lang lehnte Jason sich gegen die Bücherregale, die eine Wand säumten, und spürte am Handrücken die ledernen Einbände alter, ehrwürdiger Bücher. Er hatte sich nicht mit Mele streiten wollen. Es war schon schlimm genug, wenn der Ausschuß die unerklärliche, machtvolle, emotionelle Kraft nicht verstand, die er in seinen Kontakten mit Kator empfunden hatte. Die Krise mußte kommen, wenn ihre Verständnislosigkeit und die Möglichkeiten dieser Kraft, die sich gegen die menschliche Rasse richtete, einen Augenblick schlimmster Gefahr herbeiführten.

Er hatte eigentlich damit gerechnet, daß Mele ihn unterstützen würde. Ob es nun sein Fehler war oder der ihre, war gleichgültig; jedenfalls hatte auch sie seiner Fahne den Rücken gekehrt.

Jetzt stand er allein Wache wie ein einzelner gepanzerter, mit einem Schwert bewaffneter Soldat der römischen Legionen nachts auf einem Bergpaß, den Blick nach Norden, der Wildnis Germaniens entgegengerichtet. Die Legionen, die er behütete, schliefen alle hinter ihm im Lager. Sein ganzes Leben lang war er sich nicht so verlassen vorgekommen.

7

„Und du bist ganz sicher", sagte der Prüfer, „daß es nichts an diesem Artefakt gibt, das du vergessen hast, uns zu berichten, nichts, das du vielleicht getan und dann wieder vergessen hast, als du an Bord gingst und es durchsuchtest?"

„Ich habe nichts vergessen", sagte Jason-Kator. „Nichts."

Er stand vor dem Prüfer in dessen Besprechungszimmer. Der Prüfer selbst war schwergewichtig und von den Jahren grau. Er war der Aton, ein ehrenwerter Mann, auf allen Welten der Ruml bekannt. Oberhaupt einer vielköpfigen Familie, ein Experte in seinem Fachgebiet der Untersuchung fremder Fragmente und Artefakte, die im Weltraum gefunden wurden. Er hatte das lange Leben eines ehrenwerten Mannes gelebt, und sein Harnisch war schwer von Ehren. Er blickte auf Jason jetzt nicht nur von der erhöhten Plattform seines Amtes, sondern auch vom Gipfel jenes langen Lebens herunter.

„Du bist erst seit zwei Perioden ein Erwachsener", sagte er und blickte auf den Artefaktenbericht, richtete sich auf und schaute auf Jason herunter. „Und deshalb bist du so sicher. Ich wäre nicht so sicher, nicht nach all den Jahren. Selbst wenn ich noch so vorsichtig und sorgfältig vorgegangen wäre."

„Der Zufallsfaktor . . ." begann Jason.

„Junger Mann", unterbrach ihn der Prüfer nicht unfreundlich, „der Zufallsfaktor ist ein Traum, eine Phantasie. Oh, es gibt ihn – es gibt ihn. Aber als Teil der statistischen Masse des Universums. Nicht als etwas, das man würdigen und in das Leben eines Individuums integrieren kann."

Er verstummte wieder. Jason-Kator empfand ein tiefes Gefühl der Bedeutung dieses Augenblicks, wie dieser Mann, würdig an Alter und würdig an Ehren, seinen Bericht studierte.

„Gibt es denn etwas . . ." fragte er vorsichtig, „etwas an dem Artefakt, das unerklärlich ist, Ehrenwerter?"

Der Prüfer hob den Blick von den Papieren und sah Jason an, als staune er darüber, ihn immer noch vor sich zu sehen.

„Nichts", sagte er. „Nichts Offenkundiges, junger Mann. Nur scheint es mir, daß wir überraschend wenig Informationen daraus entnehmen können. Es ist gerade, als wäre die Explosion, die das Raumschiff – und darum handelt es sich bei unserem Artefakt ja – vernichtete, von Wesen hoher Intelligenz vorbereitet worden, um das in unserem Besitz befindliche Artefakt möglichst vieler informationstragender Elemente zu entkleiden."

Jason spürte, wie die Angst seinen Herzschlag beschleunigte.

„Ihr meint also, Ehrenwerter", fragte er mit ruhiger, kontrollierter Stimme, „daß Ihr den Planeten, von dem es stammt, nicht entdecken könnt?"

„Oh, das . . . ja", sagte der Prüfer. „Aber es gibt soviel mehr, das wir wissen müssen, ehe wir eine Expedition zum Ursprungsplaneten des Artefakts schicken. Vieles davon sollten wir bereits hier ergründen können. Aber wir können es nicht." Wieder sah er den Bericht an. „Deshalb habe ich dich rufen lassen. Ich dachte, wir könnten von dir einen Hinweis erhalten . . . Übrigens", sein Blick schien Jason zu durchbohren, „du bist doch nicht etwa für einen weiteren Aufklärungsflug eingeteilt, hoffe ich? Wir wollen dich hier haben, um Fragen zu beantworten, falls sich eine Notwendigkeit ergeben sollte."

„Ehrenwerter", sagte Jason, „ich habe veranlaßt, daß der Aufklärungsdienst mich aus seinen Listen streicht."

„Gut . . ." Der Prüfer nickte. Seine Augen musterten Jasons von schwarzem Fell bedeckte Gestalt von Kopf bis Fuß. „Übrigens – glaubst du, du könntest Ehre finden, indem du in meinem Stab hier arbeitest?"

„Ihr seid zu gütig, Ehrenwerter."

Der Prüfer nickte.

„Ich hab' es mir schon gedacht", sagte er. „Diese Arbeit hier ist für die Energien eines jungen Menschen zu langweilig. Männer in deinem Alter wollen aktive Pflichten wie das, was du bei den Aufklärern getan hast. Nun, mein Angebot bleibt bestehen. Immer vorausgesetzt, daß du ein Mann von angemessener Ehre bleibst, kannst du später darauf zurückkommen, wenn du willst."

Er starrte auf Jason hinunter.

„Vielleicht wirst du dich selbst überraschen und genau das tun", sagte er. „Wenn wir jung sind, wollen wir alles über Nacht erreichen. Wir haben große Träume von großen Ehren und der Gründung von Reichen. Und so sollte es natürlich auch sein. Aber nach ein paar Jahren kommt die Zeit zu bedenken, daß es für jeden einzelnen, der ein Reich und eine Familie gründet, Millionen anderer geben muß, die die anderen Pflichten der Ehre erfüllen. Denn uns allen obliegt eine noch größere Verantwortung als jene, ein ehrenwerter Mann zu sein – das überrascht dich, junger Mann?"

„Ich ..." stammelte Jason. „Ich bin nur ein Zweitvetter."

„Das macht keinen Unterschied", sagte der Prüfer. „Selbst eine Waise ist Mitglied der Rasse. Und auch sie hat eine größere Verantwortung als jene für ihre eigene Ehre – nämlich die, dafür zu sorgen, daß er am Ende Teil einer ehrenwerten Rasse ist." Er starrte Jason überrascht und nicht unfreundlich an. „... was trauerst du, junger Mann?"

„Ich bin unwürdig!" klagte Jason.

„Langsam", sagte der Prüfer. „Habe ich nicht gesagt, daß der Jugend Träume und Phantasien wohl anstehen? Und wo stünden wir denn, wenn nicht hin und wieder aus solchen Träumen in großen Zeitabständen ein Gründer erwüchse? Ich habe dich nur gewarnt, auf der Suche nach persönlicher Ehre nicht alles andere zu vergessen. Komm ..." sagte der Prüfer, immer noch freundlich, „ich sehe, du bist ein sehr feinfühliger junger Mann. Wenn du noch fünf Perioden lebst, könntest du ein Mensch werden, auf den wir alle stolz sind. Du kannst jetzt gehen."

Jason neigte den Kopf und ging rückwärts hinaus. Erst als er den mächtigen Gebäudekomplex des Prüfzentrums hinter sich gelassen hatte, gelang es ihm, seine Gefühle wieder unter Kontrolle zu bekommen. Er ging zu den Maklerbüros im Stadtzentrum und dachte über sich selbst nach. Es war so seltsam – in dem einen Augenblick war sein Ehrgeiz so groß, daß er auf alle herunterblickte, und im nächsten Augenblick reichten ein Wort oder zwei, wie jene, die er gerade gehört hatte, um ihn vor sich selbst unwürdiger erscheinen zu lassen als die gemeinste Waise in einem Wohlfahrtsheim. Benommen schüttelte er den Kopf.

Bis er die Maklerbüros erreichte, hatte er das Gefühl abgelegt und fand sich wieder ganz in der Gewalt der Entschlossenheit, die sein Leben seit jenem Augenblick beherrscht hatte, als er das Artefakt zum erstenmal mit den Instrumenten seines Schiffes wahrgenommen hatte. Er fand den Makler, den Bela Erstvetter ihm empfohlen hatte, und gab ihm seine Werteliste.

Der Makler warf einen geübten Blick auf die Liste und wandte sich dann seinem Computerterminal zu, um die Tageswerte der einzelnen Stücke zu überprüfen. Als er fertig war, nickte er nachdenklich, tippte eine Summe und gab Jason die Liste zurück.

„Gar nicht schlecht für einen Zweitvetter in seiner zweiten Periode", sagte der Makler. Er war ein Stab-Gläubiger und gehörte der Familie Machidae an, die den Brutogasi immer freundlich gesinnt gewesen war – das ging auf ein Wassergeschenk zurück, das der ursprüngliche Brutogas dem jungen Gründer der Machidae gemacht hatte.

„Es ist natürlich dieses Guthaben aus der Belohnung für das Auffinden jenes Artefakts, das die Summe so ungewöhnlich hoch macht. Was hattest du mit der Liste vor?"

„Ich möchte sie zu Geld machen", sagte Jason.

Der Makler hob die Brauen.

Jason mußte eine Weile reden, um den Makler zu überzeugen – einen vernünftigen Mann, bereits auf dem besten Wege zu einem ehrenwerten Alter –, daß dies wirklich seine Absicht war. Und noch mehr Überredungskunst gehörte dazu, den Makler davon zu überzeugen, daß auch der letzte Teilbetrag, eine Option auf den Notfonds der Brutogasi, eingeschlossen werden sollte.

„Das kannst du nicht tun", sagte der Makler schließlich. „Oder besser gesagt, ich tue das nicht. Wenn du dich genügend bemühst, kannst du wahrscheinlich irgendein skrupelloses Individuum finden, das auch diesen Betrag für dich zu Geld macht – doch ich lehne das ab. Aber ich bin bereit, dir ein Darlehen darauf zu geben – bis zu Dreiviertel des Wertes. Und damit verstoße ich bereits gegen meine eigene Ehre und gegen die Freundschaft zwischen unseren Familien. Du bist dir doch im klaren darüber, was geschieht, wenn du das Darlehen nicht innerhalb einer Periode zurückbezahlen kannst, oder?"

„Ja", sagte Jason.

„Ich will es trotzdem aussprechen", sagte der Makler. „Wenn du es bis dahin nicht zurückbezahlt hast, habe ich einen Anspruch gegen die Familie Brutogas, und du weißt genau, was das bedeutet. Dein Familienoberhaupt wird unverzüglich bezahlen, aber im gleichen Augenblick wirst du zu einer Verbindlichkeit für die Familie – da auch weitere Schulden bezahlt werden müßten, aber du keinen persönlichen Kredit mehr hättest, um für die Zahlung aufzukommen. Deine Familie müßte sich also in einem Akt der Notwehr von dir lossagen. Weißt du, was es bedeutet, ohne den Schutz der Familie leben zu müssen?"

„Das wäre nicht das erstemal, daß ehrenwerte Männer so gelebt hätten", sagte Jason halsstarrig.

„Ehrenwerte Riesen! Ehrenwerte Genies!" sagte der Makler. „Aber nicht so etwas Schwaches wie gewöhnliche ehrenwerte Männer. Die meisten gewöhnlichen Menschen, gleichgültig wie ehrenwert auch jeder einzelne sein mag, begehen entweder kurz darauf Selbstmord oder werden von irgendeinem Individuum, das einer Familie angehört, getötet, da dieses Individuum ja weiß, daß niemals jemand eine Frage stellen wird – wie es natürlich auch durchaus recht und billig ist. Es hätte wenig Sinn, Familien zu haben, wenn es so leicht wäre, außerhalb von Familien zu existieren. Was feststeht, ist jedenfalls, daß ein Verstoßener selten länger als noch ein paar Tage lebt, wenn er Glück hat. Und es ist ein zweckloser Weg zum Tode – du willst es aber dennoch tun?"

„Ja", sagte Jason, obwohl sich sein Magen dabei zusammenzog. Sein Vorstellungsvermögen war stark genug, um sich die schreckliche Einsamkeit ausmalen zu können, in der man ohne Familie oder Namen leben mußte.

„Nun gut", sagte der Makler. „Und du willst mir nicht sagen, wozu du das Geld brauchst?"

„Nein, lieber nicht", sagte Jason.

„Gut. Ich habe dir gesagt, was mir mein Gewissen gebot. Unser Geschäft wäre damit abgeschlossen. Es wird etwa eine Stunde dauern, die Papiere fertig zu machen, aber praktisch betrachtet kannst du sofort Wechsel gegen die Summe ausstellen, die ich hier notiert habe."

Jason dankte ihm und ging hinaus.

Wieder im Licht der weißen Sonne, bestieg Jason einen Pendelbus, der durch die Tunnels zur anderen Seite der Stadt fuhr, wo sich die meisten Sportanlagen befanden. Jason suchte sich eine Fechtschule aus, wo der Gebrauch des Duellschwerts gelehrt wurde. Beinahe hätte er den Eingang verpaßt, denn es handelte sich um ein einfaches, kahles Zimmer, lediglich mit einem kleinen Teich in der Mitte und ein paar kargen Sitzplattformen an den Wänden. Dann sah er das Zeichen über dem Eingang, welches verkündete, daß dies die Schule von Brodth Jüngerbruder Clanth, Schwertmeister, sei. Er trat ein.

Drinnen hörte er das Schlurfen von Füßen und das Klirren von

Metall auf Metall. Es gab keine Tür zu diesem Innenraum, was ihn überraschte – oder was ihn vielleicht überrascht haben würde, hätte er es hier nicht mit einem Schwertmeister vom Ruf eines Brodth Jüngerbruders zu tun gehabt. Bei einem Schwertmeister von solch hohem Ruf war es zweifellos Ehrensache, weder öffentliche noch private Schlüsselträger zu beschäftigen.

Jason trat in den inneren Raum. Er sah eine rechteckig angelegte, hell erleuchtete Halle mit hoher Decke, in der drei Paare von Fechtern miteinander übten. Ein hochgewachsener, schlanker Ruml von ungewöhnlich gerader Haltung ging von Gruppe zu Gruppe, um seine Anweisungen zu erteilen. Hin und wieder klatschte er ein paar Sekunden lang rhythmisch in die Hände, um einen der Fechter wieder zu dem Rhythmus zurückzuzwingen, der für Schwertarbeit nötig war.

„. . . vorbeugen“, sagte seine rauhe, ziemlich hoch klingende Stimme erregt zu einem der Fechter am Ende des Saals. „Du mußt dich in deinen Schlag hineinlehnen! Und wieder! Und wieder – der Schlag kommt aus der Hüfte – so! Und wieder . . .!“

Als er Jason sah, verstummte er und kam auf den Eingang zu. Er bewegte sich mit dem schnellen, an ein Metronom erinnernden Gang eines ausgebildeten Fechters – seine Schritte waren so gleichmäßig wie das Ticken einer erstklassigen Uhr.

„Ehrenwerter?“ sagte er und blickte auf Jason hinab. „Ich bin Schwertmeister Brodth.“

„Ich möchte hier Schüler werden und die Kunst des Schwertkampfes studieren“, sagte Jason.

„Eine Ehre . . .“ Brodth neigte seinen schon etwas angegrauten Kopf. „Zweifellos weißt du, daß meine Gebühren etwas höher sind als die üblichen?“

„Ja“, sagte Jason. „Ich weiß. Es macht mir nichts aus, den dreifachen Preis zu bezahlen, wenn ich unter einem Meister studieren kann.“

„Danke“, sagte Brodth und neigte den Kopf, ohne daß sein Gesichtsausdruck sich dabei veränderte. Dann lehnte er sich etwas zur Seite und deutete auf die Fechterpaare. „Meine drei Gehilfen sind im Augenblick beschäftigt, du kannst dir also aussuchen, mit wem du arbeiten willst. Alle drei haben Termine frei. Wenn ich einen Vorschlag machen darf . . . wie vertraut bist du mit der Duellwaffe?“

„Ich habe zwei Perioden regelmäßig damit gearbeitet“, sagte

Jason. „Natürlich . . . allein . . . und mit anderen in meiner Familie.“

„Aha. Nun, dann würde ich Lyth Vettersvetter vorschlagen. Der ist vielleicht für den Anfang etwas zu stark für dich – er ist mein bester Gehilfe –, aber wenn du willst . . .“

„Ich wollte mit dir arbeiten“, sagte Jason.

„Aber du arbeitest mit mir . . .“ Brodth hielt inne. Die Haut um seine Nase spannte sich, und seine Augen verengten sich. „Ehrenwerter“, sagte er trocken, „ich stehe nicht zur Verfügung. Wenn du direkt mit einem Schwertmeister arbeiten willst, gibt es andere Fechtschulen . . .“

„Ehrenwerter“, sagte Jason. „Als Mann von Ehre liegt mir nichts ferner, als Euch in irgendeiner Weise beleidigen zu wollen. Meine Lage ist ungewöhnlich und ernst. Binnen weniger Tage werde ich einen Mann vom Geschick und den Fähigkeiten eines durchschnittlichen Schwertmeisters schlagen müssen.“

Brodth sah ihn an.

„Und wer . . .“ erkundigte er sich, immer noch mit trockener, ausdrucksloser Stimme, „wer ist dieser Mann?“

„Ich weiß es noch nicht“, sagte Jason. „Aber wahrscheinlich wird es ein Meister eines der Familienoberhäupter sein.“

Brodth starrte ihn eine volle Sekunde lang an. Dann lockerte sich die Spannung in seinem Gesicht, und seine Augen blickten ihn mit so etwas wie Humor an.

„Wenigstens“, meinte er, „bist du nicht irgendein junger Tunichtgut, der sich einbildet, er könnte sich das Recht kaufen, damit zu prahlen, Brodth Jüngerbruder sei sein persönlicher Fechtmeister.“

„Ehrenwerter“, sagte Jason bescheiden, „es wird mir ein Vergnügen sein, es sogar geheimzuhalten, wenn Ihr dies wünscht.“

Brodth lachte. Jason sah, daß er wie die meisten Schwertmeister schon vor langer Zeit aufgehört hatte, in Fragen seiner persönlichen Ehre empfindlich zu sein – die ja ohnehin kein gewöhnlicher Laie herausfordern würde. Jasons Hoffnung stieg. Er hatte sich viel erhofft, aber daß Brodth Sinn für Humor haben würde, überstieg seine kühnsten Erwartungen.

„Nun schön“, sagte der Schwertmeister. „Komm her.“ Er führte Jason an ein Regal mit den langen, doppelklingigen Duellrapieren mit ihren Korbgriffen – Waffen, die bis auf Schneide und Spitze mit den echten Waffen, die in Ehrensachen benutzt wurden, völlig identisch waren. „Wähle eine“, sagte er zu Jason, „und dann zeig mir die ersten sechsundzwanzig Schläge der Grundübung. Ich werde dir zusehen und daraus alles, was ich wissen muß, entnehmen können.“

Jason spürte, wie der Pelz unter seinem Kinn feucht von Schweiß wurde, während er das Schwertregal ansah. Waffen jeder nur denkbaren Länge und jedes zulässigen Gewichts standen hier zur Verfügung. Als Schwertmeister und insbesondere als der Mann, der in den interplanetarischen Meisterschaften der besten Fechter der ganzen Rumlrasse den Titel davongetragen hatte, hätte Brodth ohne zu zögern die schwerste und längste Waffe für sich ausgewählt. Aber Jason, erst seit zwei Perioden erwachsen, hatte noch kaum die Durchschnittsgröße eines Ruml erreicht.

Schließlich wählte er ein Schwert, das er sogar für etwas leichter und kürzer hielt als das, mit dem er im Brutogasischloß geübt hatte. Er wog es in der Hand, die Spitze nach oben, und schlug dann ein paarmal damit zu, um ein Gefühl für die Elastizität der langen Zwillingsklingen zu bekommen. Dann stampfte er einmal auf den Boden, um sich an den Rhythmus zu gewöhnen, und fing dann an, die Routineschläge der Grundausbildung durchzuführen.

Er griff in fünf Bewegungen an, wich vier Tempi zurück, griff sechs an, wich zwei zurück, griff zwei an, ging zwei zurück, griff vier an . . . und plötzlich überkam ihn tiefe Scham. Sein fünfter Angriff, der abschließende Ausfall, ließ ihn stolpern und beinahe das Gleichgewicht verlieren.

Er riß sich zusammen. Sein Nackenpelz war feucht vom Schweiß des Selbsthasses und des Elends. Er legte das Schwert auf das Regal zurück und drehte sich um. Jetzt würde Brodth ihn eisig auffordern, den Fechtsaal zu verlassen.

Aber das geschah nicht. Brodth sah ihn eigenartig an. „Ich weiß nicht, was . . .“ begann Jason zu stammeln, aber Brodth schnitt ihm mit einer gleichgültigen Handbewegung das Wort ab.

„Dieser Fehler?“ sagte der Schwertmeister. „Nichts. Du hast dich plötzlich daran erinnert, daß ich zusehe. In einem echten Duell wäre das nicht passiert. Nein . . .“ – er sah Jason an und rieb sich das Kinn – „. . . du bist nicht schlecht. Du hast kein zu schweres Schwert gewählt, um damit vor mir zu prahlen. Deine Reflexe sind wirklich ausgezeichnet. Und als du jetzt den Fehler machtest, hast du gar nicht erst versucht, ihn auf eine fremde Waffe oder den zu glatten Boden zu schieben.“

Er verstummte, rieb sich wieder das Kinn und betrachtete Jason interessiert.

„Dann . . .?" fragte Jason. „Ihr meint, es wäre möglich? Ich könnte ausgebildet werden und gewinnen?"

Brodth nahm die Hand vom Kinn. „Gegen den Meister eines Familienoberhauptes?" fragte er. „Nicht in tausend Jahren. Wie gesagt, deine Reflexe sind ausgezeichnet. Wenn das alles wäre . . ." Er zuckte die Achseln. „Aber du bist zu klein, mein junger Freund." Er sah Jason beinahe mitfühlend an. „Ein Familienmeister hat allein schon eine Reichweite, die eine halbe Armeslänge größer ist als die deine. Darüber hinaus ist er um ein Drittel schwerer – ganz zu schweigen von seiner Erfahrung und von seinen Reflexen, die mindestens ebenso schnell sind wie die deinen."

Er schüttelte den Kopf.

„Nein", sagte er, „glaube mir – ich nehme nicht einmal Geld für diesen Rat. Fordere diesen Mann nicht heraus."

„Ich fürchte . . .", sagte Jason, „ich habe keine Wahl."

„Keine Wahl?" Brodth starrte ihn an. „Was soll das heißen. Er kann doch unmöglich dich herausgefordert haben – das wäre nicht möglich. Und er kann dich auch nicht dazu zwingen, ihn herauszufordern. Schau", sagte er dann, „wenn jemand seine Position oder seine Fechtkunst als Meister eines Familienoberhaupts ausgenützt hat und dich . . ."

„Nein. So ist es nicht", sagte Jason. „Wie gesagt, ich weiß nicht einmal, wen ich herausfordern muß. Aber es wird nicht lange dauern, dann muß ich es tun." Er zögerte.

„Ehrenwerter, ich wiederhole, mir liegt nichts ferner, als Euch beleidigen zu wollen, aber wenn Ihr mir auch nur ein klein wenig helfen könntet, selbst in dem Wissen, daß es hoffnungslos ist . . ." Er zog die Werteliste aus der Tasche seines Harnischs und reichte sie dem Schwertmeister.

„Ich habe ein ausreichend großes Konto, und selbst wenn einer Eurer Gehilfen mir helfen . . ."

„Bei meinem Schwert und bei meiner Ehre!" platzte Brodth heraus und starrte die Liste an. „Du hast das Guthaben deiner Familie verpfändet? Um Fechtstunden zu bezahlen?"

Jasons Nacken zitterte. Unter Aufbietung größter Willenskraft hinderte er sich daran, dem Schwertmeister die Liste wieder wegzureißen. Er hatte lediglich vorgehabt, dem Mann die Summe zu zeigen. Die Verlegenheit, die er empfand, ließ seine Augen brennen.

Der Fechtsaal, der ihn umgab, schien zu schwanken. Er sah nach rechts und links und rechnete damit, daß die Helfer und Schüler alle ihr Fechten eingestellt hätten und ihn anstarrten. Aber dann sah er plötzlich, daß außer ihm und Brodth der Saal leer war. Die anderen hatten ihre Übungen abgeschlossen und den Saal verlassen.

„Ich plane ...“ Jasons Stimme klang heiser. „Ich plane eine große Anstrengung ...“

„Aber du junger Narr!“ Das war recht typisch für Fechtmeister, daß sie keinerlei Rücksicht auf die Empfindlichkeit anderer Leute nahmen. „Ist dir denn nicht klar, daß deine Familie dich ausstoßen wird, wenn du nicht rechtzeitig bezahlen kannst? Und wie kommt es überhaupt, das jemand in deinem Alter über eine solche Summe verfügt? Was hast du vor – willst du ein Reich gründen?“

„Ja“, gab Jason gequält zu. „Ich ...“

Er hielt inne, merkte jetzt, daß Brodth ihn anstarrte und merkte zu spät, daß der andere seine Frage nicht ernst gemeint hatte. „Das ... ist dein Ernst?“ sagte der Schwertmeister schließlich. „Du glaubst tatsächlich ... weißt du eigentlich, welche Wahrscheinlichkeit dagegen spricht, daß ein Mann ...?“

Jason nickte grimmig. „Deshalb wollte ich es auch niemandem gegenüber erwähnen“, sagte er etwas steif. „Darf ich mich auf Euch als auf einem ehrenwerten Mann verlassen, daß Ihr ...“

„Ja, ja, natürlich ...“ murmelte Brodth und starrte ihn immer noch an. „Wie heißt du?“

Jason sagte es ihm. Brodth starrte ihn noch ein paar Sekunden an, und dann leuchtete in seinen Augen plötzlich das Erkennen auf.

„Du bist der Aufklärer, der vor ein paar Wochen dieses Artefakt im Weltraum gefunden hat!“ stieß er hervor.

„Ja“, sagte Jason. Und dann drehte er sich um und ging zum Eingang. „Nun, Ehrenwerter, wenn keiner Eurer Gehilfen mir ...“

„Warte!“ sagte Brodth.

Jason drehte sich um. Der Schwertmeister musterte ihn mit eigenartigem Blick.

„Du wirst es vielleicht nicht glauben“, sagte er langsam, „aber ich war auch einmal ein solch junger Narr. Ich hatte mir die Idee in den Kopf gesetzt, ein Reich zu gründen ...“ Einen Augenblick lang leuchteten seine Augen. „Und es war gar nicht so weit hergeholt ...“ murmelte er. „Rassenmeister in drei aufeinanderfolgenden Jahreszeiten ... ich hätte noch eine Stufe weiterkommen können.“ Dann faßte er sich, und seine Stimme klang wieder normal.

„Komm mit."

Er führte ihn in das Vorzimmer mit dem Teich zurück und durch eine geschlossene Tür, die Jason vorher nicht aufgefallen war, in einen Raum, der zur Hälfte Büro, zur Hälfte Wohnzimmer war. Er geleitete Jason durch eine weitere Tür in ein Zimmer, das wie ein kleiner Fechtsaal aussah. An den Wänden hingen einige Waffen, alte und moderne.

„Unser augenblickliches Duellschwert nützt dir nichts", murmelte Brodth. „Da liegen alle Vorteile bei dem größeren, stärkeren Mann. Aber hier ..." Er blieb stehen. „Schau dir die an."

Jason folgte Brodths Blick. Er sah zwei doppelklingige Schwerter, die gekreuzt an der Wand hingen. Sie hatten praktisch kein Heft, und die Klingen waren um ein Vielfaches breiter als die Klinge eines normalen Schwertes und nur halb so lang. Zwischen dem X, das diese Schwerter bildeten, hingen zwei runde Metallscheiben, die Jason plötzlich als Schilde erkannte. Er sah hier Waffen, wie man sie vor beinahe zweitausend Jahren gebraucht hatte.

„Hier", sagte Brodth und wies mit seiner mit grauem Pelz bewachsenen Hand darauf, „sind Waffen, die deinen Fähigkeiten ebenso entgegenkommen, wie die augenblicklichen Duellschwerter deinem Widersacher nützen würden. Wir haben nicht sehr viel Zeit, um einen antiken Rumlkrieger aus dir zu machen, aber – bist du bereit, ein Risiko einzugehen, Kator Zweitvetter?"

8

Die Tage und Nächte der Rumlheimatwelt waren kürzer als die Tage und Nächte der Erde. Aber weil Kator im Rumltag den normalen Tag sah, empfand Jason ihn genauso. Auf diese Weise befand Jason sich sozusagen in zwei unterschiedlichen Zeitsystemen – den Stunden, Tagen und Wochen der menschlichen Welt und den Zeitabschnitten der Ruml, die eineinhalbmal so schnell abliefen.

Die praktische Auswirkung davon war, daß Jason gelegentlich seine Kollegen in der Stiftung damit verwirrte, daß etwas, was in etwa einer Rumlwoche geschehen sollte, nach irdischen Begriffen bereits übermorgen erfolgte.

So ging es auch mit dem Duell, auf das Kator sich vorbereitete. Nach den Begriffen der Ruml war bis dahin noch etwa einen Monat Zeit, in irdischen Begriffen aber waren es nur etwas mehr als zwei Wochen. So verbrachte Jason seine Schlafstunden damit, Kators Ausbildung mit dem archaischen Rumlschwert mitzuerleben, während er die Tage dazu benützte, das, was er gesehen hatte, aufzuschreiben und zu skizzieren und Beziehungen zu irdischen Parallelen herzustellen.

Wie die meisten Leute, die den Zoologenberuf ergreifen, hatten ihn andere als menschliche Geschöpfe seit frühester Jugend, seit er zum erstenmal ein verwundetes Eichhörnchen, dem das Geschoß einer Luftpistole das Bein gebrochen hatte, wieder gesund gepflegt hatte, fasziniert. Das Mysterium der kleinen Universen von Leben und Tod, die in hohlen Bäumen und Erdlöchern existierten – ebenso wie im afrikanischen Hochland und im Busch, wo sich die Elefantenherden bewegten, und auf den ganze Ozeane umfassenden Jagdgründen der Mörderwale – hatte ihn immer wieder fasziniert. Jene traumhafte Erinnerung, als er im Frühling an den Hügelflanken der Rockies gelegen und durch seinen Feldstecher die Kämpfe der braunen Bären beobachtet hatte, war damals, als er ein kleiner Junge war, noch ein Zukunftstraum gewesen.

Es schien ihm, als gäbe es viel Gleiches zwischen allen Geschöpfen, den Menschen eingeschlossen. Sie alle waren verwandt. Sie waren wie Menschen ohne die Gabe der Sprache, mit unterschiedlichen Bedürfnissen, Nöten und Sitten. Mit ein wenig – nur ein klein wenig – Verständnis, so war es ihm vorgekommen, sollte es möglich sein, wenigstens mit den höheren Säugetieren Verbindung aufzunehmen.

Als Junge hatte er sich ausgemalt, wie es wäre, wenn er eine Möglichkeit entdeckte, mit Wolf, Tiger und Bär zu sprechen. Als Heranwachsender hatte er diese Phantasien beiseite gelegt – aber trotzdem hatten sie ihn beinahe in die Bereiche der Psychologie und der Kommunikation geführt statt in seine erste Liebe, die Naturkunde.

Jetzt, da er sich in Verbindung mit Kator und dem Leben der Ruml befand, war der alte Traum in ihm wieder erwacht. Nur daß er jetzt ein Mann war und es eher eine Besessenheit denn ein Traum war.

Er verbrachte alle Zeit, die er vom Aufzeichnen und Skizzieren erübrigen konnte, in der Stiftungsbibliothek. Der unbestimmte, nebelhafte Schemen einer großen Entdeckung schien gerade außer Reichweite vor ihm zu fliehen, wie das verschleierte Versprechen einer Geschichte, die so wild und fremdartig war wie ein Märchen aus Tausendundeiner Nacht. Er vergrub sich in W. Kohlers *Mentalität der Affen,* C. Loyd Morgans *Das Verhalten der Tiere,* Warden, Jankins und Warners *Vergleichende Psychologie* – bis Mele kommen und ihn finden mußte, um ihn wieder in die alltägliche Welt von Nahrung, Getränk, Schlaf und dem höchst fremdartigen Experiment selbst zurückzuholen, mit dem sie befaßt waren.

Eines Tages, beinahe zwei Erdwochen, nachdem Brodth die Ausbildung Kators begonnen hatte, suchte Mele Jason und fand ihn schließlich vor dem Bücherregal im sechsten Stock. Eine Sechzig-Watt-Birne beleuchtete die Regale und Jason. Er saß mit untergeschlagenen Beinen auf dem Boden und war völlig in seine Lektüre versunken. Auf dem Boden neben ihm lag Theodore H. Hittels *Die Abenteuer des James Adams, Bergsteiger und Grizzlybärenjäger in Kalifornien.* Aber das Buch, das er auf den Knien hielt und las, war Chalmers *Die Kindheit der Tiere.*

„Hier bist du also“, sagte Mele. „Die Mittagszeit ist schon vorbei und – hast du das vergessen? Nach dem Mittagessen ist eine Ausschußsitzung.“

„Oh!“ Jason blickte auf und erhob sich. „Tut mir leid.“ Er nahm seine Bücher. „Hast du auch noch nicht gegessen? Komm, geh voraus.“

Sie sah ihn an, machte eine halb unbewußte Handbewegung und hielt dann inne.

„Du könntest dir ja den Staub etwas abklopfen!“ sagte sie ärgerlich. „Im Speisesaal sind schließlich auch andere Leute.“

„Oh . . .?“ Er klopfte mit jener Hand, die keine Bücher hielt, auf seine Hose. Dann folgte er Mele die Treppe hinunter durch ihr Büro in den Haupttrakt des Stiftungsgebäudes.

Die Bar und der Speisesaal des Gebäudes – die Stiftung stellte für ihre wissenschaftlichen Mitglieder, die über die ganze Welt verstreut waren, eine Art Club dar – befanden sich im Erdgeschoß, in jenem Teil, der früher, als das Gebäude noch Bürozwecken diente, die Kantine gewesen war. Allerdings wären die früheren Mieter des Gebäudes über den Unterschied erstaunt gewesen. Der jetzige Speisesaal hatte schwere Tische, geschnitzte Stühle, schöne Teppiche und mit Holz verkleidete Wände.

Die Bar, ein kurzer, massiver Bogen aus Eichenholz, füllte eine

Ecke des Raums, links vom Eingang. Und wenn man die schweren Doppeltüren des Eingangs zurückzog, hatte man eine kleine Fläche mit drei Tischen, die fast abgeteilt war, mit der Bar an einer Seite, der Wand an der anderen und einer Art Schirm, der von der schweren, nach innen geöffneten Tür gebildet wurde.

Jason und Mele saßen normalerweise an einem dieser drei Tische – dem in der Ecke, am Ende der Bar. Und der Kellner hielt ihnen diesen Tisch auch üblicherweise frei.

Er hatte ihn auch heute freigehalten, was offensichtlich keine große Mühe bereitet hatte. Im ganzen Speisesaal waren nur drei weitere Tische besetzt – und keiner der drei in der Ecke. Jason und Mele setzten sich und bestellten. Jason legte seine Bücher auf den Tisch und schlug sofort wieder Chalmers *Die Kindheit der Tiere* auf.

„Nein, so geht das nicht", sagte Mele. „Er nimmt auch einen Drink", sagte sie zum Kellner, der, nachdem er ihre Bestellung entgegengenommen hatte, schon wieder weggehen wollte. „Einen Martini – und für mich auch einen."

Jason wollte schon Einwände erheben, zuckte dann aber die Achseln und klappte den Chalmers zu. Er legte beide Bücher auf den Boden.

„So", sagte er. „Aus den Augen, aus dem Sinn. Ist es so besser?"

„Ja", sagte sie. Aber sie lächelte nicht dabei, sondern ihre Augen musterten besorgt sein Gesicht. „Nimmst du ab?"

„Das weiß ich nicht. Warum?" fragte er. „Du kannst ja Heller fragen. Er führt Buch über mich."

„Ich glaube, du solltest vor jeder Mahlzeit einen Drink nehmen", sagte sie. „Und keine Bücher."

„Ich könnte mir ja mal eine Nacht freinehmen?" Er grinste, wurde aber schnell wieder ernst. „Ich glaube, du verstehst das nicht ganz", sagte er. „Ich bin zwar in dieser Geschichte hier Beobachter – aber ich muß mich auch etwas informieren, um zu wissen, nach was ich eigentlich Ausschau halten soll."

„Du tust ja gerade, als müßtest du alles allein tun", wandte Mele ein. „Später werden eine ganze Menge Versuchspersonen mitmachen. Warum kannst du es nicht bei dem belassen, was du ursprünglich getan hast: einfach beobachten und berichten."

Ihre Drinks kamen, aber als der Kellner gegangen war, nahmen sie den Faden wieder auf.

„Du sagst die ganze Zeit, ich würde dich nicht verstehen", griff Mele ihn an. „Nun, wenn es so ist, dann erkläre es mir. Sag mir, was ich nicht verstehe.“ Die Teller mit dem Essen wurden vor ihnen hingestellt, aber sie ignorierten es beide und lehnten sich auf den Tisch.

„Das versuche ich ja die ganze Zeit“, sagte Jason. „Du hörst mir nur nicht richtig zu. In dieser Situation gibt es eine ganze Anzahl kritischer Punkte, die außer mir keiner zu glauben scheint. Weißt du, wir haben wirklich nicht gewußt, worauf wir uns einließen. Es ist eine Frage der Instinkte, und zwar sowohl auf unserer Seite als auch auf der der Ruml. Und instinktive – oder, besser gesagt, früh erworbene – Verhaltensweisen sind sehr viel wirkungsvoller, als die Mitglieder des Ausschusses und insbesondere du zu erkennen scheinen . . .“

„He, ihr beiden da!“ unterbrach sie die Stimme von Thornybright. „Darf man Sie beide einmal stören? Ich hab’ hier jemand, den ich mit Ihnen bekannt machen möchte, und ich will nicht bis nach der Sitzung warten.“

Jason und Mele zuckten beinahe schuldbewußt zusammen. Sie hatten eindringlich aufeinander eingeredet und die Köpfe beinahe zusammengesteckt. Jetzt sah Jason, daß neben dem Psychologen ein hochgewachsener, athletisch schlanker Mann stand, das Haar so kurz und so sorgfältig geschnitten, daß man nicht sagen konnte, ob es grau oder einfach blond war. Das Gesicht war gebräunt, und er lächelte freundlich.

„Aber sicher“, sagte Jason. „Setzen Sie sich doch. Beide bitte.“ Er deutete auf die zwei freien Stühle an ihrem Tisch. „Ich lasse gleich den Kellner mit der Karte kommen.“

„Danke, wir haben schon gegessen“, sagte Thornybright und winkte ab. „Jason, Mele, ich möchte Ihnen Bill Coth vorstellen. Er ist Luftwaffengeneral – ein Drei-Sterne-General, im Augenblick mit einem Sonderauftrag des Weißen Hauses betraut. Wir arbeiten schon eine Weile zusammen.“

„Sind Sie Psychologe?“ fragte Mele. Coth lachte.

„Sozusagen mit der linken Hand“, grinste er. „Mit der rechten bin ich ein alter Barrashengst.“

Jason, der eine Bemerkung über die jungen Generäle in der Luftwaffe hatte machen wollen, hielt sich plötzlich zurück. Jetzt, wo er genauer hinsah, entdeckte er die kleinen Fältchen in den Augenwinkeln von Coth. Das jugendliche Aussehen des Mannes täuschte. Coth war den Fünfzigern gewiß näher als den Vierzigern.

„Ich habe Bill erzählt . . .“ sagte Thornybright, „aber essen Sie nur weiter, lassen Sie sich durch uns nicht stören . . . Ich habe Bill von der Arbeit erzählt, die Sie geschrieben haben, ich meine, die über die Braunbären und ihre jahreszeitlich unterschiedliche Kampflust."

„Wohl auch mit der linken Hand Zoologe?" fragte Jason und schluckte hastig ein Stück Fleisch hinunter, das bereits anfing, kalt zu werden.

„Mir fehlt die zusätzliche linke Hand, die ich dafür benötigen würde", sagte Coth lachend. „Nein, ich interessiere mich nur privat für dieses Thema. Ich hab schon als Junge immer viel für Tiere übrig gehabt.

Ich wußte nie recht, ob ich Zoologie oder Psychologie studieren sollte. Aber dann hat mich eben die Akademie in Denver aufgefordert . . ." Er zuckte die Achseln. „Aber alles, das mit Kämpfen zu tun hat, fällt ja in die Zuständigkeit meiner rechten Hand. Ich habe mir gedacht, daß ich gern eine Kopie Ihrer Arbeit lesen möchte, aber ich habe bisher keine bekommen können."

„Es handelt sich um eine Vorlesung, und die Arbeit ist nicht veröffentlicht worden", sagte Jason. „Ich hab auch keine überzählige Kopie, aber die Stiftung hat bestimmt eine. Ich hatte mir damals mein Manuskript fotokopieren lassen." Er sah Mele an. „Ob die Stiftung vielleicht eine Kopie hat?"

„Das kann ich feststellen." Sie lächelte Coth zu, und Jason empfand dabei einen Anflug von Ärger, obwohl er wußte, daß sie nur deshalb lächelte, um ihn eifersüchtig zu machen.

„Dafür wäre ich dankbar", sagte Coth. Und dann erzählte er eine Anekdote, die mit den Schwierigkeiten beim Auffinden bestimmter Schriften in der Kongreßbibliothek zu tun hatte. Jason wandte sich wieder seinem Essen zu. Als er fertig war, sah Thornybright auf seine Armbanduhr.

„Nun", meinte der Psychologe. „Bill, ich glaube, wir drei müssen Sie jetzt allein lassen. Die anderen warten bestimmt schon in der Bibliothek auf uns, um mit der Sitzung zu beginnen."

Sie standen auf, und Coth schüttelte Jason die Hand.

„Glauben Sie bloß nicht, daß ich Ihr Selbstbewußtsein ungebührlich heben will", sagte der General. „Aber ich habe einige Ihrer Artikel im *Natural Science Magazin* gelesen – und die haben mich wirklich fasziniert." Sein Lächeln wirkte echt, und sein Händedruck war fest. Jason schämte sich jetzt ein wenig über den Ärger, den er bei Meles Lächeln empfunden hatte.

Thornybright hatte recht gehabt. Die anderen warteten schon auf sie, und so wurde die Sitzung sofort nach ihrem Kommen eröffnet. Man verzichtete auf die Verlesung des letzten Sitzungsprotokolls, und Jason wurde aufgefordert, über die letzten Ereignisse auf der Rumlwelt Bericht zu erstatten.

Jason begann mit dem Bericht, den Kator im Prüfungszentrum abgegeben hatte, erzählte dann von der geschäftlichen Besprechung bei dem Makler und schloß mit den Übungsstunden, die sein Kontaktmann inzwischen in Brodths Fechtschule absolviert hatte.

Anschließend bat Thornybright um Fragen.

„Was dieser Prüfer da erwähnte – ich meine wegen der Expedition", fragte Heller. „Was verstehen die unter ‚Expedition', Jason? Und wußte Ihr Kontakt, Kator, etwas darüber, ob eine Expedition ausgeschickt wurde, oder vermutete er es?"

„Er scheint es für selbstverständlich zu halten", sagte Jason und runzelte die Stirn.

„Und was darunter zu verstehen ist – er hat damals bloß eine Sekunde lang darüber nachgedacht, aber der Eindruck, den ich gewann, war, daß es sich um ein einziges Forschungsschiff handelte und nicht um eine ganze Schiffsflotte mit Angriffs- oder Besatzungsplänen."

„Verbessern Sie mich bitte, wenn ich etwas Falsches sagen sollte", meinte Thornybright. „Aber ist das Wort Expedition nicht vorher schon einmal erwähnt worden? Hat nicht der erste Brutogas eine Expedition unternommen, von der er dann mit nur zwölf Begleitern zurückkehrte, die er später tötete? Ich hatte den Eindruck, daß ‚Expedition' eindeutig eine Art Eroberungsfeldzug bedeutet."

Wieder furchte Jason die Stirn und suchte seine Erinnerung ab. Es war ein höchst eigenartiger Vorgang, eine Frage aus der Sicht seiner menschlichen Erinnerungen unbeantwortet lassen zu müssen, um dann aus den fremden Eindrücken, an die er sich als Kator erinnerte, eine Antwort auszugraben.

„Tut mir leid", sagte er nach einer Weile. „Das ist meine Schuld. Es war nicht dasselbe Wort. Ich habe einfach den Begriff ‚Expedition' verwendet, um beide Begriffe in unsere Begriffswelt zu übertragen. Die Worte sind beinahe dieselben, und beide bedeuten im Wesen ‚Expedition'. Aber es gibt tatsächlich einen Unterschied. Die Expedition des Brutogas war eine Expedition, die der Eroberung diente. Und was der Prüfer erwähnte, war eine Expedition mit dem Ziel der Forschung und Berichterstattung. Die Verwirrung entsteht . . .“ Jason hielt inne und suchte erneut in seinen fremden Erinnerungen. „Die Verwirrung kommt daher, weil beide Arten von Expeditionen die ersten wären, die in diese bestimmte Richtung ausgeschickt werden.“

„Worin liegt denn der Unterschied?“ wollte Dystra wissen. „Warum eine Eroberungsexpedition zu der Welt des Brutogas und eine Forschungsexpedition zur Erde?“

„Auf der Welt des Brutogas gab es keine eingeborenen Intelligenzen!“ sagte Jason und ärgerte sich über sich selbst. „Natürlich! Warum habe ich nicht gleich daran gedacht?“

„Dann“, meinte Thornybright interessiert, „wäre die Expedition zur Erde vielleicht nur eine Vorstufe, um zum Beispiel diplomatische Beziehungen zu uns aufzunehmen?“

„Nein . . .“ Das Wort hatte kaum Jasons Lippen verlassen, als er erkannte, daß der Psychologe ihn hereingelegt hatte.

„Warum sagen Sie nein?“ bohrte Thornybright. „Welchen Zweck könnte sie sonst haben?“

„Uns auszukundschaften“, sagte Jason grimmig.

„Mit dem Ziel, uns zu erobern?“

„. . . Ja“, sagte Jason.

„Sie haben etwas gezögert, ehe Sie diese Antwort gaben“, sagte Thornybright. „Warum sollten sie spionieren, wenn sie nicht an Eroberung denken? Oder ist ‚Eroberung‘ auch nicht das richtige Wort?“

„Ich weiß nicht, ob ich das beantworten kann“, sagte Jason vorsichtig.

„Sie sollten es vielleicht versuchen“, sagte Dystra. Alle sahen ihn an. Jason war verbittert. Es hatte keinen Sinn, diesen Männern, die eine Antwort hören wollten, auszuweichen. Und Thornybright – ebenso wie Dystra – würden nicht lockerlassen.

„Immer, wenn sie in der Vergangenheit intelligente oder halbintelligente Rassen entdeckt haben“, sagte Jason zögernd, „haben sie sie entweder vernichtet, als sie ihre Welten übernahmen, oder sie zu einer Art von Haustieren gemacht. Aber . . .“

„Warum haben Sie uns das nicht schon früher gesagt?“ wollte Thornybright wissen.

„Aber . . .“ fuhr Jason fort, „wie ich gerade sagen wollte, haben sie bis jetzt nur zweimal in diesem Sinne bewohnte Welten gefunden. In beiden Fällen war weder die Intelligenz dieser Rassen noch ihre Zivilisation der unseren auch nur annähernd vergleichbar. Die höhere der beiden befand sich vielleicht auf der gleichen Stufe wie die des Pithecanthropus, wie er vor zweihunderttausend Jahren auf der Erde lebte, mit einem Gehirn von etwa zwei Drittel des Gehirnvolumens des heutigen Menschen. Im Wesen der Ruml konnte ich bis jetzt nichts entdecken, das mich zu der Annahme brächte, sie seien unfähig, mit Wesen, die geistig und kulturell auf der gleichen Ebene wie sie stehen, auch gewaltlos in Kontakt zu treten. Die Aussendung einer Expedition ist bei ihnen völlig normal und routinemäßig ..."

„Jason", unterbrach Dystra ruhig. Jason verstummte. „Ich glaube", sagte der Physiker, „wir haben die Bedeutung des Wortes ‚Eroberung' in diesem Zusammenhang aufgeklärt. Hat sonst noch jemand etwas dazu zu sagen?" Er sah sich am Tisch um. „Gut. Dann schlage ich vor, daß wir jetzt zu der Frage kommen, die wesentlich wichtiger ist. Jason ..." Seine Augen unter ihren buschigen Brauen bohrten sich in Jasons Gesicht. „Sie scheinen der Annahme zu sein, daß Ihr Kontakt, Kator, dieses Duell gewinnen wird."

„Ja, das glaube ich", sagte Jason.

„Das glauben Sie", sagte Dystra. „Dieser Fechtmeister – Brodth – scheint Ihre Ansicht zu teilen, und er ist ja schließlich Fachmann." Sein Blick wanderte zu dem einzigen Arzt am Tisch. „Allan, was halten Sie davon? Wenn Jason mit diesem Kator in Kontakt ist und Kator in dem Duell getötet wird, was geschieht dann?"

Allan Creel schürzte die Lippen.

„Das kann ich nur vermuten", sagte er. „Wir konnten schließlich nicht eine unserer freiwilligen Versuchspersonen töten, als wir diese Geräte testeten. Wenn der Ruml getötet wird ... nun ..." Er zögerte.

„Ich will es ganz brutal ausdrücken", sagte Dystra. „Würde Jason auch sterben?"

„Nun ..." sagte Creel, „es gibt keine eindeutigen Gründe dafür ... andererseits wäre der psychische Schock natürlich äußerst schwerwiegend. Jemand, der zum Beispiel ein schwaches Herz hätte, wäre zweifellos in Gefahr. Jason befindet sich natürlich in ausgezeichneter Kondition, sonst hätten wir ihn nicht für diese Arbeit ausgesucht. Trotzdem wird er Kators Reaktionen teilen. Er wird, psychisch meine ich, im gleichen Augenblick wie Kator sterben. Es besteht natürlich die Möglichkeit, daß die Verbindung zwischen ihnen kurz vor dem Augenblick des tatsächlichen Todes abreißt. In diesem Fall gäbe es überhaupt keinen psychischen Schock. Jason würde einfach feststellen, daß kein Kontakt mehr besteht."

„Aber insgesamt betrachtet", Dystra schlug leise mit der Faust auf den Tisch, „insgesamt betrachtet, würden Sie jedenfalls nicht raten, mit einem fremden Geist im Augenblick seines Todes in Verbindung zu bleiben?"

„Raten? Natürlich nicht!" sagte Creel. „Ich würde nachdrücklich davon abraten. Und . . ." Er wandte sich um und sah Jason an. „Und das tue ich jetzt auch. Ich rate davon ab."

„Ich glaube nicht", sagte Jason nachdenklich, „daß Kator dieses Duell verlieren wird."

„Aber wenn er es doch verliert?" fragte Dystra.

„Wenn er es verliert . . ." Jason hielt inne und fing dann von neuem an. „Nun, wenn er es verliert, können wir es immer noch nicht riskieren, das aufzugeben, was wir zwischen jetzt und dem Zeitpunkt des Duells noch von ihm erfahren können. Sobald der Kontakt einmal abgebrochen ist, ist es wahrscheinlich, daß man ihn nicht wiederherstellen kann. Sie erinnern sich doch daran, daß wir das bei unseren Tests mit anderen Menschen festgestellt haben. Und wenn zwei Menschen einen einmal abgerissenen Kontakt nicht wiederherstellen können, dann sind die Chancen der Verbindung mit einem fremden Wesen noch sehr viel geringer – insbesondere, da der Fremde nicht einmal weiß, daß wir einen Kontakt mit ihm haben, und wir zudem zweihundert Lichtjahre voneinander entfernt sind."

„Ich glaube nicht", wandte Thornybright ein, „daß wir das Recht haben, uns hier dafür zu entscheiden, Jasons Leben zu riskieren – sein Leben oder einen sonstigen Schaden, den er erleiden könnte."

„Sie brauchen nicht . . .", begann Jason, aber Thornybright ließ ihn nicht aussprechen.

„Ich bin noch nicht fertig, Jason. Was ich sagen wollte . . ." Der Psychologe klopfte mit dem Finger auf den Tisch. „Und ich will damit Jason in keiner Weise beleidigen oder ihm eine Schuld geben – ist einfach, daß das ganze Experiment uns völlig entglitten ist."

„Völlig?" fragte Heller und hob die Brauen.

„Ich habe das Wort bewußt gewählt." Thornybright sah den Biologen an, ehe er sich wieder der ganzen Versammlung zuwandte.

„Wir alle hier – mit Ausnahme von Mele – haben die Verantwortung gegenüber einem Experiment, in dem es nicht nur um eine menschliche Versuchsperson, sondern vielleicht um die Zukunft der ganzen menschlichen Rasse geht. So wie die Dinge jetzt liegen, besteht die Möglichkeit, daß eine fremde Rasse, die uns zahlenmäßig weit überlegen ist und die in der Weltraumfahrt sehr viel mehr Erfahrung hat als wir, unsere Welt angreifen könnte. Unser einziger menschlicher Kontakt mit dieser Rasse, unser Guckloch in ihre Welt, läßt erkennen – entschuldigen Sie, Jason, aber ich sehe das wirklich so –, läßt erkennen, daß er mit dem fremden Geist, mit dem er in Verbindung ist, zumindest sympathisiert, wenn er nicht sogar in seinem Unterbewußtsein von ihm beeinflußt wird . . .“

„Augenblick mal!“ unterbrach ihn Jason. „Ich kann nicht zulassen, daß das zu Protokoll genommen wird, ohne daß ich etwas dazu sage. Ich streite entschieden jeglichen Einfluß, unbewußt oder bewußt, ab. Und was meinen Wunsch betrifft, mit dem Fremden zu sympathisieren . . .“

„Ich glaube nicht, daß Sie bewußt mit ihm sympathisieren“, sagte Thornybright. „Allein schon die Tatsache, daß Sie Kators emotionellen Wunsch teilen, seine eigenen Ziele zu erreichen, könnte Sie dazu veranlassen, sich in einem Maße mit jenen Zielen zu identifizieren, daß Ihr menschliches Urteilsvermögen dadurch beeinflußt werden könnte. Können Sie mir in die Augen sehen und mir garantieren, daß seit dem ersten Kontakt nichts dergleichen geschehen sein kann?“

Jason machte den Mund auf und schloß ihn dann wieder. Dann sagte er: „Ich bin absolut sicher, daß nichts dergleichen geschehen ist.“

„Aber garantieren können Sie es nicht“, sagte Thornybright. „Ich will fortfahren. Abgesehen von dem, was ich bereits erwähnt habe, entwickelt sich hier eine Situation, in der unsere menschliche Versuchsperson im schlimmsten Falle ihr Leben riskieren muß.“ Thornybright sah sich um und blickte jedem der Anwesenden ins Gesicht. „Ich will jetzt nicht sagen, daß wir abstimmen sollten, um Jason dazu zu veranlassen, den Kontakt abzubrechen, ehe das Duell ihn gefährdet. Ich will aber sagen, wie ich das schon früher in diesem Raum gesagt habe, daß es an der Zeit ist, dieses Experiment den zuständigen Behörden zu übergeben. Uns steht die Entscheidung nicht zu – weder im Hinblick auf Jasons Leben, noch wenn es um den Angriff einer fremden Zivilisation auf unserer Welt geht.“

„Was mein eigenes Leben angeht“, sagte Jason, „so bestehe ich darauf, daß die Entscheidung darüber einzig und allein mir zukommt.“

„Dann verbleibt jedenfalls noch die andere Hälfte der Entscheidung“, sagte Thornybright. „Ich habe . . .“ Er beugte sich vor. „Ich habe heute einen Mann zum Mittagessen mitgebracht, einen Drei-Sterne-General der Luftwaffe, William Coth. Ich habe ihn soeben Jason und Mele vorgestellt. Er ist ein guter Mann, er hat Sonderaufgaben der Verwaltung absolviert, und er hat einen Sinn für wissenschaftliche Arbeit – und damit auch den gebotenen Respekt für die Arbeit eines Forschers. Wenn wir jetzt entscheiden – anstatt bis zur letzten Minute zu warten –, dieses Projekt der Regierung zu übergeben, bin ich sicher, daß man unsere Wünsche hinsichtlich des Mannes, der die Leitung übernehmen soll, respektieren wird. Coth ist von unserem Standpunkt aus ideal für diese Position geeignet.“

Er wandte sich zu Jason und Mele.

„Sie haben ihn beide kennengelernt“, sagte er. „Welchen Eindruck hat Bill Coth auf Sie gemacht?“

„Ich . . .“ begann Mele zögernd, aber Jason schnitt ihr das Wort ab. „Er hat mich sehr beeindruckt“, sagte Jason. „Ich bin sicher, daß Tim ihn richtig beurteilt. Aber die Frage, die wir zu entscheiden haben, lautet nicht, wem wir das Projekt übergeben müssen; sie lautet, *ob* wir es übergeben müssen. Wahrscheinlich – in dem Punkt gebe ich Tim recht – könnten wir keinen besseren Mann als Coth finden. Aber ich sage immer noch, daß wir bis zur letzten Minute in diesem Experiment unabhängig bleiben sollten. Dieses Duell mit Kator ist von entscheidender Wichtigkeit. Ich will es miterleben. Und niemand außer dem Ausschuß soll dabei hinter mir stehen.“

„Ich schlage vor, daß wir abstimmen“, sagte Dystra.

„Ich unterstütze den Antrag“, sagte Heller schnell.

„Einspruch“, sagte Thornybright. „Ich schlage vor, daß wir den Punkt weiter diskutieren.“

„Abstimmung über den ersten Antrag“, sagte Dystra. „Ich bitte um Handzeichen . . .“

Wie immer bisher war das Ergebnis unentschieden. Und damit lag die Entscheidung wieder bei Jason.

„Ich schlage vor“, sagte Jason langsam, „die Kontrolle über dieses Experiment bei diesem Ausschuß zu belassen und das Duell mit Kator mitzumachen, ob er nun getötet wird oder nicht. Hierfür stimme ich.“

Er sah Thornybright an. Die Augen des Psychologen waren undurchdringlich. Als Jason den Blick von ihm abwandte, spürte er, daß Meles Augen auf ihm ruhten.

Es war schwerer, diesen Augen auszuweichen. Er erinnerte sich, was Creel vorhin gesagt hatte. Wenn Kator starb, während Jason mit ihm in Verbindung war, konnte auch er sterben. Und dann erinnerte er sich an etwas, was er gelegentlich beinahe vergaß – nämlich, daß Mele ihn liebte.

9

An dem Tag, an dem die Prüfung des Artefakts abgeschlossen wurde, stand Jason-Kator in seinem Zimmer und war gerade dabei, den zeremoniellen Kilt, den man bei offiziellen Anlässen trug, an seinen Harnisch zu hängen, als die Tür ihn ansprach.

„Bela Erstvetter möchte eintreten", sagte sie.

Jason wandte sich der Tür zu. „Herein", sagte er.

Die Tür öffnete sich, und Bela Erstvetter trat ein. Er sah Jason mit einer eigenartigen neuen Mischung aus Zuneigung und Respekt an.

„Man schickt mich mit einer Nachricht zu dir", sagte er. „Der Brutogas möchte dich sprechen, ehe du das Schloß verläßt."

„Der Brutogas?"

Jasons Hände zögerten an seinem Kilt. Er begriff jetzt den beinahe scheuen Respekt seines älteren Vetters. Plötzlich überkam ihn bittere Trauer. Er hatte Aton Mutteronkel, seinen Partner, so gern gehabt – und war gezwungen gewesen, Aton zu töten. Bela hier war sein einziger näherer Bekannter innerhalb der Familie gewesen, und jetzt mußte er Bela zurücklassen. *Die Großen sind einsam,* sagte das Sprichwort, und es traf zu. Jetzt merkte er, daß Bela ihn überrascht beobachtete.

„Was trauerst du?" fragte Bela. „Es ist eine große Ehre."

„Ich weiß. Es ist nur – ich spüre plötzlich, wie die Zeit verstreicht", sagte Jason. Jetzt saß der Kilt.

„Du sprichst wie ein Mann, der bereits ein ehrenwertes Alter erreicht hat", sagte Bela, der ihn immer noch betrachtete.

„Tatsächlich?" fragte Jason, immer noch etwas bitter. „Ich bin bereit. Führst du mich?"

„Ich führe dich ins oberste Stockwerk des Schlosses und zeige dir den Weg“, sagte Bela. „Weiter kann ich nicht mit dir gehen, und keiner aus der unmittelbaren Familie kann in Ehren Führer eines Zweitvetters sein. Komm.“

Er führte Jason aus dem Zimmer, durch Korridore, zwei weitgeschwungene Rampen hinauf bis zu einer schweren, hohen, weißen Tür mit einem goldenen Griff. Bela nahm den Griff, drehte ihn und schob mit einiger Mühe die Tür weit genug auf, um Jason hindurchzulassen.

„Der Brutogas hat vier Helfer, die solche Türen öffnen“, sagte Bela und schnitt eine Grimasse. „Geh schnell durch.“

Aber Jason zögerte einen Augenblick. Durch die zum Teil geöffnete Tür erblickte er einen langen Korridor aus weißem Marmor, der rechts von hohen Fenstern durchbrochen war. Durch die Fenster verlor das Morgenlicht seine weiße Härte auf dem Marmor und wurde weich und sanft.

„Beeil dich!“ wiederholte Bela, der sich immer noch gegen das Gewicht der Tür stemmte. „Wasser, Schatten und Frieden seien mit dir.“

„Ich danke dir, Vetter“, sagte Jason dankbar und trat in den von der Sonne erhellten Korridor. Hinter sich hörte er, wie die Tür mit einem feierlichen Dröhnen zufiel. Aber er sah sich nicht mehr um. Bela hatte ihm den Weg zum Arbeitsraum des Brutogas beschrieben, und diesem Weg folgte er jetzt.

Da es früh am Morgen war, begegnete ihm auf dem ganzen Weg kein einziges Mitglied der unmittelbaren Familie. Als er schließlich die kleine weiße Tür mit dem goldenen Drehknopf erreichte, die sein Ziel war, erwachte in ihm die Erinnerung.

Er erinnerte sich an das einzige Mal in seinem Leben, da er hier gewesen war – und der einzigen Gelegenheit, die einem normalerweise dafür gegeben ist, wenn man nicht der unmittelbaren Familie angehört. Es war am Tag seiner Namensgebung gewesen, in der traditionellen dritten Stunde, nachdem er den Beutel seiner Mutter verlassen hatte. Natürlich hatte er seitdem den Brutogas bei einer Anzahl von Familienzeremonien gesehen – aber nie aus der Nähe. Doch jetzt, als seine Hand nach dem goldenen Türgriff tastete, kam alles zurück. In diesem Augenblick war das Familienoberhaupt plötzlich nicht mehr der grau werdende, etwas vornübergeneigte Mann ehrenwerten Alters, den er bei Zeremonien gesehen hatte, sondern eine geheimnisvolle, hochaufragende Gestalt, die eine

Hand auf seinen Kopf gelegt und irgendwelche tiefen, unbegreiflichen Laute dröhnend von sich gegeben hatte, von denen er erst später erfuhr, daß sie „Kator, Zweitvetter Brutogas“ bedeutet hatten.

Jasons Kehle zitterte unter seinem schwarzen Pelz. Er legte seine Hand auf den Griff, öffnete die Tür, ohne zu sprechen – denn hier im obersten Stockwerk gab es keine Schlüsselträger, keine Schlösser und keine Türsprecher –, und trat ein.

Der Raum war kleiner, als Jasons Erinnerung ihn gemacht hatte. Vor dem großen Fenster hockte der Brutogas auf einem niedrigen Podest hinter seinem Schreibtisch. Er war genauso, wie Jason ihn von den Familienfeiern her in Erinnerung hatte – ein grauer, nach vorne geneigter Ruml von ehrenwertem Alter. Jason trat vor den Tisch und neigte den Kopf. „Ich bin Kator Zweitvetter, Ehrenwerter“, sagte er.

Der Brutogas sah ihn beinahe nachdenklich an.

„Ja“, meinte das Familienoberhaupt schließlich. „Du warst ein aktiver Junge. Sie konnten dich an deinem Namenstag hier kaum still halten. Nun . . .“ Er schob die Papiere auf seinem Schreibtisch beiseite. „Es ist zu uns gedrungen, daß du den Ehrgeiz hast, die Expedition zu leiten, die in Kürze zur Heimatwelt der Verhüllten Leute ausgeschickt werden soll.“

„Ehrenwerter?“ sagte Jason ausdruckslos.

„Du weißt es nicht? Das ist der Name, den sie jenen Fremden angehängt haben, von denen das Artefakt stammt, das du gefunden und zurückgebracht hast. Anscheinend deshalb, weil sie sich in Tücher hüllen. Aber du hast meine Frage nicht beantwortet. Willst du die Expedition leiten?“

„Ehrenwerter“, sagte Jason vorsichtig, „ich habe keine Ahnung, was das Prüfzentrum an dem Artefakt entdeckt und welche Schlüsse es daraus gezogen hat.“

„Ganz richtig“, sagte das Familienoberhaupt und nickte billigend. „Man soll sich nicht vorschnell auf etwas einlassen, was man nicht kennt. Ich habe zufällig eine Kopie des Berichts hier. Würdest du gern wissen, was das Zentrum festgestellt hat?“

„Ja, Ehrenwerter“, sagte Jason und stand so aufrecht da, wie das sein Körperbau nur zuließ. „Das würde ich gern.“

„Nun“, sagte der Brutogas und wendete das erste Blatt auf einem Stoß Papier, der vor ihm auf dem Tisch lag, „die Schlüsse, die man gezogen hat, besagen, daß die Fremden etwa von unserer Größe sind, zweibeinig, mit vergleichbarem Stand der Zivilisation . . .“

Jason entwich unwillkürlich ein Überraschungsruf.

„Ja“, sagte der Brutogas, blickte auf und wiederholte langsam: „Ein vergleichbarer Stand der Zivilisation! Die Herausforderung, die eine Rasse wie diese für uns bedeutet, wird größer als alles sein, was es bisher in der Geschichte gegeben hat. Aber um fortzufahren . . .“ Er las weiter. „Ein vergleichbarer Stand der Zivilisation, aber wahrscheinlich mit Tabus aus einem früheren primitiveren Stadium belastet, die die Stelle eines Systems von Ehren einnehmen. Sie . . . hast du eine Frage?“

„Ehrenwerter?“ fragte Jason. „Können denn intelligente Wesen eine Zivilisation aufbauen, ohne gleichzeitig einen Begriff von Ehre und ein System dafür zu entwickeln?“

Der Brutogas nickte wohlwollend.

„Der Bericht befaßt sich mit dieser Frage“, sagte er. „Er kommt zu folgendem Schluß: Nein, natürlich können sie dem Begriff der Ehre nicht ausweichen. Die Entwicklung einer Zivilisation erfordert ein rassisches Selbstbewußtsein. Und Selbstbewußtsein bedeutet, daß sie sich der Pflicht rassischen Überlebens als einer intellektuellen Sache bewußt werden müssen. Und gleichzeitig müssen sie einen Ehrbegriff entwickeln, um sicherzustellen, daß das Überleben unvermeidbar wird.“

Er sah Jason nachdenklich an.

„Andererseits“, meinte er, „sind wir davon überzeugt, daß unser Ehrsystem ihnen völlig unbegreifbar sein muß. Die Wahrscheinlichkeit, daß es sich spontan in einer fremden Rasse entwickeln könnte, ist so minimal, daß man sie überhaupt nicht in Zahlen ausdrücken kann. Was das Prüfzentrum für wahrscheinlich hält – ich erwähnte das schon – ist, daß diese Rasse ein System primitiver Tabus hat, das inzwischen verfeinert wurde, um einer komplexen technologischen Zivilisation zu entsprechen. Sie werden also, praktisch betrachtet, aus Gründen des Überlebens im Rahmen eines Ehrsystems operieren, es aber nicht begreifen.“

„Das bedeutet aber doch, Ehrenwerter“, sagte Jason, „daß eine zu ihnen entsandte Expedition sehr hohe Erfolgschancen hat!“

„Zweitvetter, Zweitvetter“, der Brutogas schüttelte den Kopf. „Glaubst du denn, daß ein Vorteil den Erfolg sichert? Es ist durchaus möglich, daß sie uns persönlich oder technisch überlegen sind.“

„Aber kein materieller oder charakterlicher Vorteil ist doch mit dem Vorteil zu vergleichen, den ein System der Ehren gegenüber allen anderen Systemen hat“, wandte Jason ein.

„Abstrakt betrachtet natürlich nicht", sagte der Brutogas. „Aber praktisch gesehen kann es ernsthafte Schwierigkeiten in bezug auf die Zahl der Fremden oder die Fähigkeit ihrer Waffen geben. Es ist ein ehrenwertes Unterfangen, für eine gute Sache zu sterben, aber es ist nicht ehrenvoll zu riskieren, die eigene Rasse auszubluten. Wenn alle Väter getötet werden, wer soll dann Söhne zeugen?"

Jason stand stumm da und fühlte sich getadelt.

„Es bleibt immer noch die Möglichkeit", sagte der Brutogas nach einer kurzen Pause, „daß sie zwar nicht dasselbe Ehrsystem wie wir, aber ein vergleichbares besitzen, das wir nur noch nicht identifizieren können. Und vielleicht ist es sogar dem unseren überlegen."

„Überlegen?" Jason starrte das Oberhaupt seiner Familie an.

„Theoretisch wäre das möglich", sagte der Brutogas. „Erinnere dich an den Ausspruch: ‚Die Ehre ist ohne Grenzen, die Anstrengung ist ohne Grenzen, nur der Mensch hat Grenzen.'"

Jason neigte den Kopf.

„Willst du mir jetzt die Antwort geben, ob es dein Wunsch ist, die Expedition zu dieser Heimatwelt der Verhüllten Leute zu führen?" fragte der Brutogas.

„Ehrenwerter", antwortete Jason. „Ich wünsche es sehr."

„Ich war sicher, daß es so sein würde." Der Brutogas atmete leicht durch die Nase aus und strich die steifen grauen Barthaare um seinen Mund und die Nase, die zweimal so lang waren wie die von Kator Zweitvetter. „Und es würde natürlich auch dem Ruf der Familie keinen Schaden zufügen, wenn ein Mitglied unseres Namens auf einer solchen Expedition Schlüsselträger wäre."

„Ich danke Euch, Ehrenwerter."

„Schon gut. Aber", fuhr Brutogas langsam fort, „da ist noch etwas, das du begreifen mußt. Das ist auch der Grund, weshalb ich dich heute habe rufen lassen. Das politische Klima ist im Augenblick derart, daß ich nicht in Ehren das Prestige der Familie riskieren kann, indem ich dir helfe, den Schlüsselträgerposten bei dieser Expedition zu erlangen – oder selbst den Posten des Kapitäns ..."

„Ehrenwerter ..." begann Jason.

„Ich weiß, ich weiß." Der Brutogas winkte seinen einsetzenden Protest weg. „Als Zweitvetter hast du nicht mit der Unterstützung der Familie gerechnet. Dennoch wünsche ich, daß du weißt, daß ich bereit wäre, sie dir zu geben, und zwar um des Funkens Ehrgeiz willen, den ich in dir sehe – wenn nur eben die politische Situation nicht wäre. Es ist dir wahrscheinlich bekannt, daß der Wahlausschuß aus sieben Personen bestehen wird. Es steht so gut wie fest, daß die Stäbe vier Leute im Ausschuß haben werden und wir Haken nur drei.“

Jason spürte, wie sein Magen sich zusammenzog. Aber er ließ sich äußerlich nichts anmerken.

„Das macht meine Auswahl sehr zweifelhaft, Ehrenwerter“, sagte er.

„Ja“, pflichtete der Brutogas ihm bei. „Das würde ich auch sagen. Bist du dennoch entschlossen, es zu versuchen?“

„Ich sehe keinen Grund“, sagte Jason, bemüht, trotz dieser katastrophalen Nachricht die Haltung nicht zu verlieren, „meine augenblicklichen Ansichten zu ändern, Ehrenwerter.“

„Das habe ich mir gedacht.“ Der Brutogas lehnte sich auf seinem Podest zurück und sah ihn an. „Einer wie du kommt in einer Familie etwa jede Generation einmal zum Vorschein. Neunundneunzig Prozent erleben eine Katastrophe. Nur“, fügte er mit leiser Stimme hinzu, „einer von einer Million wird . . . sich dauernden Ruhm erwerben, den Ruhm des Erfolges.“

„Ehrenwerter . . .“ sagte Jason, dem der Kopf zu zerspringen drohte. Er hatte nie zu träumen gewagt, daß sein Ehrgeiz dem Oberhaupt seiner Familie bekannt werden würde.

„Die Brutogasi“, sagte der ältere, „können keine offizielle Anteilnahme an deinem Ehrgeiz zeigen und können auch offiziell deinen Wunsch, Schlüsselträger dieser geplanten Expedition zu werden, nicht unterstützen. Aber wenn du durch irgendein Wunder Erfolg haben solltest, so nehme ich an, deiner Ehre so weit vertrauen zu können, daß du den Verdienst der Familie für Rat und Anleitung und andere Hilfe anerkennen würdest.“

„Ehrenwerter – wie könntet Ihr anders denken?“ schrie Jason beinahe auf.

„Das ist ja auch gar nicht der Fall. Es ist nur meine Pflicht, jetzt auf folgendes hinzuweisen: Sollte dein Versuch irgendwie dazu führen, daß du in eine skandalöse oder zumindest nicht ehrenhafte Lage kommst, mußt du damit rechnen, daß die Hypothek, die du auf deinen Anspruch an die Familie aufgenommen hast, sofort zur Zahlung aufgerufen wird.“

Jasons Magen zog sich noch mehr zusammen.

„Ich begreife, Ehrenwerter", sagte er.

„Nun", meinte der Brutogas, „das wäre alles. Aber meine persönlichen Wünsche sind mit dir. Möge der Schatten dein sein, möge das Wasser dein sein, möge der Frieden dein sein."

„Ich ehre das Oberhaupt meiner Familie, jetzt und für alle Zeit", sagte Jason.

Langsam schob er sich rückwärts zur Tür und ging hinaus. Beim Hinausgehen warf er noch einmal einen Blick auf den Brutogas, sah aber nur seinen grauen Kopf, der sich bereits wieder über die Papiere auf dem Schreibtisch geneigt hatte.

Er wußte nachher kaum, wie er seinen Weg zurück durch die von der Sonne beleuchteten Marmorgänge gefunden hatte. Aber als er sie hinter sich gelassen hatte und sich wieder draußen vor dem Palast befand, fuhr er zum Prüfungszentrum und gab sich Mühe, die Gefühle abzuschütteln, die sein Interview mit dem Familienoberhaupt in ihm erzeugt hatten. Solche Gefühle waren etwas Ehrenwertes, aber er brauchte jetzt seine ganze Kraft für das, was ihm bevorstand.

Zwölf Einladungen für den Posten des Schlüsselträgers waren auf die – wie nicht anders zu erwarten gewesen war – Hunderte von Anträgen hinausgegangen. Nur diejenigen, bei denen mit einiger Wahrscheinlichkeit angenommen werden konnte, daß sie eine Chance hatten, durften vor den Prüfungsausschuß treten. Jason hatte erklärt, er sei es gewesen, der das Artefakt gefunden habe, und er könne deshalb den Anspruch erheben, daß der Zufallsfaktor ihn mehr als alle anderen Kandidaten bevorzuge. Für jeden anderen, der nicht mit Politik und Auswahlausschüssen vertraut war, hätte dieser Anspruch ohne Zweifel eine so überragende Rolle gespielt, daß der Akt der Auswahl nur mehr als Formalität erscheinen mußte.

Tatsächlich aber hatte Jason nur die elfte der zwölf Einladungen erhalten, die der Ausschuß ausgesandt hatte. Es hätte schlimmer sein können, dachte Jason im Bus. Er hätte auch nicht einmal der zwölfte sein können.

Als man ihn schließlich im Hauptquartier des Prüfungszentrums ins Besprechungszimmer gerufen hatte, wo ihm der sechsköpfige Ausschuß gegenübersaß, stellte er fest, daß die Gesichter hinter dem Tisch genauso kalte Augen und graue Bärte hatten, wie er es befürchtet hatte.

Nur ein Ausschußmitglied zeigte eine Andeutung von Interesse.

Und das kam daher, daß dieses Ausschußmitglied selbst ein Brutogasi war – Ardolf Halbbruder. Die anderen fünf Mitglieder waren – bei Ardolf an der äußersten rechten Ecke des Tisches beginnend – ein Chilles, ein Worla (beide der Hakenpartei angehörend, daher wahrscheinlich Jason günstig gesonnen), vier Stäbe, ein Gulbano, ein Ferth, ein Achobka und der Nelkosan selbst. Schlimmer hätte es kaum kommen können. Nicht nur, daß der Nelkosan als Familienoberhaupt im Rang über allen anderen Ausschußmitgliedern stand, sondern es kam auch noch hinzu, daß Aton Mutteronkel, Kators toter Partner, seiner Familie angehört hatte. Der Untersuchungsausschuß bei Jansons Rückkehr hatte festgestellt, daß man ihm Atons Tod nicht anlasten konnte. Aber das Oberhaupt von Atons Familie konnte diesen Spruch natürlich nicht in Ehren hinnehmen. Als ehrenwerter Mann würde er es als seine Pflicht betrachten, Jason jeden erdenklichen Schaden zuzufügen.

Jason atmete tief durch, als er vor dem Tisch stehenblieb, hinter dem die sechs ihn erwarteten. Dann salutierte er mit den Klauen seiner rechten Hand, die er über das Herz streckte.

„Ich bin Kator Zweitvetter Brutogas", sagte er, „und melde mich Eurer freundlichen Einladung gemäß. Ich vertraue, daß ich unter Freunden bin."

„Hier, Zweitvetter", sagte der Nelkosan und sprach somit als dienstältestes Ausschußmitglied die traditionelle Garantie aus, „bist du unter Freunden."

Jasons Atem ging leichter. Die Garantie war ehrenwert, aber nicht erforderlich. Offensichtlich war der Nelkosan ein Mann von strenger Sitte. Aber wie dem auch sei, wenn er in seiner Fairneß strikt war, dann war er das auch in seinen Pflichten. Ohne Atem zu holen, setzte er das Zeremoniell des Ausschusses fort.

„Der Kandidat", sagte er, „mag damit beginnen, uns seine Gründe zu schildern, die über das hinausgehen, was in seinem Antrag geschrieben steht, und was uns dazu veranlassen soll, einem so jungen Mann den Posten des Schlüsselträgers auf dieser wichtigen Expedition anzuvertrauen."

„Ehrenwerte Ausschußmitglieder", begann er, „meine Akte liegt Euch vor. Darf ich darauf hinweisen, daß meine Ausbildung als Aufklärer mich sowohl für wissenschaftliche als auch für navigatorische Tätigkeiten prädestiniert . . ."

Ebenso wie die anderen Kandidaten hatte er seinen ganzen Vortrag sorgfältig vorbereitet und auch einige Male geübt. Der Ausschuß hörte mit dem leichten Desinteresse einer Körperschaft zu, der bereits zehn solcher Vorträge gehalten worden waren. Die einzige Ausnahme in dieser allgemeinen Langeweile bildete der Nelkosan, der aufmerksam und drohend dasaß.

Als Jason schließlich endete, sahen sich die Ausschußmitglieder an.

„Nun", sagte der Nelkosan kurz, „sollen wir abstimmen?"

Alle nickten. Ihre Hände griffen nach den Abstimmzetteln – schwarz für Annahme, rot für Ablehnung; die vier Mitglieder der Stäbepartei griffen automatisch nach den roten Zetteln, die Haken nach den schwarzen.

Jason fuhr sich verstohlen mit seiner trocken gewordenen Zunge über die Barthaare und fing dann zu reden an, ehe die Abstimmungszettel aufgenommen waren.

„Ich erhebe Einspruch!" sagte er.

Sie erstarrten. Sieben Paare schwarzer Augen durchbohrten ihn. Jeder Kandidat hatte das Recht zum Einspruch – aber das zu tun, bedeutete gleichzeitig, daß man die Ehre eines Ausschußmitgliedes in Zweifel zog.

Wenn ein Kandidat, der hier ohne Unterstützung seiner Familie stand, einen solchen Ausschuß angriff, so bedeutete das, daß er sein ganzes zukünftiges Leben auf das Ergebnis seines Einspruchs aufbaute. Die Ausschußmitglieder lehnten sich auf ihren Podesten zurück und sahen Jason an.

„Weshalb, wenn es dem Kandidaten recht ist?" fragte der Nelkosan mit viel zu freundlicher Stimme.

„Ehrenwerter, weil ich neben meiner bisherigen Erfahrung noch einen weiteren Grund habe, meine Wahl zu verlangen", sagte Jason.

„Interessant", knurrte der Nelkosan. Er sah die anderen Ausschußmitglieder an. „Findet ihr nicht auch?"

„Ehrenwerter, ich finde es wirklich interessant", sagte Ardolf Halbbruder, der Brutogas, mit solch gleichmäßiger Stimme, daß man nicht sagen konnte, ob er dem Nelkosan zustimmte oder sich gegen ihn auflehnte.

„In diesem Fall, Kandidat", wandte der Nelkosan sich wieder Jason zu, „solltest du uns das erklären. Was für Gründe hast du? Ich muß sagen . . ." Er sah sich vielsagend am Tisch um, „. . . ich hoffe, daß dein Grund dein Verhalten rechtfertigt."

„Ehrenwerter, ich glaube, das wird er." Jason griff in seine

Harnischtasche, zog etwas Kleines hervor, trat einen Schritt vor und legte es vor ihnen allen auf den Tisch. Er nahm die Hand weg. Jeder sah jetzt den durchsichtigen Plastikwürfel, in dem ein winziges Etwas zu sehen war. Es sah aus, als schwebe es.

„Ein Wurm?“ Der Nelkosan sträubte seine Barthaare.

„Nein, Ehrenwerter“, sagte Jason. „Ein primitives Lebewesen vom Planeten der Verhüllten Leute.“

„Was?“ Plötzlich war der ganze Saal in Aufruhr. Alle Ausschußmitglieder waren aufgesprungen. Einen Augenblick schienen alle gleichzeitig zu reden. Dann verstummten sie wieder. Alle Augen hefteten sich auf Jason, der in Hab-acht-Stellung vor ihnen stand.

„Woher hast du das?“

Das war der Nelkosan. Und obwohl seine Frage rein theoretischer Natur war, klang seine Stimme wie gefrorener Fels.

„Ehrenwerter“, sagte Jason – und das Wissen, daß ihm nicht einmal am Hals der Schweiß ausbrach, tat ihm gut. Jetzt, da jener entscheidende Augenblick gekommen war, fühlte er sich erleichtert, hochgehoben. Seine Stimme war ganz ruhig. „Von dem Artefakt, das ich zur Heimatwelt zurückgebracht habe.“

„Und du hast es niemals den zuständigen Behörden hier im Prüfungszentrum übergeben? Oder wenigstens die Tatsache gemeldet, daß du es besitzt?“

„Nein, Ehrenwerter.“

Einen Augenblick herrschte totengleiches Schweigen im Saal.

„Du weißt, was das bedeutet?“ Die Worte kamen deutlich und abgehackt von dem Nelkosan. Das Gesicht des Familienoberhaupts war steif wie eine Maske. Schon vorher hatte seine Ehre es von ihm erfordert, Kator Zweitvetter abzulehnen oder zu enttäuschen. Aber diese Entwicklung ging über ehrenwerten Tadel hinaus. Es war eine Angelegenheit höchst delikater Ehre. Und der Nelkosan war jetzt so unpersönlich wie ein Richter.

„Mir ist klar“, antwortete Jason, „daß es normalerweise . . .“

„Normalerweise!“

„Ja, Ehrenwerter, normalerweise. Aber mein Fall“, fuhr Jason fort, „ist nicht normal. Ich habe diesen Organismus nicht genommen, nur weil ich den Wunsch verspürte, ihn zu besitzen.“

Der Nelkosan hockte sich auf sein Podest, und die anderen Ausschußmitglieder folgten seinem Beispiel.

„Das hast du nicht?“ fragte der Nelkosan. „Warum hast du es dann getan – wenn wir fragen dürfen?“

„Ehrenwerter", sagte Jason, „ich nahm ihn nach gründlicher Überlegung speziell zu dem Zweck, um ihn diesem Auswahlausschuß zu zeigen, wenn der Schlüsselträger für die Expedition zum Planeten der Verhüllten Leute ausgewählt wird."

Er hatte geendet, und seine Worte schienen schwer zu lasten, so tief war das Schweigen der Ausschußmitglieder. Das Schweigen hallte in seinen Ohren, während er wartete.

„Warum hast du dich dazu entschlossen?" fragte die Stimme des Nelkosan.

„Ehrenwerter", sagte er, „und Ihr anderen Mitglieder des Ausschusses, dessen Pflicht in Ehren es ist, den Schlüsselträger auszuwählen, jenen Mann, der die höchste Autorität dieser Expedition tragen wird. Ihr wißt besser als sonst irgend jemand, wie wichtig die Expedition ist. Es ist ein ehrenwerter und vertrauter Zug unserer Rasse, daß wir uns angesichts einer großen Anstrengung unserer selbst sicher fühlen. Aber Selbstvertrauen ist nur ein Teil dessen, was für das Kommando dieser Expedition wichtig ist. Der Schlüsselträger muß nicht nur zuversichtlich sein, so daß er bei seinem ersten Kontakt mit einer Rasse, die der unseren beinahe gleichwertig sein kann, Erfolg hat – sondern absolut sicher!"

Er hielt inne, sah den Ausschuß an und wartete auf eine Reaktion. Aber es waren alles Männer ehrenwerten Alters. Ihre Züge waren undurchdringlich.

„Ich habe mich selbst erforscht, um einen Beweis für diese Sicherheit zu finden, die ich in mir empfand", fuhr Jason fort. „Ich fühlte, daß es notwendig war, irgendeine Tat zu begehen, die für diese Sicherheit symbolisch war, damit Ihr – der Ausschuß – im Augenblick der Auswahl Euch autorisiert fühlen konntet, mich als Schlüsselträger auszuwählen."

Wieder hielt er inne.

„Nur weiter", sagte der ehrenwerte Nelkosan mit völlig ausdrucksloser Stimme und musterte ihn aus zusammengekniffenen Augen.

„Deshalb habe ich den toten fremden Organismus genommen und behalten", sagte Jason. „Und ich biete ihn Euch jetzt an als Beweis für meine Hingabe an diese Expedition. Diese Hingabe werte ich so hoch, daß ich mein ganzes Vermögen, meine Familienbindungen und schließlich auch meine persönliche Ehre aufs Spiel gesetzt habe, um damit eine Geste zu machen, die Euch davon überzeugt, in mir einen Schlüsselträger zu sehen, der den Erfolg dieser Expedition über alles andere stellt. Ich bin in Eurer Hand. Wenn Ihr mich ablehnt, solltet Ihr sicher sein, daß der, den ihr wählt, noch mehr Hingabe für die Ziele dieser Expedition zeigt als ich."

Er hörte auf zu reden. Sie sahen ihn wortlos an. Dann sprach der Nelkosan.

„Du nimmst einen Besitz, der dem Prüfungszentrum hier gehören sollte", sagte er, „und damit nicht zufrieden, wagst du es, diesem Ausschuß vorzuschreiben, wen er als Schlüsselträger einer lebenswichtigen und einzigartigen Expedition auswählen soll. Die Frage ist ..." Er beugte sich vor und starrte Jason an. „... ist das nur Bluff und Unverschämtheit? Oder legst du wirklich alles auf die Waagschale, um diesen Posten zu gewinnen?"

Seine Stimme klang ernst und ehrlich fragend. Jason atmete innerlich auf. Zumindest war es ihm gelungen, den Nelkosan aus einer Haltung kleinlicher Rache herauszureißen und ihn zu zwingen, das echte Ehrproblem zu erkennen, das hier vorlag. Jetzt war der Augenblick gekommen. Es war nichts mehr rückgängig zu machen.

„Ich betrachte meine Tat, den fremden Organismus an mich genommen zu haben, als korrekten und ehrenwerten Beweis für mein Recht, den Posten des Schlüsselträgers zu besetzen, und ich meine, daß der Zufallsfaktor, der zuallererst mir das Artefakt zugänglich gemacht hat, mich darin bestärkt. Und deshalb ..." – er mußte innehalten, um Atem zu holen – „und deshalb spreche ich Euch das Recht ab, mir den Organismus wegzunehmen!"

Und plötzlich wirbelte die Szene vor Jasons Augen, wurde undeutlich und verschwand ...

10

Er erwachte um sich schlagend und schreiend. Haarlose Gesichter waren rings um ihn, haarlose Hände hoben ihn auf, führten ihn durch phantastische Gänge und Korridore und in einen Käfig, der nach oben stieg.

„... nein!" sagte er und wehrte sich. „Meine Ehre. Das Duell ..."

„Jason! Jason!" Ein haarloses Gesicht schob sich vor das seine.

„Es ist schon gut. Ich bin Allan Creel – erinnern Sie sich nicht? Ich habe Ihnen einen posthypnotischen Befehl gegeben, dann aufzuwachen, wenn die Zeit für das Duell gekommen ist. Und jetzt bringen wir Sie nur ins Obergeschoß, wo für den Fall, daß es Schwierigkeiten geben sollte, meine Geräte bereitstehen."

Jasons Kopf drohte zu platzen. Was er hörte, klang vernünftig – gleichzeitig aber auch nicht. Alles war furchtbar durcheinander.

„Sie können sich sofort wieder schlafen legen, wenn Sie in dem anderen Raum sind . . ." sagte die Stimme des Gesichts, das sich Allan Creel nannte.

Jason hörte auf, sich zu wehren, und ließ sich aus dem Käfig und einen weiteren Korridor hinunterführen, der diesmal mit einer seltsamen dunklen Substanz verkleidet war. Das, was richtig klang, war auch gut so, und was das andere betraf, so würde er rechtzeitig zum Duell zurückkehren, und so würde auch das richtig sein.

Man führte ihn durch eine Tür in ein hell erleuchtetes Zimmer. Es war voll von mechanischen Geräten, die ihm vertraut schienen. Da war ein langer, schmaler Tisch mit weißer Oberfläche und einer Kopfstütze. Sie halfen ihm, auf den Tisch zu steigen.

Er legte sich auf den Rücken. Das Licht blendete ihn eine Weile, dann sagte jemand etwas und schob das Licht zur Seite. Schatten hüllte ihn jetzt ein. Er spürte einen Stich unter dem Ellbogen seines rechten Arms.

„Es ist schon gut. Sie können jetzt zurückgehen . . . zurückgehen . . ."

Das war die Stimme des Mannes – Mannes? –, der Allan hieß. Jason spürte, wie seine Sinne zu wirbeln begannen. Dann löste sich diese Szene, dieser Alptraum auf . . .

Er befand sich wieder in vertrauter Umgebung. Es war ein Übungssaal des Prüfzentrums. Am anderen Ende des Saales waren die sechs Mitglieder des Auswahlausschusses. Einer von ihnen – der Nelkosan – sprach mit einem hochgewachsenen, kräftig gebauten Mann, dessen schwarzer Pelz vor Gesundheit glänzte. In einer Schlinge über der Schulter trug dieser hochgewachsene Mann, der kein anderer als der Familienmeister des Nelkosans sein konnte, ein langes zweiklingiges Duellschwert.

„Hier kommt er jetzt", sagte eine vertraute Stimme.

Jason wandte sich um und sah Brodth, den Schwertmeister. Die ganze Verwirrung fiel ihm ab. Er erinnerte sich daran, wie Brodth angeboten hatte, ihn hier zu treffen und als sein Waffenträger zu fungieren. Jetzt sah Jason, wie der Meister des Nelkosans auf ihn zukam. Er war ein angenehmer, ruhiger, freundlicher Bursche, wenn auch etwas groß gebaut. Als er jetzt vor ihnen stehenblieb, salutierte er vor Jason und Brodth.

„Ich bin Hurrag Adoptivsohn", sagte er zu Jason. „Meister des Nelkosan. Ihr seid Kator Zweitvetter Brutogas?"

„Ehrenwerter", sagte Jason. „Der bin ich."

„Dann, Ehrenwerter", sagte Hurrag, „ist es so, daß mich als Vertreter des Nelkosan meine Ehre zwingt, Euch Arroganz und trotziges Verhalten gegenüber meinem Gebieter vorzuwerfen."

„Ehrenwerter", sagte Jason. „Ihr müßt entweder diesen Vorwurf zurücknehmen oder mit den Waffen meiner Wahl gegen mich kämpfen."

„In Ehren werde ich Euch bekämpfen", sagte Hurrag. „An was für Waffen habt Ihr gedacht?"

Jason leckte sich die Barthaare.

„Doppelschwert", sagte er.

Hurrag begann zu nicken.

„Und Schild", sagte Jason.

Hurrag hielt mitten im Nicken inne. Er starrte Jason an, und die Haut um seine Nase fing an, sich zu spannen.

„Ist das Euer Ernst?" fragte er, immer noch mit gleichmäßiger Stimme.

„Das ist der volle Ernst meines Gebieters", erklärte Brodth.

Hurrags Augen wanderten zu Brodth herüber und erkannten in ihm offenbar den Schwertmeister. Er starrte ihn an.

„Ehrenwerter", sagte er. „Darf ich fragen – seid Ihr Brodth Jüngerbruder?"

„Der bin ich", sagte Brodth.

Hurrag salutierte.

„Eine Ehre, Euch kennenzulernen, Ehrenwerter." Er wandte sich um und rief an Jason und Brodth vorbei zur Ecke des Saals: „Schiedsrichter!"

Ein schlanker Mann, der gerade anfing, um die Ohren herum grau zu werden, kam auf sie zu und verbeugte sich höflich.

„Darf ich vorstellen", sagte Hurrag, „der Schiedsrichter dieses Übungssaals, Bolf Vatersneffe Chilles. Bolf, das sind meine Gegner."

„Ich kenne sie bereits." Bolf salutierte Jason und Brodth aufs neue. „Was ist unklar?"

„Mein Hauptgegner“, erklärte Hurrag, „wünscht mit Doppelklinge und Schild zu kämpfen. Ist das innerhalb der ehrenwerten Regeln des Kampfes zulässig?“

„Ich werde nachsehen.“ Bolf ging. Hurrag machte mit Jason und Brodth höfliche Konversation. Er war ganz offensichtlich in erster Linie daran interessiert, sich mit Brodth zu unterhalten, aber das wäre natürlich unhöflich gewesen, und deshalb machte er Jason ein Kompliment, daß er das Artefakt entdeckt hatte, und sprach dann über die Größe der Expedition, die man ausschicken würde.

Bolf Vatersneffe kam zurück.

„Schilde“, verkündete er, „sind archaisch und normalerweise nicht mehr im Gebrauch, aber immer noch zulässig. Aber wenn der Nelkosanmeister Einspruch erheben will mit der Begründung, daß er mit Schilden nicht vertraut sei . . .“

„Aber nein“, sagte Hurrag. Als Meister konnte er ehrenhafterweise nicht Einspruch erheben, obwohl es sein Recht gewesen wäre. Als Vertreter einer Familie war es seine Pflicht und seine Verantwortung, mit jeder Art von Waffe vertraut zu sein. „Wenn du mir ein Schild besorgen kannst, Bolf – ich werde mein eigenes Schwert benutzen, weil ich damit vertraut bin . . .“

„Sicher“, sagte der Schiedsrichter.

„Ich werde die Waffen meines Gebieters holen“, sagte Brodth. Alle drei gingen. Brodth hatte natürlich seine Waffen beim Torhüter des Prüfungszentrums abliefern müssen, während Hurrag Genehmigung hatte, die seinen zu tragen. Während Jason wartete, sah er Hurrag mit dem runden, zielscheibenähnlichen Schild üben, das Bolf ihm besorgt hatte. Es war eine glatte Metallscheibe, die an zwei Handgriffen an der Innenseite des linken Arms festgehalten wurde, während die rechte Hand das Schwert hielt. Hurrag versuchte, mit seinem langen, doppelklingigen Schwert Ausfälle zu machen und suchte gleichzeitig zu entscheiden, was er mit dem Schild anfangen sollte, das er ehrenhafterweise tragen mußte. Auf Armeslänge hinter sich in der normalen Fechtstellung gehalten, störte es sein Gleichgewicht. Und vorn gehalten, behinderte es seine Bewegungen.

Jetzt kamen Jasons Waffen – dieselben, mit denen er in den letzten Tagen so eifrig geübt hatte. Er nahm sie von Brodth entgegen. Der Schild war genau wie der, den man für seinen Widersacher ausfindig gemacht hatte, aber das Schwert, das er jetzt umfaßte, war ebenso archaisch wie der Schild. Ohne Handschutz, mit breiter

Klinge und sehr kurz, glich es jenen, die Brodth als Schmuck an seiner Wand hängen hatte.

Jason fuhr mit der linken Hand und dem Arm durch die Griffe an der Innenseite des Schilds und nahm dann sein Schwert mit einer Art Untergriff. Statt Fechterposition einzunehmen, stellte er sich wie ein Boxer auf – linke Schulter und Schild nach vorne, statt rechte Schulter nach vorne und Schwert ausgestreckt.

Die Ausschußmitglieder und ein Dutzend weiterer Zuschauer, die sich eingefunden hatten, murmelten miteinander. Einer machte eine Bemerkung, wie sehr Jasons Kampfstellung der alter Figuren auf alten Stichen glich. Hurrag ahmte sofort mit der Anpassungsfähigkeit des trainierten Athleten Jasons Haltung nach, aber man merkte deutlich, daß er sich etwas unsicher fühlte. Bolf Vatersneffe gab den beiden ein Zeichen, und sie trafen sich in der Mitte der Arena.

„Ihr seid hier zusammengetroffen“, begann Bolf Vatersneffe, als sie einander kampfbereit gegenüberstanden, „im Interesse der Ehre und gemäß den Vorschriften des ehrenwerten Kampfes, um eine Situation zu lösen, für die eine andere Lösung nicht zu finden ist . . .“ Jason hörte nur halb hin. Seine Augen waren geweitet, und es schien ihm, als könnte er jede Person im Raum riechen und jeden Geruch, der von dem Raum selbst ausging. Und jedes Geräusch in ihm, gleichgültig, wie winzig und unbedeutend, kam über das Dröhnen von Bolfs Stimme hinweg an seinen Gehörsinn.

In ganz kurzer Zeit, vielleicht einem Zeitraum, der gerade ausreichen würde, um das Lied des ersten Brutogas anzuhören, würde er entweder siegreich oder tot sein. Er wiederholte sich aufs neue, daß er tot sein würde, aber er konnte es einfach nicht glauben. Noch nie war er sich so lebendig vorgekommen. Sein Herz schlug regelmäßig und stark und nicht zu schnell. Sein Atem ging gleichmäßig. Er schwitzte ganz leicht am Hals, aber das war weniger der Schweiß der Angst als der der Erregung.

Er sah die hochgewachsene, breite Gestalt Hurrag Adoptivsohns und das lange doppelklingige Schwert, das der andere hielt. Er sah sie so deutlich, daß er sogar die kleinen Kratzer und Scharten am Kreuzstück des Handschutzes sah, und er fing an, die Narben zu zählen, die den glatten Pelz von Hurrags Fell markierten – wie kleine Striche, wo die Haare alle in eine Richtung wiesen.

„. . . und dieser Fall ist ein Fall des neununddreißigsten Punktes“, sagte Bolf, „in dem vorgesehen ist, daß, wenn ein Mann eine

Sache hat und man ihm das Recht abspricht, sie zu behalten, er jenem, der sie ihm vorenthält, ehrenwert das Recht dazu absprechen darf – unbeschadet des Rechtes jeder Partei, einen Meister einzusetzen. Deshalb erkläre ich als Schiedsrichter diesen Kampf für zulässig, bestätige, daß er vor Zeugen stattfinden darf und daß er ehrenwert ist. Los!"

Jason wurde aus seinen Gedanken gerissen. Wären die Tage des Trainings nicht gewesen, hätte er vielleicht gezögert – aber seine Reflexe reagierten für ihn.

Er und Hurrag gingen aufeinander los, und Jason bekam den Schild gerade noch rechtzeitig hoch, um einen Stoß von Hurrags langem Schwert abzulenken.

Als der Aufprall ihn rückwärts taumeln ließ, war ihm, als löste sich in ihm etwas. Plötzlich schien es ihm, er und Hurrag befänden sich an irgendeinem fernen Ort, wo nicht nur der Anblick, sondern auch die Geräusche all dessen, was um sie war, verblaßten. Sie waren zusammen in einem Augenblick gefangen, der alles andere ausschloß, Partner in einem Tanz, den nur einer von ihnen beenden würde. Über den Rand seines Schilds konnte er Hurrags Augen sehen, die sich wie in Gedanken verengten, während ihre Schwerter auf die Schulter des Gegners niederkrachten.

Ein ferner Schrei drang durch die Isolierung, die sie umgab. Einen Augenblick lang war Jason beinahe verärgert, wollte nicht hinhören. Dann erkannte er die Stimme. Es war Brodth, der ihm eine Warnung zurief. Jason war zurückgewichen. Der graue Schwertmeister hatte mehrfach während ihrer Übungskämpfe davor gewarnt. Der Vorteil des antiken Schilds und des kurzen archaischen Schwerts lag im Angriff – man mußte die lange Klinge des Gegners unterlaufen. Jason duckte sich, schlug mit seinem Schild nach oben auf Hurrags Klinge, als sie erneut zuschlug, trat plötzlich vor und riß sein Schwert in die Höhe. Hurrag wich zurück. Plötzlich verspürte Jason Erregung. Und dann kreiselte ohne Warnung der Größere plötzlich nach links. Einen Augenblick war Jasons Blick von seinem eigenen Schild gebannt – und Hurrag rückte vor. Jason drehte sich schnell herum, stolperte und wäre beinahe zu Boden gegangen. Hurrag war sofort über ihm. Jason stieß den Größeren mit dem Schild zurück. Hurrag, der unheimlich schnell begriff, schlug mit dem eigenen Schild zurück und benutzte es als Waffe.

Jason glitt unter dem Schlag aus, nahm die volle Wucht eines zweiten Schlages hin und wurde in die Knie gezwungen.

Hurrag schlug mit dem Schwert nach unten. Jason fing es mit dem Schild auf, schlug mit dem eigenen Schwert aus kniender Stellung nach oben und verfehlte den Gegner. Hurrag holte zum Todesstoß nach unten aus – doch Jason, der seine wesentlich kürzere Doppelklinge in einem viel kleineren Kreis bewegen konnte, war plötzlich innerhalb der Radien des Schildes und des Schwertes des Größeren und durchbohrte Hurrag die Schulter. Hurrag ließ das Schwert aus den plötzlich gefühllosen Fingern fallen und umfing seinen kleineren Gegner mit dem Arm, um ihm den Rücken zu brechen. Jason ließ sein Schwert los, da er keinen Platz mehr hatte, die Waffe zu benutzen, griff in die Höhe und krallte sich an der Kehle seines Gegners fest.

Beide fielen zu Boden.

Als man den blutigen, atemlosen Jason unter der Leiche Hurrags herauszog, sah er nur auf Armeslänge entfernt den Nelkosan, der in seiner Hand den Schlüsselring für ein Linienschiff hielt. Die Schlüssel für jeden Raum und jedes Instrument des Schiffes, das die Expedition zum Planeten der Verhüllten Leute bringen würde.

Er reichte sie Jason.

11

Jason schlief ohne Träume.

Es war nicht der Schlaf, in dem er sich im Körper von Kator befand. Es war der traumlose Schlaf, wie ihn eine kräftige Beruhigungsspritze erzeugte, die man ihm nach seinem Erwachen aus dem Duell verabreicht hatte. Diesmal hatte er erkannt, daß er sich wieder auf der Erde befand, daß er unter Freunden, unter Mitgliedern seiner eigenen Rasse war.

Es war auch der Schlaf der Erschöpfung. Und dennoch umgab ihn ein Gefühl der Verwirrung, so daß er in seinem tiefen Drogenschlaf den Eindruck hatte, dunkle Gestalten näherten sich ihm und bedrohten ihn auf seltsame Weise.

Manchmal glaubte er, diese Gestalten seien Ruml. Und dann nahm er wieder an, es seien Menschen. – Schließlich verließen sie ihn, und er schlief, ohne zu träumen und ohne sich zu regen . . .

Als er erwachte, war niemand in seinem Kellerraum, um ihn unter Beobachtung zu haben. Er stützte sich auf einen Ellbogen und blickte auf die Uhr, die neben seinem Bett stand. Ihre gelben Leuchtzeiger wiesen auf kurz nach drei Uhr. Er setzte sich auf, schüttelte den Schlaf aus den Augen und schwang die Beine über den Bettrand.

Er dachte an Kaffee. Schwer, träge, in einer tiefen Lethargie, wie sie solch tiefem Schlummer folgte, mühte er sich in seine Kleider und ging zur Tür. Aber der Knopf widerstand seiner Hand, als er ihn zu drehen versuchte, und die Tür selbst blieb geschlossen.

Er runzelte die Stirn, versuchte noch einmal, den Knopf zu drehen, und stieß gegen die Tür. Sie zitterte, öffnete sich aber nicht. Jetzt begann er zu erwachen. Er riß an der Tür, schlug dagegen – und wurde sich endlich der Tatsache bewußt, daß sie nicht von ihm geöffnet werden sollte.

„Eingeschlossen!“ sagte er laut und blickte zu dem leeren Sessel hinüber, wo ein Beobachter hätte sitzen sollen. Es gab also niemanden, der Wache über ihn halten konnte, und deshalb hatten sie ihn eingesperrt wie einen Verbrecher oder einen Tobsüchtigen.

Wut wallte plötzlich in ihm auf. Er griff nach dem Türknopf, warf sich mit der Schulter gegen die Tür – es ging viel leichter, als er erwartet hatte, denn er hatte bisher noch nie eine Tür aufgesprengt –, und die Türangel riß aus dem Rahmen, die Tür flog auf. Er taumelte in den Kellergang hinaus.

Das Brechen der Tür hatte seine Wut eher verstärkt als gemildert. Er eilte in schnellem Schritt auf die Treppe zu und hinauf und ignorierte den langsam und schon etwas altersschwachen Lift. Als er das nächste Stockwerk erreichte, stieß er mit einem jungen Mann in Sommeruniform zusammen, der einen Waffengurt mit einer Pistole trug.

„Augenblick mal“, sagte der junge Mann und griff nach seinem Arm. „Sie können da nicht hinauf. Sie müssen in Ihr Zimmer zurück . . .“

Jason riß sich wütend los. „Was wollen Sie denn machen? Mich erschießen?“ sagte er, schob sich an dem jungen Mann vorbei und rannte weiter nach oben, wobei er zwei Treppen auf einmal nahm.

Als er das nächste Stockwerk erreichte, fand er die ganze Halle voller Männer und Offiziere in Uniform. Sie starrten ihn an. Einige kamen auf ihn zu oder wollten etwas sagen, um ihn aufzuhalten, aber er rannte an ihnen vorbei, den Korridor hinunter und zur Bibliothek. Die Tür stand offen. Ein Mann in Zivil stand unter dem Eingang. Jason schob sich an ihm vorbei.

Der Raum war halbvoll. Da waren Mele, sämtliche Ausschußmitglieder und Bill Coth, der General, den Tim ihm und Mele vor einer Woche vorgestellt hatte. Heute trug er Uniform. In seiner Gesellschaft befand sich ein kleiner, rundköpfiger Mann in mittleren Jahren, der einen grauen, europäisch geschnittenen Anzug trug, und ein weiterer Mann, der ihn an einen Buchhalter erinnerte, um die Fünfzig war und eine altmodische Brille statt Kontaktlinsen über seinen blaßblauen Augen trug. Er hatte blondes Haar und ausgewaschene Augenbrauen.

Alle Augen richteten sich auf ihn.

„Was machen Sie denn hier, Jason?" fragte Coth.

„Nein, lassen Sie ihn, Hobard." Der Mann an der Tür, der Jason von hinten gepackt hatte, ließ ihn rechtzeitig los und wich damit gerade noch Jasons Absatz aus. Jason starrte Coth wütend an.

„Was soll das, mich einzusperren?" fragte er wütend. „Was soll die ganze Versammlung hier?"

„Ich hab ihn hergebracht, Jason."

Das war Thornybright, der etwas abseits von Coth und den anderen Fremden stand. Der Psychologe stand schlank und gerade in einem blauen Straßenanzug da und wirkte genauso sicher wie eh und je.

„Sie?" Jason starrte ihn an. „Warum?"

„Das wollten Bill und ich ja gerade erklären", sagte Thornybright. „Dieses Projekt hat ein Stadium erreicht, in dem ich es für dringend nötig hielt, die zuständigen Behörden zu informieren und ihnen die Verantwortung zu übergeben. Wir haben eine Besprechung abgehalten, und ich habe den anderen zum letztenmal Gelegenheit gegeben, die Übergabe des Projekts zu beschließen. Als wir wieder stimmengleich waren, rief ich Bill hinzu." Er blickte zu dem General hinüber. „Er hatte draußen gewartet."

„So?" machte Jason. Er baute sich vor dem Psychologen auf und starrte auf ihn hinunter. „Und wie sind Sie dazu gekommen, ohne mich eine Besprechung einzuberufen?"

Thornybright starrte zu ihm hinauf, ein dünner, drahtiger Mann, zehn Zentimeter kleiner als Jason. Sein Blick war kalt und selbstbewußt wie immer.

„Vielleicht sollte ich Sie daran erinnern, Jason", sagte er, „daß Sie kein Mitglied des Ausschusses sind."

„Und vielleicht sollte ich Sie daran erinnern . . ." sagte Jason. „Wenn wir schon anfangen, jeden seiner eigenen Wege gehen zu lassen, dann sollte ich Sie vielleicht daran erinnern, daß ich das Projekt bin! Ich!“ Jason stieß ihm den Zeigefinger gegen die Brust. „Ich bin derjenige, der hier notwendig ist – nicht Sie und all die anderen. Und ich bin ein amerikanischer Bürger . . .“ Er hielt inne und sah die anderen Ausschußmitglieder an, die auf ihren Stühlen saßen. Dystra saß reglos da und musterte ihn ohne eine Spur von Erregung. „Und das bringt mich auf etwas“, sagte Jason grimmig. „Es scheint, daß hier eine Invasion stattgefunden hat. Eine illegale. Warum ruft denn niemand die Polizei – oder einen Anwalt?“

„Das ist nicht nötig . . .“ begann Thornybright, aber Coth unterbrach ihn.

„Ich glaube, Jason wird das gleich einsehen“, meinte er und lächelte Jason an. „Es hat ihm nur niemand die Lage erklärt. Jason, ich möchte Ihnen einige Leute vorstellen.“ Er wandte sich dem Mann mit dem kugelförmigen Kopf zu. „Das ist . . .“ Der Name blieb Jasons Ohr mit seinem fremdartigen Klang unverständlich. „Er ist mehr oder weniger als Vertreter der ausländischen Mitglieder dieser Stiftung und ihrer Regierungen hier. Sie können in ihm sozusagen den Mann von den Vereinten Nationen sehen.“

„Erfreut, Sie kennenzulernen“, sagte der Mann von den Vereinten Nationen ohne eine Spur von Akzent, aber in einem Tonfall, der Jason dennoch fremdartig vorkam. Jason nickte kurz.

„Und das hier“, sagte Coth und blickte zu dem großen Mann mit der Brille hinüber, „das ist Artoy Swenson vom Weißen Haus. Wenn Sie einen Anwalt brauchen, kann er Ihnen den Justizminister herbeibringen.“ Coth lächelte.

„Das kann er gern tun“, sagte Jason grimmig.

Coth hörte nicht auf zu lächeln. Das Lächeln wurde nur eiskalt.

„Sie sind nicht gerade sehr einsichtig“, sagte er langsam.

„Nein“, sagte Jason. „Warum verschwinden Sie denn nicht einfach, Sie und die anderen?“

„O nein“, sagte Coth, ohne seinem Blick auszuweichen und ohne die Stimme zu heben.

„Dann geh ich eben“, sagte Jason. Er drehte sich um und ging auf die Tür zu.

„Hobard“, sagte der dünne, bebrillte Swenson. Der Mann in Zivilkleidung verstellte ihm den Ausgang. Jason blieb stehen und drehte sich um. Er sah Thornybright mit spöttischer Miene an.

„Augenblick mal, Jason“, sagte Thornybright. „Es gibt doch immer eine Möglichkeit . . .“

„Ich fürchte, nein", sagte Swenson.

So hilflos der Mann mit der Brille auch wirkte, so entschieden klang das doch. Thornybright verstummte sofort. Swenson nahm die Brille ab und begann sie mit einem Tuch, das er aus der Jackentasche genommen hatte, zu polieren. „Wir sind alle freiwillig hier, Mr. Thornybright. Die Angelegenheit ist heute morgen besprochen worden – an anderer Stelle. Es hat sich dabei ganz deutlich gezeigt, daß es viel zu lange dauern würde, Sie und Ihre Kollegen hier auf irgendeine juristische Weise aufzuhalten. Wir müßten zuerst eine Begründung finden, eine vorläufige Verfügung erlassen ... alles Federfuchserei. Und inzwischen würde Jason hier alles mögliche passieren."

„Alles mögliche", wiederholte Jason. „Ich hab mir schon gedacht, daß Sie gleich darauf kommen würden – die Vorstellung, daß ich von den Fremden kontrolliert werde." Er sah Thornybright grimmig an. „Sie verzichten also einfach auf unsere Rechte, ist es das?"

„Jetzt hören Sie mal zu!" sagte Swenson etwas erregt. „Seien Sie vernünftig. Sie und Ihre Kollegen sind auf eigene Faust und ohne irgendeine Befugnis der Regierung oder sonst einer Regierung auf der Erde einfach losgezogen und haben den Kontakt mit einer fremden Rasse hergestellt, einer fremden Zivilisation, die größer, besser organisiert und stärker ist als die unsere und in der es offenbar einige Individuen gibt, die entschlossen sind, uns auszulöschen. Haben Sie vielleicht erwartet, daß wir Ihnen eine einstweilige Verfügung zustellen, vor einem Kongreßausschuß auszusagen?"

„Das Projekt ist nicht sonderlich geheimgehalten worden!" sagte Thornybright scharf. „Das Experiment und die Geräte, die wir benutzen, wurden in einem Dutzend technischer Journale in allen Einzelheiten beschrieben. Selbst in den Tageszeitungen hat man sich mit uns befaßt."

„Wer kann denn das alles lesen, wo doch jedes Jahr eine Million Artikel in beinahe tausend verschiedenen Sprachen veröffentlicht werden?" sagte Swenson. Dann sah er Jason an. „Und niemand, der von Ihrem Projekt wußte, hat ernsthaft damit gerechnet, daß etwas dabei herauskommen würde."

„Ja", nickte Jason bitter, „so ist das immer."

„Aber Sie haben daran geglaubt", sagte Swenson. „Und aus diesem Grund hätte ich ein höheres Verantwortungsbewußtsein von Ihnen erwartet. Verantwortungsbewußtsein gegenüber Ihrer ... gegenüber der Welt und den anderen Menschen, die sie bewohnen. Jedenfalls, wie ich schon sagte, wir sind alle freiwillig hier. Sie können uns nachher verklagen, wenn Sie Lust haben – falls es Gerichte gibt, die die Klage annehmen. Mir wäre das ziemlich gleichgültig, und keiner von uns macht sich Sorgen darüber. Worauf es ankommt ist, daß wir hier jetzt die Leitung übernommen haben – von jetzt an bis zum Ende."

Er sah sich im Kreis der Ausschußmitglieder um.

„Und wir werden Sie alle festhalten müssen – wenigstens für den Augenblick. Wir werden Sie jetzt alle zu einem Luftwaffenstützpunkt bringen, einem kleinen Stützpunkt nicht weit von Washington. Und wenn wir dieses Projekt, das Sie da angefangen haben, unter Kontrolle haben, werden wir Sie freilassen und ..." Er schnitt eine Grimasse. „Dann können Sie ja versuchen, uns anzuzeigen oder dafür zu sorgen, daß man uns ins Gefängnis steckt oder was Sie sonst mögen. Für den Augenblick jedenfalls ..."

„Nein", sagte Jason.

Swenson sah ihn an.

„Nein, das glaube ich nicht", sagte Jason. Er trat ein paar Schritte zurück und setzte sich auf die Tischkante, die Kante desselben Tisches, an dem die anderen Ausschußmitglieder noch saßen. „Sie werden weder meine Kollegen noch mich, noch sonst etwas aus diesem Gebäude entfernen."

Swenson nahm die Brille ab.

„So?"

„Ja, Sie haben richtig gehört", sagte Jason. „Sie müssen nicht hingehört haben, als ich gerade mit Thornybright sprach. Ich habe ihn daran erinnert, daß ich das Projekt bin – und das bin ich tatsächlich –, und Sie können mich nicht zwingen, dieses Gebäude zu verlassen oder sonst etwas zu tun, was mir nicht paßt. Ich will nicht von der Bibliothek in diesem Gebäude getrennt werden."

Swenson setzte die Brille wieder auf.

„Ich glaube, Sie werden sehr wohl tun, was wir wollen. Und außerdem", fügte er hinzu, „wir wollen ja nur, daß Sie weiterhin das tun, was Sie getan haben – mit diesem Kator Verbindung aufnehmen und berichten, was Sie dabei in Erfahrung bringen."

„Und wenn ich es nicht tue?" fragte Jason. „Keinen Bericht erstatte, meine ich?"

„Dann könnte das für Sie recht unangenehm werden", sagte Coth ernsthaft. Jason blickte zu dem General hinüber.

„Und wenn ich in meinen Berichten lüge?" fragte er.

„Oh", lachte Coth, „das würden wir natürlich merken."

Jason starrte ihn einen Augenblick an. Dann lachte er auch – aber nicht fröhlich, sondern grimmig.

„Sie sind gut", sagte Jason. „Einen Augenblick lang klangen Sie ganz selbstsicher. Beinahe hätte ich Ihnen geglaubt. Nein, Sie würden das nicht merken. Und Sie wissen auch, daß Sie es nicht merken würden." Sein Blick wanderte zwischen Coth und Swenson und dem dritten Zivilisten hin und her. „Ich bin die einzige Verbindung, die Sie mit den Ruml haben, und Sie brauchen meine bereitwillige Unterstützung, weil Sie ohne mich nichts außer Ihren verschrobenen Vorstellungen von bösartigen Fremden haben."

Er hielt inne.

„Und jetzt", sagte er langsam, „werde ich Ihnen sagen, wie Sie meine Unterstützung haben können. Sie können jetzt bei dem Projekt bleiben, wo Sie schon einmal da sind, aber wenn Sie sich einbilden, daß Sie hier den Ton angeben können, dann irren Sie sich. Der Ausschuß wird weiterhin so operieren, wie er das bisher getan hat. Sie können an den Sitzungen teilnehmen, aber das ist alles. Und ich werde weiterhin so handeln wie bisher – und weder Sie noch der Ausschuß werden mich in irgendeiner Weise daran hindern können."

Tiefes Schweigen herrschte in der Bibliothek. Er und Swenson starrten einander an. Nach einer Weile nahm Swenson die Brille ab. „Für den Augenblick", sagte er ruhig, „einverstanden."

Jason nickte langsam und wandte sich Mele zu. Er wollte sagen, jetzt, da die ganze Aufregung verraucht sei, wolle er etwas zu essen haben. Er wollte sie auffordern, mit ihm in den Speisesaal zu gehen, aber dann erstarb ihm die Frage auf den Lippen.

Ihre Augen starrten ihn so schockiert an, als hätte er sich in Kator verwandelt. Als wäre er ihr völlig fremd geworden.

Und so verließ er nun die Bibliothek und ging allein in den Speisesaal.

12

Kator begab sich sofort an Bord des Expeditionsschiffs. Das Schiff war bereits ausgerüstet und seit dem Augenblick startbereit, da man die Untersuchung des Artefakts abgeschlossen hatte. Der

Kapitän und die Mannschaft des Schiffes wurden binnen weniger Tage ausgewählt.

Jason nahm in Kators Körper an der Auswahl teil. Theoretisch konnte er gegen jeden der Kandidaten sein Veto aussprechen. Praktisch betrachtet, verstanden die Auswahlausschüsse ihr Geschäft natürlich, und es wäre politisch unklug gewesen, sich in irgendeiner Weise einzuschalten. Außerdem hatte er seine eigenen Pläne.

Die hatte Jason auch. Im Körper des Ruml rissen ihn Kators Gefühle und seine Vorstellung mit. In seinem eigenen Körper, jetzt nicht nur von dem Ausschuß, sondern auch von Swenson, Coth, dem Mann von den Vereinten Nationen und ihren Helfern umgeben, versuchte er, alles andere von sich fernzuhalten, was nicht unmittelbar mit der Aufzeichnung seiner Erlebnisse als Kator und mit seinem Versuch, eben diese Erlebnisse zu begreifen, zu tun hatte.

Insgeheim hatte er sein ursprüngliches Selbstvertrauen zu einem Teil verloren. Das war einer der Gründe, weshalb er wütend geworden war, als er seine Tür aufgesperrt und später Swenson und die anderen oben vorgefunden hatte. Swenson und die anderen befanden sich in dem Glauben, daß Jason der Beherrschung durch Kators fremde Persönlichkeit anheimfallen konnte – wenn nicht sogar schon anheimgefallen war. Und eine solche Beherrschung würde ebenso phantastisch wie schierer Aberglaube sein.

Aber Jason selbst war nicht mehr so sicher, daß es unmöglich war.

Doch das behielt er für sich. Es hatte von Anfang an eine Seite in Kators Wesen gegeben, die er den Ausschußmitgliedern oder irgendeinem anderen Beobachter auf der Erde einfach nicht verdeutlichen konnte. Das war der ganze Bereich von Kators Gefühlen als Ruml.

Es begann mit Kators Stolz auf sich selbst als Mitglied der Rumlrasse – ein Stolz, der dem unbewußten und unausgesprochenen Gefühl der Überlegenheit in einem Menschen vergleichbar war, wenn er sich im Geist mit einem Tier verglich. Aber es reichte weiter – viel weiter – als das . . . in einen Bereich der Rumlrassenpersönlichkeit hinein, für den es kein menschliches Äquivalent gab. Und es war völlig unbewußt. Die Ruml kleideten es selbst unter sich nicht in Worte.

Als Rasse *unterstellten* sie einfach gewisse Dinge. Und zwar Dinge, die kein Mensch sich vorstellen, geschweige denn für selbstverständlich halten würde.

Wo menschliches Denken und Empfinden einen Widerhall in den Ruml fand, bestand keine Gefahr, daß Jason durch den Kontakt gestört werden könnte. Aber in diesem anderen, diesem wahrlich fremden Bereich ... Jason spürte die ersten Regungen von Angst. Zum erstenmal gestand er sich selbst, daß Kator, ohne auch nur von Jasons Anwesenheit zu wissen, einfach durch seine Existenz in der Lage sein könnte, gewisse menschliche Elemente in Jason anzugreifen und zu zerstören. Es könnte sein, daß Kators Persönlichkeit Jasons Persönlichkeit *unbewußt* infizieren und erobern würde.

Das Duell war es, das Jason schließlich zu diesem Schluß gebracht hatte. Bis dahin hatte er sich der Wahrheit angenähert, ohne sie zu sehen, so wie man vielleicht einen Berghang hinaufgeht, ohne zu erkennen, daß man sich bereits auf den unteren Hügeln befindet. Der wesentliche Unterschied zwischen den Menschen und den Ruml war etwas, das Jason von Anfang an in einer Art und Weise begriffen hatte, die niemand anderer nachvollziehen konnte. Dennoch, so dachte er jetzt, bestand die Möglichkeit, daß er einen Irrweg beschritten hatte. Er hatte erkannt, wie *anders* die Ruml waren – aber selbst er hatte diesen Unterschied als etwas angesehen, wie es zum Beispiel zwischen einem Menschen und einem intelligenten Schwarzbären bestehen könnte.

Er hatte vergessen, daß dort, wo Intelligenz war, auch eine historische Entwicklung, eine Kultur, ja sogar eine Seele sein mußten.

Sowohl der Mensch als auch der Ruml waren so beschaffen, daß sie bereit waren, für bestimmte Inhalte zu kämpfen, ja auch zu sterben. Was aber, wenn diese Inhalte nicht mittelbar waren?

Was, wenn sie einander diametral entgegengesetzt waren?

Mensch und Ruml würden in gegenseitiger Vernichtung aufeinander losgehen, beide völlig von ihrem Recht überzeugt, beide von dem innerlichen Zwang beseelt, ohne Kompromiß bis zum Tode zu kämpfen – und das wegen eines Unterschieds einer unbewußten Meinung, die sie weder sich selbst noch anderen gegenüber in Worten zum Ausdruck bringen konnten.

Und es gab auf beiden Seiten nur eine Person, die dieses Armageddon zweier Rassen abwenden konnte. Jason. Wenn es ihm nur gelänge, irgendwo in den Büchern oder den Fachzeitschriften, in denen er suchte, für diesen unbewußten Bereich einen für beide Seiten verständlichen Begriff zu finden. Etwas, das nicht menschlich und nicht rumlisch war, aber etwas, das beide erkennen konnten . . . Etwas im Bereich der Biologie, das beide Rassen begreifen konnten.

Unterdessen – seit dem Duell – blieb die schleichende Furcht, Kators Persönlichkeit habe ihn infiziert, stets im Hintergrund seines Bewußtseins. Es war nicht möglich, sie in konkrete Begriffe aufzulösen, ebensowenig wie es eine Möglichkeit zu geben schien, sie loszuwerden. Früher einmal hätte er Mele sozusagen als Prüfstein benutzen können. Aber jetzt hatte sich eine Mauer zwischen ihnen aufgebaut. Seit jenem Tag in der Bibliothek zusammen mit Swenson und den anderen hatte sie etwas in sich getragen, das beinahe Furcht vor ihm darstellte, eine Art Überzeugtsein von seiner Unvernunft. Sie schien zu fühlen, dachte Jason verbittert, daß er aus schierer Machtliebe nicht mehr logisch, sondern einseitig entschied.

Dem Himmel sei Dank, daß sie wenigstens nicht die Ansicht teilte, Kator könne ihn infizieren. Aber trotzdem plagte Jason die Angst. Eine Angst, die zugleich auch sein Geheimnis war. In dem Duell hatte er zum erstenmal erlebt, wie er Kators Perspektive geteilt hatte, obwohl diese Perspektive der seinen völlig widersprach.

Kator hatte Hurrag Adoptivsohn nicht gehaßt. Und dennoch hatte er ihn freudig, stolz, beinahe mit Vergnügen getötet, obwohl es auch möglich gewesen wäre, ihn zu besiegen, ohne seinen Tod herbeizuführen. Und bei dieser Tat war sich Kator in seinen eigenen Augen edel vorgekommen, edel, erfolgreich und bewundernswert. Und einen Augenblick hatte Jason das gleiche empfunden.

Und eine Spur jener fremden Haltung hatte ihn bewegt, als er in diesem Bibliotheksraum Swenson und die anderen in ihre Schranken gewiesen hatte, nachdem er seine Tür aufgebrochen hatte. Das war nicht die Art und Weise, in der Jason Barchar normalerweise reagierte – aber das erkannte er erst jetzt, nachträglich.

Aber es war ganz ähnlich dem Verhalten von Kator Zweitvetter gewesen, so wie jener gehandelt haben würde, hätte er sich gegen seinen Willen in einem Raum eingeschlossen gefunden. Wurde Jason in seiner Art zu denken zu einem Fremden?

Als er später nachts die Bibliotheksregale des Stiftungsgebäudes durchsuchte, im Schein der pendelnden, nackten Sechzig-Watt-Birnen, unter ihren an Heiligenscheine erinnernden Reflektoren, stellte sich Jason diese Frage selbst, als er das Spiegelbild seines Gesichts in den nachtschwarzen Fenstern zwischen den Regalen erblickte.

Und sein Bild hatte keine Antwort für ihn.

13

Das Expeditionsschiff beförderte achtundfünfzig Expeditionsmitglieder. Hierin waren der Kapitän und der Schlüsselträger mit inbegriffen.

Kurze Zeit nachdem sie von der Heimatwelt der Ruml gestartet waren, wandte sich Jason über das Interkomsystem des Schiffs an alle Expeditionsmitglieder. Er stand in der Steuerzentrale in der vorderen Schiffshälfte, dem Raum, in den die Quartiere des Kapitäns und des Schlüsselträgers mündeten. Der Kapitän stand neben ihm.

„Mitglieder der Expedition", sprach er zu der Aufnahme-Kamera vor ihm. „Ihr alle wißt, daß wir den Auftrag haben, diese Expedition zur Welt der Verhüllten Leute erfolgreich durchzuführen und dann wieder mit Informationen nach Hause zurückzukehren, die es uns erlauben, jene Welt zu besiedeln. Für uns alle ist dies eine große Chance. Sobald die Welt für die Besiedlung freigegeben wird, werden wir alle als Mitglieder der Expedition in der Lage sein, uns niederzulassen und unsere eigenen Familien zu gründen. Ebenso wurden die sechs Welten, die die Rumlrasse außerhalb der Heimatwelt besitzt, kolonisiert, und ebenso wurden ihre führenden Familien gegründet."

Er hielt inne. Er konnte sie sich bildhaft vorstellen, wie sie jetzt überall im Schiff standen, ehrenhaft, aufrecht und gespannt zuhörend.

„Der Erfolg dieser Expedition", fuhr er fort, „muß uns deshalb in Ehren sehr viel mehr bedeuten als irgend etwas anderes in unserem Leben. Ich, euer Schlüsselträger, gebe mich ganz dieser Bedeutung hin. Ich verspreche euch allen die gleiche unparteiische Haltung, die ihr von den Oberhäuptern eurer eigenen Familien erwarten würdet. Und ich verpflichte mich selbst, mit einem Forschungsbericht über den Planeten der Verhüllten Leute zur Heimatwelt zurückzukehren, der diese Expedition rechtfertigen wird. Ich verpflichte mich, eine perfekte Expedition durchzuführen . . ."

Wieder hielt er inne.

Er spürte ein Singen in seinen Adern, ein Aufwallen jener Kraft und jenes Vertrauens, das er zum erstenmal verspürt hatte, als er auf das Artefakt gestoßen war, und das ihn dann das Duell mit Hurrag erfolgreich hatte überstehen lassen.

„Ich befehle euch", sagte er noch lauter, „das Wort zu beachten, das ich gerade benutzt habe – das Wort ‚perfekt'. Ich habe mich einer perfekten Expedition hingegeben. Und ich erinnere euch an die Schriften des Morahnpa, Führer der ersten Expedition, die die Heimatwelt je ausgeschickt hat. Der Morahnpa schrieb damals: ‚Wenn alle Dinge perfekt erledigt werden, wie kann dann ein Fehler oder ein Versagen sich in eine Operation einschleichen, in der die Dinge so durchgeführt werden?' Eine ähnliche Hingabe erwarte ich von euch allen."

Er wandte sich vom Bildschirm ab und sah den Kapitän an, der neben ihm stand. Dessen Augen ruhten auf ihm.

„Schlüsselträger", sagte der Kapitän. „Ihr seid noch nie Schlüsselträger auf einer Reise gewesen?"

„Das weißt du", sagte Jason.

„Ich bin auf dreizehn Reisen Kapitän gewesen", sagte der Kapitän, „und ich habe einiges über die Männer auf den Schiffen gelernt, ob das Schiff sich nun auf einer Expedition oder einer anderen Reise befindet. Es gibt zwei Arten, wie man Männer kommandieren und erwarten kann, daß sie gehorchen. Man kann als Mann kommandieren – dann werden sie einem auch als Mann gehorchen, das heißt nicht perfekt, aber verläßlich. Oder man kann als Gründer kommandieren, und sie werden einem blind und bis zum Tod und ohne Frage folgen. Aber als Mann kann man Fehler machen. Als Gründer nicht."

„Ich folge dorthin", sagte Jason, „wo der Zufallsfaktor mich hinführt."

„Wenn Ihr in Euren Befehlen und Handlungen Anspruch auf den Zufallsfaktor erhebt", sagte der Kapitän, „gibt es keine Alternative. Ihr wißt das selbst, Schlüsselträger. Einer, der sich in seinen Handlungen auf den Zufallsfaktor beruft und später versagt, muß vernichtet werden; wenn die Erfahrung versagt, so mag man erneut einen Versuch wagen und beim zweitenmal Erfolg haben. Aber es kann kein zweites Mal geben, wenn die Rasse sich aus ihren besten Mitgliedern entwickeln soll."

„Das weiß ich", sagte Jason. „Ich habe es gewußt, als ich das fremde Artefakt erblickte."

Der Kapitän neigte den Kopf. „Ist es dann ein Mann oder ein Gründer, den wir als Schlüsselträger haben?" fragte er. „Ich habe das Recht, das zu wissen – und die Mannschaft wird es zu gegebener Zeit erfahren."

Jason sah den Älteren voll an.

„Ein Gründer", sagte er.

Das Gesicht des Kapitäns war ohne jeden Ausdruck. Wieder neigte er den Kopf.

„Ehrenwerter", sagte er, „darf ich mich jetzt um meine Pflichten kümmern?"

„Ja", sagte Jason.

Und der Kapitän wandte sich den Instrumenten zu, die alle Wände der Steuerzentrale bedeckten.

Jason drehte sich um und verließ die Zentrale. Er ging durch die Korridore des Schiffs und inspizierte alles. Als Schlüsselträger gehörte es zu seiner Aufgabe, sich zu vergewissern, daß sie Schlösser stets unversehrt waren. Es durfte an Bord keine unehrenwerten Handlungen geben, keine Kämpfe, keine Verbrechen, die ungelöst blieben, weil jemand sich geschickt an den Schlössern zu schaffen gemacht und damit die Sicherheit der Besatzung beeinträchtigt hatte. Die Mitglieder dieser Expedition waren natürlich sorgfältig ausgewählt, und allesamt waren sie Männer von großer Ehre. Verbrechen und unehrenhafte Handlungen waren daher beinahe undenkbar. Aber was Kämpfe anging – in einem Ruml konnte keine Ehre stecken, wenn er kein Selbstbewußtsein besaß. Und wo viele Männer auf engem Raum zusammengedrängt leben, mußte es zwangsläufig Konflikte geben.

Die wenigen Mitglieder der Mannschaft, denen er begegnete, salutierten und wandten sich dann wieder ihrer Arbeit zu. Das Schiff war voll besetzt, jeder Posten mit drei Mann, und deshalb hatte nur der dritte Teil von ihnen im Augenblick Dienst. Jason untersuchte die Turnhalle, den Frachtraum im unteren Teil des Schiffs und die Konstruktionsabteilung der Werkzeugmaschinen, die den Mittelteil des Schiffs außerhalb der Mannschaftsquartiere einnahmen. Schließlich ging er die beiden Korridore hinunter, an denen die Mannschaftsquartiere lagen, und überprüfte dort sämtliche Schlösser.

Jeweils nach vier oder fünf Tagen schloß er willkürlich eine auf, um seine Schlüssel zu überprüfen. Wenn ein Schlüsselträger dies tat, so war dies keine Verletzung des Privatlebens und des Schutzes, den jedes Mannschaftsmitglied genoß. Hinter den ersten sechs oder acht Türen fand er niemanden. Die meisten Leute trainierten im Turnsaal. Aber als er die siebte Tür öffnete, sah er einen Mann auf einer Pritsche liegen und lesen.

Der Mann sprang sofort auf und salutierte. Jason starrte ihn an.

„Bela!" sagte er. Es war sein Zweitvetter unter den Brutogasi.

„Ich stand zur Wahl", sagte Bela. Sie sahen einander an, und Jason verspürte eine Aufwallung von Zuneigung zu diesem vertrauten Mitglied seiner eigenen Familie. Aber bei dem Rangunterschied, der zwischen ihnen herrschte, und den besonders strengen Bordvorschriften, konnte er diese Zuneigung natürlich nicht zum Ausdruck bringen.

„Schön, daß du bei uns bist", sagte Jason und ging hinaus. Er schloß die Tür sorgfältig. Von allen Mitgliedern der Mannschaft sollte gerade Bela nicht im Schlaf angegriffen werden – so wie der arme Aton Mutteronkel von seinem Partner angegriffen worden war.

Jason ging in sein eigenes Quartier zurück. Dort hatte er den Wurm in seinem Plastikwürfel auf einen kleinen Tisch neben ein Modell des Artefakts gestellt. Er legte die Schiffsschlüssel daneben und kauerte davor nieder. Er spürte, wie der Zufallsfaktor ihn wie ein mächtiges Licht von innen heraus erleuchtete. Und in diesem Schein umfaßte seine Hingabe Bela, Aton, der gewesen war, diese Mannschaft, seine Familie und alle Ruml. Und von der Ekstase seines Traumes hingerissen, sank Jason auf dem Boden zusammen.

In den paar Tagen darauf sprang das Schiff in einem Sprung in den etwa drei Lichtjahre umfassenden Bereich, in dem den Berechnungen zufolge der Planet der Verhüllten Leute sein mußte. Es gab nur zwei mögliche Sternsysteme in dieser Gegend – und beide glichen sich darin, daß ihre Sonnen kleine gelbe Sterne waren und daß beide mehr als ein halbes Dutzend planetarer Körper besaßen, die sie umkreisten – das konnte man magnetometrisch erkennen.

Nur ein Planet des näheren Systems bot die Möglichkeit zur Entwicklung einer Rasse, die in irgendeiner Weise der der Ruml ähnlich war. Auf Anweisung des Schlüsselträgers wurde dieser Planet untersucht und als unbewohnt und auch unbewohnbar befunden – er besaß nämlich kein Wasser. Alle Unternehmungsergebnisse wurden gründlich aufgezeichnet und dokumentiert für den Fall, daß die spätere wissenschaftliche Entwicklung zu einer Möglichkeit führen sollte, auch solche Welten für Ruml-Kolonisten bewohnbar zu machen. Und dann sprang das Schiff in die nahe Umgebung der anderen Sonne mit ihrem möglichen System bewohnbarer Welten.

Am Ende dieses Sprunges summte das Signal des Kapitäns. Jason, der sich zu diesem Zeitpunkt in seiner Kajüte befand, meldete sich über das Bordfernsehen.

„Es hat einen Streit zwischen zwei der Männer gegeben", sagte das Gesicht des Kapitäns am Bildschirm.

„Ich komme sofort", sagte Jason und sprang auf. „Ruft die Mannschaft im Turnsaal zusammen."

Als er im Turnsaal eintraf, warteten die Männer in zwei Reihen. Zwischen den beiden Reihen standen die beiden Raufbolde und vor ihnen der Kapitän mit einem tragbaren Tisch, der vor ihm aufgebaut war. Auf dem Tisch lagen Papiere – die Akten der in aller Eile bereits durchgeführten Untersuchung.

Jason trat neben den Kapitän und blickte über den Tisch hinweg die beiden Männer an, die gekämpft hatten. Sein Magen verkrampfte sich. Einer der beiden war Bela.

„Die Papiere?" fragte er und wandte sich damit dem Kapitän zu.

„Hier, Ehrenwerter." Der Kapitän gab ihm die Papiere, die bereits auf dem Tisch gelegen hatten. Jason las. Die beiden Kämpfer waren Bela und einer der Antoniti. Keiner hatte das Recht der Aussageverweigerung beansprucht. Beide hatten in aller Offenheit berichtet, und die Aussagen stimmten überein. Der Antoniti war zu dem Schluß gekommen, daß Bela die Arbeit des Antoniti an Bord des Schiffes für nicht gründlich genug hielt. Deshalb hatte der Antoniti Bela angegriffen, ohne zuerst eine Herausforderung abzuwarten. Bela hatte sich gewehrt.

Jasons Magenmuskeln lockerten sich. Bela hatte ganz offensichtlich keine andere Wahl gehabt. Einmal angegriffen, konnte er in Ehren nichts anderes tun als kämpfen, selbst wenn er sich normalerweise zurückgehalten hätte. Man mußte ganz einfach den Antoniti verurteilen und Bela von der Schuld freisprechen.

Aber gerade als er eben das sagen wollte, kam Jason eine Idee. Eine so plötzliche und so zweckmäßige Idee, daß sie nur dem Zufallsfaktor entsprungen sein konnte, der überhaupt dazu geführt hatte, daß Bela in den Kampf verwickelt worden war. Daß auf einer Reise dieser Dauer und bei einer Mannschaft von achtundfünfzig Männern einige Kämpfe stattfinden würden, war unvermeidbar. Aber es war alles andere als unvermeidbar, daß der Zufallsfaktor gerade beim ersten Kampf dazu geführt hatte, daß Jasons Zweitvetter in ihn verwickelt war. Jason blickte auf.

„Der Antoniti", verkündete er, „gibt selbst zu, daß er den Streit begonnen hat. Normalerweise würde nur er allein verurteilt werden. Ich halte es jedoch für notwendig, euch jetzt daran zu erinnern, daß ich bei Beginn dieser Reise verkündet habe, daß ich von euch allen perfekte Arbeit erwarte. Nur den Antoniti hinzurichten, würde dazu führen, daß einer von denen, die die Expedition durch einen Kampf besudelt haben, unter uns bleibt. Demzufolge spreche ich Bela Zweitvetter Brutogas zwar hiermit von jeglicher Schuld an diesem Zwischenfall frei und trage auch mein Urteil, daß er sich ehrenhaft verhalten hat, in mein Logbuch ein – aber ich verurteile ihn hiermit ebenfalls."

Er sah Bela und den Antoniti an. Belas Augen wichen ihm nicht aus.

„Mein Urteil als Schlüsselträger ist hiermit gesprochen", sagte er.

Er trat vom Tisch zurück und wandte sich um. Hinter sich hörte er das Brüllen der Mannschaft, die sich über die zwei Verurteilten warfen und ihnen die Kehlen herausrissen. Langsam ging er allein durch die Korridore zu seiner eigenen Kajüte zurück. Erst als er sich wieder hinter seiner verschlossenen Tür befand, gab er sich dem Leid hin, das ihn zu überwältigen drohte.

Er kauerte vor dem Tisch nieder, auf dem stumm und reglos der Wurm in seinem durchsichtigen Würfel stand. Seine Trauer ließ ihn am ganzen Körper zittern. Erst Aton Mutteronkel. Und jetzt Bela. Wen würde der Zufallsfaktor als nächsten von ihm fordern – sein Familienoberhaupt, den Brutogas selbst?

Die Tür hinter ihm verkündete, daß der Kapitän draußen war und ihn zu sprechen wünschte. Jason riß sich zusammen und stand auf.

Er ließ den Kapitän ein und versperrte die Tür hinter dem Älteren. Der Kapitän salutierte.

„Ja?“ sagte Jason.

„Ehrenwerter“, sagte der Kapitän, und aus seiner Stimme klang tiefer Respekt. „Ich möchte Euch wegen des notwendigen Todes Eures Verwandten mein Mitgefühl aussprechen.“

„Ich danke Euch“, sagte Jason.

„Und, Ehrenwerter . . .“ Der Kapitän zögerte. „Die Mannschaft hat mich beauftragt, Euch ebenfalls in ihrem Namen ihr Beileid auszusprechen.“

„Danke.“

Der Kapitän zögerte immer noch.

„Noch etwas?“ fragte Jason.

„Ja, Ehrenwerter.“ Das Gesicht des Kapitäns war von seinen aufgewühlten Gefühlen starr. „Ich wollte noch etwas sagen, Schlüsselträger. Ich glaube, daß die Mannschaft dieses Schiffes Euch jetzt überallhin folgen wird, Schlüsselträger. Als wir starteten, sagte ich, daß es zwei Arten von Führern gibt, denen Männer folgen. Männer und Gründer. Ehrenwerter“, sagte der Kapitän, „es ist eine große Ehre für mich und uns alle an Bord, daß ein Gründer Schlüsselträger dieser Expedition ist.“

Er salutierte und ging hinaus.

Jason versperrte die Tür hinter ihm und kauerte sich erneut vor dem Tisch mit dem Würfel und dem Modell des Artefakts nieder. Zwei mächtige, miteinander in Widerstreit stehende Emotionen – Sorge und Triumph – kämpften in ihm. Es war etwas Wunderbares und zugleich Einsames, dachte er, sich mit dem Zufallsfaktor zu bewegen. Er verbarg seine Augen in den Händen und gab sich seinen Gefühlen hin.

Klagend und frohlockend, sicher hinter seinen versperrten Türen in der erhabenen Einsamkeit eines Schlüsselträgers, schlief er zuletzt ein.

14

„. . . ich sage Ihnen“, erklärte Swenson, „wir wissen, daß sie gelandet sind. Auf der der Erde abgewandten Seite des Mondes. Warum haben Sie uns das nicht gesagt?“

Jason schwankte etwas vor Müdigkeit und beschloß dann, sich zu setzen. Er ließ sich in einen der schweren geschnitzten Armsessel sinken, die normalerweise in Reih und Glied um den Besprechungstisch standen, jetzt aber im ganzen Raum verstreut waren. Coth saß jetzt an diesem Tisch und ebenso der Mann von den Vereinten Nationen. Swenson stand vor dem Tisch und redete auf Jason ein. Weder Mele noch irgendwelche sonstigen Ausschußmitglieder waren anwesend. Irgendwie schienen sie nicht mehr zu den Diskussionen – oder besser den Streitgesprächen – zwischen Jason und Swensons Leuten zu gehören.

„Habe ich Ihnen das nicht gesagt?" Jason strich sich mit der Hand übers Kinn. „Ich hatte soviel zu tun . . ." Er wühlte in seinem Gedächtnis herum und sortierte die Katorerinnerungen und die seinen auseinander. „Ich muß es vergessen haben."

„Sie sollen nicht vergessen", sagte Coth. „Das macht Sie ja so wertvoll – wenn Sie nicht vergessen, uns alles zu sagen."

Jason sah ihn erschöpft an. „Drohen Sie mir nicht", sagte er. „Ich bin viel zu müde, als daß dies noch Eindruck auf mich macht. Lassen Sie mich meine Kraft für wichtigere Dinge bewahren."

„Ja", sagte Swenson, ohne sich umzudrehen. „Vielleicht sollten wir ihn nicht so hart anpacken, Bill. Jason sieht wirklich etwas mitgenommen aus. Aber, Jason – daran sind Sie selbst schuld, weil Sie soviel in der Bibliothek herumwühlen. Warum geben Sie das nicht für eine Weile auf?"

„Das ist unsere einzige Chance", sagte Jason und schloß eine Weile die Augen. Und dann merkte er, daß Swenson auf ihn einredete, und schlug die Augen wieder auf. Plötzlich war Swensons Stimme wieder klar. „. . . was haben Sie denn in Erfahrung gebracht?"

„Eine ganze Menge", sagte Jason. „Wirklich eine Menge."

„Zum Beispiel?"

„Ich bin jetzt auf der richtigen Spur", sagte Jason. „Dem Ursprung ihrer instinktiven Reaktionen auf der Spur. Und die müssen wir begreifen – nicht was sie tun, sondern warum sie es tun."

„Seien Sie doch vernünftig", unterbrach ihn Coth plötzlich, beinahe ärgerlich. „Die sind auf der anderen Seite des Mondes gelandet und haben sich dort irgendwo eingegraben. Die können jetzt theoretisch jeden Tag hier auftauchen. Haben wir jetzt wirklich Zeit für dieses wissenschaftliche Herumstochern und diesen Unsinn?"

„Unsinn!" Jason richtete sich in seinem Stuhl auf, ohne den Kopf von der Nackenstütze zu entfernen. „Das ist nur so, weil die Welt keine Zeit für das hat, was Sie Unsinn nennen – ja, die gleiche Art von Unsinn und die gleiche Art von Leuten wie Sie, die dafür nichts übrig haben – das ist schuld daran, daß wir jetzt in dieser Lage sind. Wir mußten ja unseren Kopf in den Weltraum hinausstrecken, bereit, ihn uns jederzeit abhacken zu lassen, während der Körper unserer Rasse immer noch auf der ganz gewöhnlichen Erde ruht und in einer Begriffswelt lebt, die findet, daß es von hier nach Tokio ein weiter Weg sei. Und die Welt liegt nackt da, umgeben von einer Weltraumkugel mit einem Radius von wenigstens sechshundert Lichtjahren ..."

Plötzlich hielt er inne. Das war nicht das erstemal, daß er vor diesen Leuten die Fassung verloren hatte. Es nützte nichts. Es half nicht einmal mit, sie aus dem Gefängnis ihrer Engstirnigkeit herauszulocken, die in den Ruml eine Art Kreuzung zwischen einer Horde schwarzbepelzter Ausländer und einem Extrakt sämtlicher Science Fiction-Filmmonster sah, die sie je auf ihren Bildschirmen bestaunt hatten.

„... was wollen Sie denn von mir?" fragte Jason müde.

„Wir wissen, daß sie auf der anderen Seite des Mondes gelandet sind", sagte Swenson. „Wir wissen aber nicht, wo. Das können nur Sie uns sagen."

„Warum denn?" fragte Jason. „Damit Sie ein Raumschiff hinaufschicken und eine Atombombe abwerfen können?"

„Natürlich nicht!" sagte Swenson. „Wir würden selbstverständlich versuchen, sie lebend gefangenzunehmen."

„Das wäre nicht möglich", sagte Jason. „Jedenfalls sollen Sie sie in Ruhe lassen."

Wieder schloß er müde die Augen und dachte, wie schön es doch wäre, jetzt eine Zeitlang schlafen zu dürfen. „Ich werde es Ihnen nicht sagen."

„Nicht sagen!" Coths Ausruf ließ Jason wieder die Augen aufreißen.

„Nicht sagen?"

„Nein", sagte Jason. „Solange Sie sie ignorieren, haben die Ruml keine Veranlassung anzunehmen, daß Sie um ihre Existenz wissen. Sie werden weiterhin versuchen, uns auszukundschaften, anstatt von ihren sieben Welten eine Invasionsflotte kommen zu lassen. Sobald sie das tun, haben wir keine Chance mehr. Solange sie sich zurückhalten, habe ich Zeit weiterzusuchen, was jemanden wie Kator bewegt . . . in Erfahrung zu bringen, was sein Verhalten so edel macht . . ."

„Edel?" sagte Coth. „Diese Kontaktperson – dieser Kator Zweitvetter, den Sie da haben – hat seinen Partner im Schlaf umgebracht, seinen eigenen Behörden einen Teil des Köders gestohlen, sich einen unfairen Vorteil verschafft, um ein anderes Mitglied seiner Rasse in einem Duell zu töten – und soeben hat er den einzigen nahen Verwandten, den er gerne mochte, hinrichten lassen, nur damit die Mannschaft auf dem Schiff ihn bewunderte." Coths Atem ging schneller. An seinen Wangen waren zwei hektische rote Flecken zu sehen. „Und nach dem, was Sie für richtig befunden haben, uns über ihn und seine Rasse mitzuteilen, ist das also edel!"

„Edel nach seinen Begriffen, nicht nach den unseren", antwortete Jason. Er sah sich im Raum um. „Gibt es denn hier gar niemanden, der bereit ist, den Unterschied zwischen Menschen und Ruml objektiv zu sehen?"

„Natürlich", sagte Swenson. „Sie brauchen uns bloß zu sagen, was das für Unterschiede sind und was sie zu bedeuten haben."

„Aber genau das ist es doch, was ich herauszubringen versuche", sagte Jason wütend. „Ich verlange ja nur von Ihnen, daß Sie endlich einmal glauben, daß die Ruml von vornherein anders sind als wir und daß Sie von dieser Voraussetzung aus ihre völlig anderen Gedanken, Handlungen und Ideen begreifen müssen!"

„Und wenn wir das begriffen haben, was dann?" fragte Coth. „Wenn wir sie verstehen, wird das dann Kator und seine Expedition aufhalten? Oder die Ruml, die nach ihnen kommen?"

„Nein", sagte Jason. „Aber wenn wir sie verstehen, können wir ihnen vielleicht erklären, warum sie uns nicht zu töten brauchen oder nicht töten sollten, warum sie unsere Welt nicht erobern müssen, wie sie es vorhaben. Begreifen Sie denn nicht?" schrie er Swenson an. „Die wissen es nicht anders. Und wir auch nicht – noch nicht. Aber in mir liegt eine Chance, in mir und meinem Kontakt mit Kator. Also ist es unsere Verantwortung, die Antwort zu finden, nicht die ihre."

Einer der Anwesenden, der noch nie etwas gesagt hatte, knurrte unartikuliert.

„Hören Sie doch auf", sagte Jason und sah angewidert zu ihm

hinüber. „Ich bin ebenso ein Mensch wie Sie. Das ist kein Fremder, der aus meinem Mund spricht.“ Der Mann, der geknurrt hatte, holte sich eine Zigarette heraus, studierte sie und zündete sie sich an – ohne dabei Jason anzusehen oder in irgendeiner Weise zu erkennen zu geben, daß er es gehört hatte.

„Nur zu“, sagte Swenson geduldig. „Erklären Sie es uns doch.“

„Schauen Sie . . .“ sagte Jason und beugte sich in seinem Stuhl vor. „J. P. Scott hat um 1960 einen Artikel in *Science* geschrieben, der sich mit den kritischen Perioden der Verhaltensentwicklung befaßte. Ich habe seinen Artikel soeben noch einmal gelesen. Er weist darauf hin, daß es in der Verhaltensentwicklung eine erstaunliche Flexibilität gibt. Bei Menschen und Hunden können diese Perioden zum Beispiel in umgekehrter Reihenfolge auftreten . . .“

„Welche Perioden?“ fragte Swenson.

„Nun, sie sind von Spezies zu Spezies verschieden. Der Sperling zum Beispiel, erklärt Scott, hat sechs Entwicklungsperioden, der Hund vier. Zuerst kommt die neonatale Periode, die Säugeperiode. Dann die Übergangsperiode, in der der Welpe den Übergang zu den erwachsenen Freß- und Bewegungsmethoden durchmacht. Die dritte ist dann die Sozialisierungsperiode, in der der junge Welpe zum erstenmal anfängt, mit seinesgleichen Verbindung aufzunehmen, in der er spielt und primäre soziale Bindungen eingeht. Die vierte und letzte Periode, die jugendliche, wird durch den Anfang der endgültigen Entwöhnung gekennzeichnet – Unabhängigkeit.“

Jason hielt inne und schluckte. Seine Kehle war trocken.

„Und was hat das zu sagen?“ fragte Coth.

„Begreifen Sie denn nicht?“ fragte Jason. „Überlegen Sie doch, wie groß der Unterschied zwischen einem Hund und einem Menschen ist. Und doch stimmen diese vier Perioden – wenn auch nicht in dieser Reihenfolge – mit ähnlichen Perioden in der Entwicklung des Menschen überein. Aber von diesen vier Perioden ist nur eine mit einer Periode der Rumlentwicklung vergleichbar. Die anderen sind entweder unbewußt oder in der Entwicklung eines jungen Individuums, wie Kator es ist, von Anfang an überhaupt nicht vorhanden.“

„Was wollen Sie damit sagen?“ fragte Swenson, nahm die Brille ab und begann sie mit seinem Taschentuch zu reinigen.

„Haben Sie denn meine Berichte nicht gelesen?“ fragte Jason.

„Kator war nach menschlichen Begriffen etwa zehn Jahre alt, als er bewußt zu denken und zu empfinden begann. Bis zu seiner Geburt mußte seine Mutter ihn drei Jahre lang austragen. Die nächsten sechs Jahre verbrachte er in einem Beutel. Dabei hat er sich zwar physisch entwickelt, ist aber kaum gewachsen und war ebenso bewußtlos wie ein Mensch in einem tiefen Schlaf. Die Atmung und die Ernährung erfolgten nur durch instinktive Reflexe. Und dann fing er in seinem zehnten Jahr plötzlich zu wachsen an. Binnen einer Woche war er für den Beutel zu groß, der sechs Jahre lang sein Heim gewesen war. Er erwachte, gewann sein Bewußtsein, kroch aus dem Beutel und verließ seine Mutter. Binnen ein oder zwei Stunden, nachdem er sie verlassen hatte, ging er aufrecht und war physisch imstande, für sich selbst zu sorgen – praktisch ein junger Erwachsener in Miniaturausgabe, bereits entwöhnt. Allein gelassen, wäre er von seiner Mutter weggegangen. Unter den Bedingungen der Rumlzivilisation wurde er erst zum Familienoberhaupt geführt, erhielt einen Namen und ein eigenes Zimmer. In den nächsten zwei Jahren wuchs er auf neun Zehntel seiner Erwachsenengröße an und nahm seinen Platz in der Rumlgesellschaft ein."

Jason hielt inne, räusperte sich und sah sich um. Keines der Gesichter, die ihn anstarrten, zeigte die geringsten Anzeichen dafür, daß die Implikationen dessen, was er gesagt hatte, begriffen worden waren. Sie zeigten eher Anzeichen von Unruhe und Langeweile.

„Verstehen Sie denn nicht – können Sie denn nicht verstehen?" appellierte Jason an Swenson. „All die Dinge, die ein menschliches Kind in zehn Jahren bewußter Assoziation, in zehn Jahren des Aufwachsens mit seinen Eltern oder anderen Erwachsenen lernt, sind einem Ruml völlig unbekannt. Mutterliebe ist unbekannt. Kindliches Spiel und kindliche Anpassung an die Gesellschaft sind unbekannt. Der ganze Prozeß des Lernens durch Beispiele ist unbekannt. Anstelle all dieser Dinge stehen Reflexe oder eine instinktive Konditionierung, über die wir nur Vermutungen anstellen können. Kators Gründe für das, was er tut, sind nach unseren Begriffen unerklärlich – aber für ihn sind sie selbstverständlich –, und wir müssen begreifen, warum sie das sind, wenn wir den Angriff der Ruml aufhalten wollen!"

Endlich war Jason zu einem Ende gekommen. Swenson sah ihn an.

„Es tut mir leid“, sagte er schließlich, „ich verstehe Sie nicht, und Sie haben mich auch nicht überzeugt, daß all dieses Studieren und Suchen zu irgend etwas Wesentlichem führen soll. Ganz abgesehen davon, daß es ungemein wichtig und zwingend ist, jetzt die Rumlexpedition dort oben auf der anderen Seite des Mondes zu umzingeln. Wollen Sie uns jetzt sagen, wo sie sind?“

„Nein“, sagte Jason. Er stand auf, schwankte etwas und griff nach dem Stuhl, um sich daran festzuhalten.

„Und Sie werden nichts unternehmen, weil ich Ihnen jetzt sage, daß Sie unmöglich die andere Seite des Mondes absuchen können, ohne daß man Sie entdeckt. Und wenn man Sie entdeckt, wird die Rumlheimatwelt dies sofort erfahren, und die Invasion wird beginnen. Also – ich sage es Ihnen nicht, und Sie werden sie in Ruhe lassen.“

Er wandte sich ab und ging auf die geschlossene Tür zu. Auf halbem Wege blieb er plötzlich stehen und sah sich noch einmal um.

„Ich werde Ihnen sagen, was jetzt kommt“, sagte er. „Jetzt, da die Ruml sich auf dem Mond eingegraben haben. Sie werden kleine Übertragungsgeräte zur Oberfläche der Erde schicken, um Bilder von uns und unserer Umgebung zu bekommen. Ich werde Sie darüber informieren, wohin die einzelnen Geräte geschickt werden – und wenn es dort etwas gibt, von dem Sie nicht wollen, daß die Ruml es sehen, können Sie ja dafür sorgen, daß das Gerät ‚zufällig‘ zerstört wird.“ Er hielt inne und sah sich um. „Und unterdessen“, fuhr er dann fort, „werde ich mit meiner Arbeit fortfahren, und Sie werden mich nicht dabei stören. Ich bin nämlich die einzige Verbindung mit dem feindlichen Lager, und Sie können mich nicht zwingen.“

Er lachte – oder besser gesagt, er hatte lachen wollen. Aber es war nur das heisere Bellen eines Erschöpften.

„Weil ich nämlich“, sagte er und grinste dabei verzerrt, „weil ich nämlich ebenso bereit bin wie Sie, mein Leben für die Rettung dieser Welt zu geben. Nur auf meine Weise – ebenso wie Sie auf die Ihre ...“

Er drehte sich um, öffnete ungeschickt die Bibliothekstür und ging hinaus, schloß sie hinter sich. Draußen taumelte er und stützte sich mit der Hand an der Wand.

Aus dem Inneren des Raumes, den er im Moment verlassen hatte, durchdrang eine Stimme die dünnwandige Tür. Es war keine vertraute Stimme, und er vermutete daher, daß sie einem der Männer gehörte, die stets anwesend waren, aber nie das Wort ergriffen.

„Dieser Idiot in seinem Elfenbeinturm!“ sagte die Stimme. „Der muß wahrscheinlich nie arbeiten, um sich seinen Lebensunterhalt zu verdienen.“

15

Das Expeditionsschiff lag sicher unter zwölf Metern Mondfelsgestein. Jason war zufrieden. Seine Mannschaft hatte voller Hingabe gearbeitet, und auch wenn die Verhüllten Leute vielleicht den Ruml irgendwie vergleichbar waren, würde es ihren Instrumenten – selbst wenn sie Argwohn geschöpft haben sollten – schwerfallen, die Expedition aufzuspüren.

Jason ging durch die Konstruktionsabteilung. In den Räumen dieser Abteilung arbeiteten die sechsundfünfzig Mitglieder der Expedition – mit Ausnahme seiner Person und des Kapitäns – rund um die Uhr, um fremde Gegenstände und Geschöpfe nachzubauen, in denen die winzigen Sender untergebracht werden sollten. „Informationssammler“, war ihre offizielle Bezeichnung – „Sammler“ in der Sprache der Expedition selbst.

Es gab drei Modelle, von denen zwei bereits ausgeschickt worden waren. Bei einer Type handelte es sich ganz einfach um Nickel-Eisenbrocken mit einer monomolekularen Oberflächenschicht, die sensibilisiert worden war, um bis zu drei Tage lang Bilder der Umgebung aufzunehmen. Zusätzlich waren diese Sammler mit winzigen Antriebsaggregaten ausgerüstet worden, um sie zum Planeten der Verhüllten Leute und wieder zurück zum Schiff zu befördern – sofern sie nicht im Falle einer Entdeckung vorzeitig durch Fernsteuerung zur Explosion gebracht werden mußten.

Einige tausend dieser wie Meteoritenstücke aussehenden Geräte waren zum Planeten geschickt worden und mit weniger als zwanzig Prozent Verlust infolge zufälliger Beschädigungen oder notwendiger Selbstzerstörung auch wieder zurückgekommen. Soweit dies den Ruml an Bord des Schiffes bekannt war, hatte man kein einziges dieser Primärgeräte als etwas anderes als ein Stück Stein erkannt – und keines war einem der fremden Eingeborenen in die Hände gefallen. Fünf Wochen waren so verstrichen, und die Expedition besaß jetzt eine vollständige detaillierte Karte der Welt der Verhüllten Leute, in der selbst die Konturen der tiefsten Ozeangründe nicht fehlten.

Das war Phase eins der Aufklärungsarbeit der Expedition gewesen. Jason hatte sie in seinem privaten Logbuch abgehakt und dahinter geschrieben: *„Perfekt abgeschlossen.“*

Die nächste Phase hatte darin bestanden, die Sekundärsammler zu dem Planeten zu schicken. Auch hier handelte es sich wieder um Nickeleisenstücke, nur daß sie etwas größer waren und einen kleinen Laderaum enthielten. Nach vier weiteren Wochen, die diese Phase beanspruchte, hatten die Xenobiologen der Expedition drei Arten kleiner Lebewesen der Erde als tertiäre Sammler vorgeschlagen. Jason hatte nach Rücksprache mit dem Kapitän zugestimmt.

Hinter Phase zwei schrieb Jason in sein privates Logbuch: *„Perfekt abgeschlossen.“*

Bei den drei Spezies eingeborenen Lebens, die man ausgewählt hatte, handelte es sich erstens um ein kleines, fliegendes, blutsaugendes Insekt, das die Eingeborenen als Moskito bezeichneten; die zweite war ein kriechendes sechsbeiniges Pseudoinsekt, nach der Klassifizierung der Verhüllten Leute eine der Arthopoden, eine ‚Spinne‘, wie man sie genauer bezeichnete; die dritte schließlich war ein kleines, scharfnasiges, langschwänziges Nagetier, das offenbar in erster Linie von Lebensmittelresten und alldem lebte, was es in Lagerhäusern und Speichern in den Städten der Verhüllten Leute stehlen konnte. Im Augenblick beschäftigte sich die Expedition mit der Herstellung und der Duplizierung dieser Lebewesen.

Die Duplikate, die die Mannschaft herstellte, waren alles andere als ideale Nachahmungen – konnten es auch kaum sein, wenn sie unter so beschränkten Bedinungen und in solcher Eile hergestellt werden mußten, wie sie auf dem Schiff herrschten. Aber ebenso wie die früheren Sammler konnte man sie im Falle einer Untersuchung oder Gefangennahme durch die Eingeborenen sofort zerstören; sie brauchten daher keiner eingehenderen Untersuchung standzuhalten.

Man hatte bereits damit begonnen, diese Duplikate in die Städte der Erde einzuschleusen. Jason blieb an einem der Monitorschirme stehen, um einen Filmbericht zu studieren, den ein Sammler aus einem der Krankenhäuser der Eingeborenen geschickt hatte. Jason starrte fasziniert auf das Bild eines Raumes mit zwei Schlafpodesten, die je auf vier Beinen standen.

Die Eingeborenen waren von höchst erstaunlicher, beinahe unverständlicher Natur. Sie besaßen mit Sicherheit Schlösser und Schlüssel. Aber jene unter ihnen, die am ehesten Schlüsselträgern glichen, arbeiteten nur nachts und gewöhnlich nur in Gegenden, wo es keine anderen Eingeborenen gab. Es war gerade so, als hielten die Verhüllten Leute das Eigentum in höherem Maße als das Leben für bewachenswert. Das wies darauf hin, daß der Begriff der Ehre auf diesem Planeten einen völlig anderen Inhalt hatte als auf den Welten der Ruml. Die Frauen trugen ihre Kinder nicht, wie es normal war, in Beuteln – die Jungen wurden sehr winzig und verkrüppelt geboren, und ein großer Teil des Lebens der Mutter schien der Aufgabe gewidmet zu sein, die Jungen zu hegen und zu pflegen, bis sie ausgewachsen und robust genug waren, um als Individuen ihre eigenen Pflichten auf sich zu nehmen.

Es war alles ein wenig ekelhaft. Aber, erinnerte sich Jason, für die Verhüllten Leute war es völlig normal. Die Expeditionsmitglieder waren vor dem Verlassen der Heimatwelt alle gründlich geschult worden. Immer wieder hatten die Xenobiologen zu Hause ihnen eingehämmert, daß sie unter keinen Umständen gegenüber den Eingeborenen eine intolerante Haltung einnehmen sollten. Solche Dinge verwirrten die Beobachtung und führten dazu, daß voreingenommene Berichte abgegeben wurden.

„Ihr müßt damit rechnen, daß sie anders sind", war die Quintessenz dessen, was die Xenobiologen den Expeditionsteilnehmern gesagt hatten. Und dabei hatten sie darauf hingewiesen, daß die Ruml schon früher mit fremden Lebewesen zu tun gehabt hatten, damals, bei der Kolonisierung der sechs Welten, die heute das Reich der Ruml bildeten.

Das war natürlich richtig. Trotzdem, dachte Jason, konnte man zwar ein fremdes Tier ohne gefühlsmäßige Reaktion beobachten – doch es war etwas völlig anderes, einen Fremden zu sehen, der ebenfalls ein intelligentes Wesen war. Bei ihm erwartete man, daß er den richtigen intellektuellen Maßstäben an Sauberkeit, Moral, Ethik und so weiter entsprach.

Glücklicherweise, dachte er, als er sich vom Bildschirm abwandte, hatten die Ruml diesen Planeten der Verhüllten Leute nicht entdeckt, ehe sie auf anderen Planeten der fremden halbintelligenten Lebewesen gelandet waren. Die erste gefühlsmäßige Reaktion einer Rasse, die den Anblick fremden Lebens nicht gewohnt war, hätte sie zweifellos dazu veranlassen können, die Verhüllten Leute aus reinem Ekel zu vernichten. Und das wäre keine ehrenwerte Handlung gewesen.

Jason dachte an jenen Zeitpunkt in der Zukunft, an dem er die höchste Autorität auf diesem Planeten sein würde, nämlich dann, wenn dieser erst einmal erobert war. Er würde es nie zulassen, daß man die Eingeborenen tötete, es sei denn, um ihre Zahl auf einem normalen Hegeniveau zu halten. Die Art und Weise, wie man auf den ersten von den Ruml kolonisierten Planeten ganze Rassen ausgetilgt hatte, war kriminell, wenn nicht geradezu unehrenhaft.

Möglicherweise – Jasons Gedanken reichten weit in die Zukunft – konnte das sogar über die reine Erhaltung der Art hinausgehen. Die Verhüllten Leute waren zweifellos intelligent und besaßen eine erstaunliche Technik. Außerdem waren sie – ihrer Gleichgültigkeit gegenüber einem richtigen Privatleben und der Sicherheit des einzelnen nach zu schließen – offenbar eine im allgemeinen sanftmütige, freundliche Spezies. Die Sammler hatten von der Oberfläche des Planeten Millionen gefilmter Szenen und Handlungen zurückgeschickt, aber nur ganz selten irgendwelche Kampfszenen. Und das einzige, was einem Duell auch nur annähernd glich, war ein kurzer Blick eines der Sammler auf zwei der Eingeborenen gewesen, die ohne Waffen kämpften, denn zweifellos konnte man Handhüllen nicht als Waffen bezeichnen, genaugenommen sogar eher als das Gegenteil. Vermutlich waren sie dazu bestimmt, die Duellanten davor zu bewahren, daß sie sich gegenseitig verletzten. Und nach der Zahl der Zuschauer zu schließen, war dies ein ungewöhnliches Ereignis gewesen.

Es war vielleicht sogar möglich, daß man die Eingeborenen – immer vorausgesetzt, man konnte sie dazu erziehen und sie rochen nicht schlecht oder etwas dergleichen – später einmal als Helfer und Arbeiter in der Rumlkultur benutzen konnte. Vielleicht . . .

„Ehrenwerter!" riß ihn die Stimme des Kapitäns aus seinen Gedanken.

„Ja, Kapitän", sagte er und drehte sich um.

„Ich wollte mit Euch sprechen, Schlüsselträger." Der Kapitän zog ihn zur Seite in einen Korridor, wo keiner der anderen sie hören konnte.

„Es ist erstaunlich, und ich kann es kaum glauben, Schlüsselträger, aber abgesehen von ein paar ornamentalen Geräten haben die Sammler überhaupt keine Waffen gefunden. Oh, sie haben Handwaffen, die sie zum Jagen von Wild benutzen . . .“

„Es ist wirklich erstaunlich“, sagte Jason, „aber das sollte uns nicht zu sehr stören. Wir wußten doch, daß sie anders sein müßten.“

„Aber es ist unglaublich. Eine intelligente Rasse. Eine Technik wie diese . . .“

„Oh, ich habe keine Zweifel, daß wir am Ende ihr Kriegspotential entdecken werden“, sagte Jason. „Hat man schon unter der Erde nachgesehen?“

„Noch nicht intensiv, Ehrenwerter.“

„Dann versucht es intensiv. Wendet – sagen wir – fünfzehn Prozent der nachgemachten lebenden Sammler an, um unterirdische Einrichtungen zu suchen. Wie gesagt, ich habe keine Zweifel, daß wir am Ende ihr Kriegspotential entdecken werden. Schließlich können die Eingeborenen doch nicht ohne irgendeinen Begriff von Ehre existieren.“

„Ja, Ehrenwerter“, sagte der Kapitän und neigte den Kopf. „Ich werde das sofort veranlassen.“

Jason blickte ihm nach. Er hatte nicht ganz seine innere Überzeugung ausgesprochen. Das Fehlen jeglichen Kampfinstinktes bei den Fremden gab ihm viel zu denken.

Es war einfach unnatürlich. Wie konnten die Verhüllten Leute ihre Herrschaft über die anderen Spezies ihrer Welt errichtet haben, ohne von Anfang an ehrenhafte Instinkte zu besitzen? Und wie konnten sie diese Zivilisation aufgebaut haben, ohne gleichzeitig ein System der Ehre auf diesem Instinkt aufzubauen?

Vielleicht gab es etwas, dachte Jason und ging zu seiner Kajüte, etwas, das die Xenobiologen auf der Heimatwelt nicht geahnt hatten. Ohne Zweifel war es am besten, wenn er den plötzlichen Verdacht, der ihm in diesem Augenblick in den Sinn gekommen war – den Verdacht einer völlig ehrlosen Gesellschaft, so unvorstellbar das auch war –, völlig für sich behielt.

Wenn das bei den Verhüllten Leuten der Fall war, wenn sie eine Spezies ohne Ehre waren, wie Tiere, die geboren wurden, ihr Leben lebten und ohne Sinn und Zweck starben, dann durfte ihre Spezies nicht bewahrt werden. In diesem Falle würden sie schlimmer sein als Tiere – denn die Tiere wußten es nicht anders. Aber ein Volk, das

Intelligenz besaß, aber keine Ehre, war ein Schandfleck im Kosmos. In Ehren konnten die Ruml nicht zulassen, daß so etwas existierte. Es würde ihre Pflicht sein – von allen anderen Überlegungen einmal abgesehen –, das Universum von einer solchen Schande zu reinigen.

16

In einer Ecke der Bücherstapel in einem verstaubten Stoß gebundener alter Magazine fand Jason endlich, was er die ganze Zeit gesucht hatte. Vor Erleichterung und Erschöpfung versagten ihm die Beine den Dienst, und er ließ sich auf den staubigen Boden des Bücherraums fallen.

Wie lange hatte er nun schon in diesen verstaubten Grüften gelebt, vergraben in zoologischen und biolgischen Artikeln ... Und dann war ihm plötzlich der Funke der Erleuchtung gekommen. Das, was Kator vor einer Woche gedacht hatte, die Möglichkeit, daß die menschliche Rasse den Begriff der Ehre nicht kannte, hatte ihn auf die Antwort hingewiesen ... ein Artikel von irgendeiner Koryphäe in der Zoologie oder Biologie – an den Namen konnte er sich nicht erinnern, nicht einmal an das, was in dem Artikel stand, aber irgendeine seltsame Schaltung in seinem Gehirn hatte die Verbindung zwischen den Ruml und dieser alten Arbeit hergestellt.

Er ließ sich nicht davon abbringen, daß in diesem Artikel der Schlüssel zum Verständnis zwischen Menschen und Ruml liegen mußte.

Vorgestern hatte er ganz impulsiv begonnen, die Inhaltsverzeichnisse der Fachzeitschriften zu durchsuchen. Zwei Tage lang ohne Erfolg. Und dann, eine Stunde war es vielleicht her, hatte ihn eine plötzliche Eingebung veranlaßt, den Themenindex beiseite zu legen und auf Titelsuche zu gehen. Für ihn war das, was er suchte, der Schlüssel zu seiner Lösung, und das Wort *Schlüssel* hatte ihn die ganze Zeit nicht losgelassen. Lange Zeit hatte er nicht darauf geachtet. Er hatte geglaubt, die Wichtigkeit, die Kator Schlüsseln beimaß, und seine Position als Schlüsselträger trügen die Schuld daran, daß das Wort ihn beschäftigte.

Und dann hätte er plötzlich schwören können, daß der Artikel, den er suchte, in irgendeinem Zusammenhang das Wort *Schlüssel* enthielt.

Sein Finger fuhr die lange Reihe unter dem Buchstaben S herunter.

Ein Titel sprang ihm entgegen.

Er fuhr herum, wühlte in den alten Magazinen – und fand die Ausgabe, die er suchte. Und im gleichen Augenblick, da er das Deckblatt sah, erinnerte er sich daran, wo er das Magazin gelesen hatte. Es war noch auf der Oberschule gewesen, vor jenem Sommer, in dem er in den Rockies die schwarzen Bären beobachtet hatte.

„Ein Schlüssel zur Wildheit von Bären" von Peter Krott, und es befand sich im *Natural History Magazine* der Januarausgabe von 1962. Jetzt konnte er sich ganz deutlich und ohne Schwierigkeiten daran erinnern, daß die Ausgabe vom fünfzehnten Januar in *Newsweek* sich ebenfalls mit dem Krott-Artikel befaßt hatte.

Mit zitternden Fingern blätterte Jason in dem Heft. Es war gerade, als hätte er die Arbeit erst vor ein oder zwei Tagen gelesen. Krott hatte mit seiner Frau und zwei Kindern ein paar Jahre in den italienischen Alpen verbracht. Dort hatte er zwei junge Bären großgezogen und sie beobachtet. Und dabei war ihm aufgefallen, daß die jungen Bären in ihrem Spiel mit seinen eigenen Kindern sanft, ja geradezu scheu oder furchtsam waren und daß sie überhaupt nicht oft spielten, einfach deshalb, weil sie mit ihrer Nahrungssuche zu beschäftigt waren – eine Aktivität, die den größten Teil ihrer Zeit beanspruchte, da die Krotts sie nicht fütterten, sondern sie selbst auf Nahrungssuche gehen ließen.

Nur einmal wurde diese so völlig freundliche Partnerschaft durchbrochen, als Mrs. Krott ein paar Reagenzgläser mit Alkohol in der Tasche einer Lederjacke trug. Einer der Bären griff sie an, riß ihr das Jackett herunter, fetzte die Tasche auf, zog die Korken aus den Reagenzgläsern und verschluckte den Alkohol.

Das machte Peter Krott, einen bekannten finnischen Zoologen, nachdenklich. Nach weiterer eingehender Beobachtung derselben zwei Bären und nachdem er diesen Zwischenfall mit anderen Berichten von Leuten, die mit Bären zusammengelebt hatten, in Zusammenhang gebracht hatte, kam er zu folgendem Schluß, der am Ende des Artikels stand.

„... ich fasse also zusammen", las er. „Ein Pflanzenfresser kann gefüttert werden, weil sein Körper in keiner Weise geeignet ist, die zum Erfassen von Beute nötigen Bewegungen zu vollbringen. Andererseits eignen sich viele Fleischfresser infolge elterlicher Aufmerksamkeit die Fähigkeit an, sich füttern zu lassen . . .“ Jason hielt inne, suchte sein eigenes Gedächtnis ab. Wie hieß das Buch – o ja, *In Freiheit geboren*. Von einer Löwin namens Elsa, die eine Frau und ihr Mann unter ähnlichen Bedingungen im afrikanischen Busch großgezogen hatten . . . wie hieß nur die Autorin? Jason fiel der Name im Augenblick nicht ein. Aber das bestätigte nur, was hier stand. Er wandte sich wieder Krotts Zusammenfassung zu.

„. . . Dem Bären fehlt diese Fähigkeit, und er ist offenbar auch nicht imstande, sie zu erwerben. Darin liegt, glaube ich, die entscheidende Ursache für die Gefährlichkeit von Bären, die in Kontakt mit Menschen leben. Der Weg zum Herzen des Bären führt nicht durch seinen Magen; das ist es, was für uns so schwer zu verstehen ist, da wir selbst neben einigen anderen Raubtieren in der Lage sind, gefüttert zu werden . . .“

Jason preßte das Magazin an sich, rappelte sich mühsam hoch und arbeitete sich zwischen den Bücherstapeln zu der Tür von Meles kleinem Büro durch.

Er und Mele hatten seit jenem Tag, an dem Swenson, Coth und die übrigen das Projekt an sich gerissen hatten, kein privates Wort mehr miteinander gesprochen.

Sie saß an ihrem Schreibtisch und schrieb von einem Tonbandgerät ab. Das Klappern ihrer Finger auf den Typen hörte auf, als er zur Tür hereinplatzte. In dem Schweigen, das jetzt herrschte, hörte er hinter der anderen Türe die Stimmen von Swenson und den anderen, ein Geräusch, das durch die Dicke der Tür unverständlich gemacht wurde.

„Mele!“ schrie er. „Ich hab’s gefunden.“

Er merkte, daß ihm plötzlich die Knie den Dienst versagten. Er fand keinen Stuhl. Und so kippte er einfach rücksichtslos den Paierkorb hinter Mele um, stellte ihn auf den Kopf und setzte sich darauf. Das aufgeschlagene Magazin warf er auf ihre Schreibmaschine. „Schau . . .“ sagte er eifrig.

„Jason . . .“ sie wollte das Magazin wegschieben. „Ich habe eine Menge zu tun.“

„Hör mir zur!“ fuhr er sie an. „Du mußt mir zuhören!“

Sie sah ihn an, und dann veränderte sich ihr Gesicht. Sie schüttelte den Kopf. „Du bist über und über voll Staub“, sagte sie. „Und du wirst gleich umfallen. Jason, warum legst du dich nicht einmal hin? Und nachher, wenn du dich ausgeruht hast, können wir uns darüber unterhalten . . ."

„Mele!" Er beugte sich vor und deutete mit einem staubbedeckten Zeigefinger auf die offene Seite. „Das ist es! Begreifst du denn nicht? Jetzt können wir etwas unternehmen!"

Sie starrte ihn mit großen braunen Augen an.

„Was denn?" fragte sie.

„Wegen der Ruml – der Ruml und uns!" Er starrte sie an. „Das, was ich von Anfang an wollte. Eine Brücke zwischen ihren grundlegenden Charakterzügen und den unseren. Hier steht es – in diesem Artikel."

„Dieser Artikel?" Sie sah ihn verständnislos an. „Aber der ist doch . . ." Sie drehte das Magazin um, um sein Erscheinungsdatum zu lesen. „Der ist doch vor Jahren geschrieben."

„Macht nichts", sagte Jason. Trotz seiner Müdigkeit grinste er. „Das hier ist ein Stück ehrliche Grundlagenforschung – so etwas, was diese Leute dort drinnen . . ." Er deutete mit einer Kopfbewegung auf die Bibliothekstüre. „. . . was diese Leute dort drinnen nie für nötig gehalten haben. Wen interessiert denn schon, warum Bären wild sind?" ahmte er sie bösartig nach. „Kannst du sie nicht selber hören? ‚Wer will schon zum Mond?' ‚Wen interessiert denn schon, ob es etwas Kleineres gibt als Atome – die Atome sind ohnehin so klein, daß wir sie nicht sehen können.' So reden die ihr ganzes Leben lang. Und ich war genauso. Aber diesmal wird ein Stück Grundlagenforschung ihr Leben retten – allen wird es das Leben retten!"

„Jason . . ." sagte sie mit einer Spur Bedauern in der Stimme.

„Nein, hör mir zu. Laß dir sagen, was Krott herausgefunden hat. Es gibt immer ein Problem mit Bären – wilden Bären –, wenn sie Menschen angreifen. Nimm den Yellowstone Park. Jedes Jahr werden ein paar Touristen, die die Bären füttern, angegriffen. Andere kriegen überhaupt nichts ab. Nun, Krott hat eine Erklärung dafür gefunden."

„Jason . . ."

„Nein, höre mir zu." Er redete hastig weiter. „Weißt du, ein paar Jahre, ehe dieser Artikel veröffentlicht wurde, fingen ein paar Leute an, sich für etwas zu interessieren, was sie ‚Freßverhalten' nannten. Ein Barracuda zum Beispiel wird auf ein blitzendes, helles Etwas losgehen, gleichgültig, ob er hungrig ist oder nicht. Und ein Hai, der in Freßwut gerät, wird auf alles losgehen und es zu fressen versuchen – selbst seine eigenen Eingeweide –, wenn die anderen Haie in seiner Umgebung ihn in ihrer blinden Wut angegriffen haben. Er wird zu fressen versuchen – selbst wenn er bereits im Sterben ist."

Jason holte Atem. Seine Worte hatten sich förmlich überschlagen.

„Krott hat bei ein paar Bären, die er fütterte, ein solches typisches Freßverhalten festgestellt. Bären sind Allesfresser. In der Mitte zwischen Fleischfressern und Pflanzenfressern. Pflanzenfresser werden nicht von ihren Eltern gefüttert, wenn sie jung sind. Fleischfresser schon. Aber Pflanzenfresser greifen nicht an, um sich ihre Nahrung zu beschaffen. Bären schon. Der Bär hat das Freßverhalten eines Pflanzenfressers und die Waffen eines Fleischfressers – also greift er jede Nahrung an, die sich bewegt, wenn er sie sieht. Und das ist bei ihm keine bewußte Sache. Es ist ein Reflex, der auch gegen einen Menschen funktioniert, den er mag, falls der Mensch zum Beispiel mit einem Stück Schinken winkt. Wenn er das tut, wird der Bär angreifen – den Schinken nämlich und zufällig auch den Menschen, der ihn hält. Und dieser Angriff hat überhaupt nichts mit den höheren Gefühlen des Bären zu tun."

„Na und?" sagte Mele. „Du sprichst von Bären, nicht von Ruml – oder menschlichen Wesen."

„Aber menschliche Wesen haben auch Reflexe!" sagte Jason verzweifelt. „Keine Futterreflexe, die mit denen der Bären vergleichbar sind – aber ein menschliches Kind, das gehen, sich aber noch nicht verteidigen kann, läuft im Falle einer großen Gefahr auf den nächsten Erwachsenen zu und versucht, an ihm hochzuklettern. In einer größeren Gruppe oder in Menschenmengen wird der Herdeninstinkt zur Flucht – wie zum Beispiel aus einem brennenden Gebäude – oder zum Angriff – wie im Falle von Aufruhr – stärker sein als der intellektuelle Prozeß, der normalerweise solches Verhalten unterdrücken würde."

„Oh Jason . . ." Mele nahm ein paar Papiertücher und fing an, damit Jasons Stirn zu wischen. „Jason, du bist erschöpft. Warum überläßt du das nicht diesen Männern . . ." Sie deutete mit dem Kopf auf den Besprechungsraum. „Das sind doch Fachleute. Überlaß das doch ihnen."

„Aber die machen es ja falsch!" sagte Jason. „Unsere Konfrontation mit den Ruml ist keine politische Situation – nicht einmal eine soziologische. Wir sind praktisch betrachtet hundert Millionen Jahre in die Vergangenheit zurückversetzt und treffen uns wie zwei primitive unterschiedliche Tiere auf einem Berg! Ich sage dir, in einem solchen Fall wird der ganze intellektuelle Prozeß der Zivilisation einfach weggewischt. Es ist der Urcharakter einer Rasse – der animalische Charakter einer Rasse –, Angesicht zu Angesicht mit dem Tiercharakter der anderen. Diese Instinkte sind stärker als unser ganzer Intellekt."

In dem Augenblick flog die Tür auf, und Swenson platzte herein. Er hielt seine Brille in der Hand.

„Mele", sagte er. „Haben Sie irgendwo Jason gesehen? Oh, da sind Sie ja, Jason. Kommen Sie herein. Beide!"

Jason stemmte sich hoch. Seine Beine zitterten vor Müdigkeit, und er mußte sich an Meles Schreibtisch festhalten. Als er durch die Tür ging, taumelte er. Mele hielt ihn am Ellbogen fest und stützte ihn.

„Setz dich", sagte sie zu Jason. Und dann fuhr sie Swenson an: „Er braucht Schlaf. Sehen Sie das denn nicht? Können Sie denn nicht später mit ihm sprechen?"

„Nein", sagte Swenson kurz, und als Jason aufblickte, sah er hinter ihm das Gesicht von Bill Coth, der heute nicht seine Luftwaffenuniform trug, und die Gesichter der anderen Männer, die bisher noch nie gesprochen hatten, wenn Jason im Raum war.

„Was gibt's denn?" fragte Jason.

Swenson sah ihn ein paar Sekunden lang an, als überlegte er, was er sagen solle.

„Sie haben etwas gefunden", sagte er schließlich. „Kators Leute. Mit ihren Sammlern. Sie sind in eine Gegend eingedrungen, die wir vor ihnen geheimhalten wollten."

„Wann?" fragte Jason.

„Vor zwanzig Minuten – eine halbe Stunde vielleicht", sagte Swenson.

„Einer ihrer rattenförmigen Sammler ist in eine geheime Anlage eingedrungen. Und dann haben sie ihn gesprengt, ehe wir ihn fangen konnten."

„Welche Anlage?" wollte Jason wissen. „Was gibt's denn dort, was so geheim wäre?"

Swenson zögerte. „Ich bin nicht autorisiert, Ihnen das zu sagen", erklärte er. „Tut mir leid."

Jason starrte ihn sprachlos an.

„Sie . . . sie sind unglaubliche Leute!" platzte er heraus, als er seine Stimme wiederfand. „Sie wollen hier wohl Katz und Maus mit mir spielen? Ich bin der einzige, der euren Hals retten kann. Und ich habe sogar jetzt etwas gefunden . . ."

„Es tut mir leid", sagte Swenson hartnäckig. „Ich bin einfach nicht autorisiert, es Ihnen zu sagen."

Jason spürte, wie die Wut in ihm aufwallte und ihm plötzlich wieder Kräfte verlieh. Dafür war er dankbar.

„Nicht autorisiert!" wiederholte er. „Wahrscheinlich kann ich es mir denken – was könnte es denn sein außer etwas, das Sie gegen die Ruml einsetzen können. Was ist es denn – Boden-Luft-Raketen? Etwas, das mit der Teleskopbeobachtung des Rumlraumsektors zu tun hat? Raum-Kriegsschiffe . . ."

Swensons Augen flackerten. Sein Gesicht war ebenso wie das Jasons vor Müdigkeit hohl.

„Raum-Kriegsschiffe!" wiederholte Jason und starrte den Mann an, der jetzt an seiner Brille herumfummelte. „Sie haben also tatsächlich solche Dinger! Ich habe bloß auf den Busch geklopft."

„Es ist eine unterirdische Anlage. Unter etwas, das wie eine verlassene Fabrik aussieht", sagte Swenson tonlos. „Ich begreife nicht, wie sie es finden konnten."

„Die wußten, was sie suchen mußten", sagte Jason, „nehme ich wenigstens an. Wieviel hat die Filmanlage des Sammlers denn gesendet?"

„Es gelang ihm nicht, in den unterirdischen Schiffshangar einzudringen – nur in den Liftschacht, der hinunterführt. Dann explodierte er, ehe unsere Leute ihn aufhalten konnten. Deshalb glauben wir auch, daß die Ruml wissen, was sie gefunden haben. Sonst hätte es nämlich keinen Grund gegeben, den Sammler zu zerstören. Sie wollten bloß nicht riskieren, daß wir in Erfahrung brachten, daß sie es wußten."

„Ja", sagte Jason. Dann richtete er sich langsam auf. „Genau das ist es, was er tun würde."

„Er?"

„Kator." Jason dachte angestrengt nach. Sein Verstand arbeitete schnell und präzise wie der Verstand eines Fiebernden, unmittelbar bevor das Delirium einsetzt. Jason war sich der ungewöhnlichen Klarheit seines Denkens bewußt, so wie das letzte Aufflammen der Beleuchtung, ehe eine Glühbirne ausbrennt. Aber er war dankbar dafür.

„Das hätte zu keinem besseren Zeitpunkt kommen können."

„Besseren Zeitpunkt?" wiederholte Coth.

Jason merkte, wie die Männer ihn anstarrten. Vermutlich starrte Mele, die hinter ihm stand, ihn ebenso an.

„Ich habe es Ihnen doch gesagt – ich habe das gefunden, was ich seit Anfang meines Kontakts mit Kator gesucht habe ..." Jason sah sich nach dem Magazin mit Krotts Artikel um und erinnerte sich dann daran, daß er es ja auf Meles Schreibtisch liegengelassen hatte. „Ich hab' den Schlüssel zum Urcharakter der Ruml. Und jetzt muß ich mit einem von ihnen in Verbindung treten."

„Lassen wir das jetzt", unterbrach ihn Swenson. „Wir wollen zu dem eigentlichen Problem zurückkehren. Wie verhindern wir, daß weitere Sammler in den Hangar eindringen? Es muß doch irgendein Gerät geben, das die Ruml nicht kennen und das uns warnt, wenn eines dieser verfluchten Biester in die Nähe kommt ..."

„Warum wollen Sie eigentlich nicht, daß ihr Sammler sieht, daß die menschliche Rasse auch bewaffnete Raumschiffe hat?" fragte Jason. „Von dem Artefakt wissen sie ja bereits, in welchem Stadium sich unsere Raumschiffentwicklung befindet – ah ja ..." Jason hielt inne, denn er war selbst auf die Antwort gekommen. „Sie haben die Schiffe herausgeholt – das ist es, was die Ruml nicht sehen dürfen, oder? Sie glauben, wenn die Ruml sehen, daß das offensichtlich ein Raumschiffhangar ist, in dem dann nur ein paar klapprige Raketen stehen, dann erkennen sie, daß wir von ihrer Existenz und ihrer Anwesenheit wissen. Sie sind ja so kurzsichtig ..." Er hielt inne. „Wo sind denn die Schiffe?"

„Es tut mir leid", sagte Swenson. „Ich bin nicht befugt, dies ..."

„Ich soll wohl raten?" ereiferte sich Jason. „Sie haben sie in den Weltraum hinausgeschickt, innerhalb der Schußweite der Heimatwelt der Ruml. Das ist es, was ich von Ihnen erwarten würde. Und dort sind sie doch, oder? Stimmt's?"

„Ich kann nicht ..." begann Swenson.

„Schon gut", sagte Jason. „Sie brauchen es nicht zuzugeben. Das ist genau, was der Urinstinkt der Menschen von Ihnen verlangen würde, ebenso wie der Urinstinkt – schon gut." Jasons Gedanken flogen schneller, als seine Zunge ihnen folgen konnte. „Es ist gleichgültig. Er wird selbst kommen. Ja, das muß er sogar."

„Wovon reden Sie denn?" fragte Coth hinter Swenson.

„Kator. Er wird selbst kommen", murmelte Jason. „Ja, jetzt begreife ich alles. Schon gut. Ich komme jetzt damit zurecht. Nur – ich muß mit ihm in Verbindung treten."

„Mit wem in Verbindung treten?" fragte Swenson.

„Kator. Er wird selbst herunterkommen, um sich Ihren unterirdischen Weltraumhafen anzusehen. Ich möchte ihn sehen, ihm begegnen, wenn er kommt. Sie müssen es so einrichten, daß ich dort bin.“ Er sah Swenson an. „Das können Sie doch, oder? Ich sage Ihnen, ich habe jetzt die Lösung. Ich habe sie in der Bibliothek gefunden. Wir kommen mit beiden zurecht.“

„Mit beiden was?“ fragte Coth.

„Mit dem menschlichen und mit dem rumlschen Instinkt. Andernfalls prallen die nämlich aufeinander. Nun ...“ Er starrte Swenson an. „Sie haben mir keine Antwort gegeben. Ich sagte: Können Sie es so einrichten, daß ich dort bin?“

Swenson sah ihn an und schüttelte dann langsam den Kopf.

„Nein“, sagte er ruhig. „Sie wissen inzwischen ja auch, daß nur sehr wenige Leute – wenn überhaupt welche – glauben, daß Sie frei von Ansteckung durch den fremden Geist sind, mit dem Sie zu tun hatten. Ich fürchte, wir vertrauen Ihnen nicht. Ich fürchte, wir werden nicht zulassen können, daß Sie sich an diesem Ort aufhalten – insbesondere dann nicht, wenn Ihr Freund Kator kommen sollte.“

Jason starrte ihn an. Der Raum schien sich plötzlich um ihn zu drehen. Aber er kämpfte gegen seine Erschöpfung an. Eine Minute muß ich noch aushalten, dachte er.

„Ich werde einen Handel mit Ihnen machen“, sagte Jason. „Sie würden es gerne ohne mich anpacken, was? Sie würden alle gern Kator und die anderen überwachen, ohne mich zu benutzen?“

Swenson wich seinem Blick nicht aus. „Ja“, sagte er.

„Sorgen Sie dafür, daß ich dort bin, wenn Kator kommt“, sagte Jason. „Sorgen Sie dafür, daß ich Gelegenheit bekomme, ihm von Angesicht zu Angesicht gegenüberzutreten und mit ihm zu sprechen, wenn er kommt. Und wenn er wieder geht, werde ich Ihnen helfen, ihn zu fangen. Ich garantiere Ihnen, daß Sie ihn lebend fangen und ihn ohne sein Wissen mit Instrumenten vollpacken können. Sie können Ihren eigenen Sender an ihm anbringen und mich übergehen. Sie können ihm sogar ein Gerät verpassen, um ihn in die Luft zu sprengen, wenn Sie ihn später aufhalten wollen.“

Swenson stand einen Augenblick lang da, ohne eine Antwort zu geben.

„Ich habe nicht die Befugnis, eine solche Vereinbarung mit Ihnen zu treffen“, sagte er schließlich. „Ich bin nicht autorisiert ...“

„Sie werden es tun“, sagte Jason. „Sie werden es tun, weil es zu Ihren Instinkten paßt und weil Menschen ebenso wie Ruml nach ihren Instinkten handeln, wenn es darauf ankommt ...“

Wieder drehte sich der Raum um ihn. Nur hörte er diesmal nicht auf, sich zu drehen. Er sah noch, wie die Gesichter von Swenson und den anderen um ihn wirbelten, sah, wie der Raum um ihn herumwirbelte. Und dann nichts mehr.

17

Jason-Kator gewährte der Expedition eine Feierschicht. Er selbst schloß sich den Feiern nicht an und verzichtete auch darauf, eine der kurzlebigen Bakterienkulturen zu schlucken, die im Magen Äthylalkohol aus Kohlehydraten erzeugten, die die Expeditionsmitglieder vorher als Nahrung zu sich genommen hatten. Jason wollte weder den augenblicklichen Rausch noch das schnelle Vergessen, das solche Kulturen erzeugten. Der Rausch, den er am meisten wünschte, war etwas viel Hintergründigeres, etwas, das seit jenem ersten Augenblick, da er den Beschluß gefaßt hatte, ein Königreich zu gründen, in ihm sang und tanzte. Er rief den Kapitän in seine Privatkajüte.

„Die nächste Phase", erklärte Jason dem Kapitän, „besteht natürlich darin, einen Mann hinunterzuschicken, um diese unterirdische und ganz offensichtlich geheime Anlage zu untersuchen."

„Natürlich, Ehrenwerter", sagte der Kapitän. Wie der Rest der Expedition hatte auch der Kapitän eine der Bakterienkulturen zu sich genommen, würde aber wegen seiner besonderen Verantwortung erst dann essen, wenn die anderen aus ihrem Rausch erwacht waren. Er dachte an die übrigen Mitglieder der Expedition, die sich jetzt in der Turnhalle vollstopften, und sein eigener Hunger drängte ihn nach oben.

„Bis jetzt hat die Expedition ohne Fehler gearbeitet", sagte Jason. „Und ebenso perfekt müssen wir auch weiterverfahren. Der Mann, der sich persönlich auf den Planeten der Verhüllten Leute begibt, muß der eine Mann sein, auf den ich mich absolut verlassen kann, bei dem ich sicher bin, daß er den Auftrag erfolgreich durchführt. Es besteht kein Zweifel daran, wer dieser Mann sein muß."

„Ehrenwerter?" sagte der Kapitän, der plötzlich seinen Hunger vergessen hatte. „Denkt Ihr an mich, Schlüsselträger? Wenn es jemanden hier gibt, der meine Aufgabe übernehmen kann . . ."

„Ich denke nicht an dich."

„Oh“, sagte der Kapitän. Die Erregung ließ ihn los, und sein Magen lockerte sich enttäuscht. „Nun, ich hatte nur gehofft, Ehrenwerter. Natürlich, ich weiß, Ihr wollt einen jüngeren, körperlich leistungsfähigeren Mann . . .“

„Genau“, sagte Jason. „Mich.“

„Schlüsselträger!“

Es war wie eine Explosion von den Lippen des Kapitäns. Seine Barthaare legten sich flach an seine Wangen.

„Ich . . . ich bitte um Vergebung, Ehrenwerter“, sagte er. „Natürlich ist es Eure Verantwortung und Eure Autorität. Ihr könnt auswählen, wen Ihr wünscht. Aber . . . wünscht Ihr, daß ich Dienst als Schlüsselträger tue, während Ihr dort unten seid?“

Jason sah ihm gerade in die Augen. „Nein“, sagte er.

Das Gesicht des Kapitäns wurde starr, aber seine Stimme blieb ausdruckslos. „Wer . . . dann, Ehrenwerter?“

„Niemand.“

Diesmal explodierte der Kapitän nicht. Er starrte Jason nur ausdruckslos an.

„Niemand“, wiederholte Jason langsam. „Du verstehst mich doch, Kapitän, hoffe ich. Ich werde die Schlüssel des Schiffs mit mir nehmen.“

„Aber, Ehrenwerter“, die Stimme des Kapitäns stockte. Er atmete heftiger als sonst. „Ich muß darauf hinweisen, Ehrenwerter, daß es sehr schwierig wäre, sicher nach Hause zu gelangen, wenn die Schlüssel des Schiffes sich in der Hand eines diensttuenden Schlüsselträgers befinden, der gegenüber den anderen Mitgliedern der Expeditionsmannschaft bereits persönliche Gefühle entwickelt hat.“

„Wahrscheinlich wäre es unmöglich“, sagte Jason. „Aus diesem Grunde beabsichtige ich, das Schiff abzuschließen, ehe ich es verlasse, und die Schlüssel mitzunehmen. Auf diese Weise besteht nicht die Gefahr, daß auf der Rückreise eine Meuterei oder ein Aufruhr sämtliche Angehörige der Expedition vernichtet. Und wir brauchen auch nicht das Risiko einzugehen, daß die wertvollen Informationen über die Verhüllten Leute, die wir bereits gesammelt haben, für alle Ewigkeit auf einem toten Schiff verlorengehen, das durch das Weltall treibt. Falls ich und die Schlüssel verlorengehen, wird ein späteres Schiff dieses hier sicher vergraben vorfinden, und die Informationen, die unsere Schiffsakten enthalten, werden intakt und verfügbar sein.“

„Ja, Ehrenwerter“, sagte der Kapitän und salutierte respektvoll.

„Du solltest deine Offiziere nach meinem Abflug über diese meine Entscheidung informieren. Und dann kannst du die Expedition als Gruppe informieren.“

„Ja. Ehrenwerter.“

„Jetzt kannst du zur Feier zurückgehen“, sagte Jason.

Der Kapitän wandte sich der Tür zu. „Und, Kapitän ...“

Der Kapitän blieb unter der halboffenen Tür stehen und sah sich um. Jason nickte wohlwollend. „Du kannst ihnen sagen, daß sie es sich gutgehen lassen sollen – in dieser Schicht.“

„Ja. Ehrenwerter.“

Der Kapitän ging hinaus und versperrte die Tür hinter sich. Jason drehte sich um und ging zu dem Tisch, auf dem seine Schlüssel, sein Modell des Artefakts und der Würfel mit dem Wurm lagen. Er nahm den Würfel und sah ihn lange an. „Erstes Stück meines Reichs“, sagte er zu dem Würfel, „du wirst jetzt auf den Boden zurückkehren, von dem du kamst.“

Sachte stellte er den Würfel auf den Tisch. Dann sank er zu Boden und starrte ihn an. Und vor seinem geistigen Auge zog das Bild seiner Söhne, seiner Enkel vorbei – aller Mitglieder seiner gegründeten Familie, wie sie unter der fremden Sonne spielten und heranwuchsen. Und aus ihrer Mitte würden vielleicht eines Tages nicht nur einer, sondern mehrere hervorgehen, die ihrerseits Reiche gründeten ...

In der Schicht nach der Feier ließ Jason die meisten Expeditionsmitglieder Sammler konstruieren, die sich in den Boden graben und Berichte über die unmittelbare Umgebung der geheimen unterirdischen Anlage der Verhüllten Leute abgeben konnten. Aber als man sie dann zur Erde schickte, wurden sie sorgfältig programmiert, um unter keinen Umständen in die kritische Nähe der geheimen Zone zu gehen. Diese Zone hatte er sich allein vorbehalten.

Unterdessen nahm er mit Hilfe des Kapitäns und zweier Spezialisten das Problem in Angriff, sich eine wenigstens annähernde Ähnlichkeit mit einem der Verhüllten Menschen zu verleihen – nicht nur im Aussehen, sondern auch in Sprache und Verhalten. Es war eine sehr ehrgeizige Aufgabe.

Die erste und auffälligste Veränderung bestand darin, Jason-Kators langen, steifen Bart abzuschneiden. Das war weder schmerzhaft noch unangenehm, aber der emotionelle Schock war ungeheuer, waren es doch nur Verbrecher, Opfer von Mißbildungen und Unfallopfer, die auf Ruml ohne Bart zu sehen waren. Eigenartigerweise stellte Jason fest, daß das Wissen, diesen Bart binnen Monaten – wenn nicht binnen Wochen – nachwachsen lassen zu können, ihm überhaupt nicht half. Ohne seinen Bart kam er sich entmannt vor.

Und die Tatsache, daß er selbst es war, der ihn mit eigener Hand abgeschnitten hatte, machte es noch schlimmer.

Ansonsten war das Abrasieren des Fells auf seinem Gesicht und seinem Kopf nur eine geringfügige Operation. Nach dem Schock, seinen Bart zu verlieren, war Jason zuerst versucht gewesen, den für menschliche Augen unnatürlich schwarzen Pelz, der seinen Schädel zwischen den Ohren bedeckte, einfach braun zu färben. Aber das wäre eine schwache Lösung gewesen. Selbst gefärbt wies seine Kopfbedeckung keinerlei Ähnlichkeit mit menschlichem Haar auf.

Dennoch war Jasons Spiegelbild – ohne Bart und rasiert – ausgesprochen häßlich. Zum Glück sah er jetzt wenigstens annähernd einem der Verhüllten Leute ähnlich – vom Hals aufwärts. Die erzielte Wirkung erinnerte an einen Orientalen mit rosa Hautfarbe, aufgedunsenen Augenlidern über unnatürlich großen, schmalen Augen und einem flachen und äußerst schmalen Kinn. Aber eine gewisse Ähnlichkeit war nicht abzuleugnen.

Den Rest seiner Verkleidung mußte er mit Hüllen vollenden, wie sie die Eingeborenen trugen. Jetzt erwies sich diese komplizierte Körperbedeckung nicht als hemmend, wie er es erwartet hatte, sondern als Segen. Ohne sie wäre es beinahe unmöglich gewesen, die körperlichen Unterschiede der Ruml zu verdecken.

So halfen ihm Fußbedeckungen mit eingebauten dicken Sohlen, die relative Kürze der Rumlbeine zu verbergen, ebenso wie der locker hängende Rock des mit Ärmeln versehenen äußeren Kleidungsstücks, die – nach Eingeborenenbegriffen – unnatürlich schmalen Hüften verbarg. Gegen die Tatsache, daß die Wirbelsäule der Ruml so gebogen war, daß es den Anschein hatte, er ginge vorgeneigt, ließ sich nichts machen. Die schmalen Rumlschultern wurden mit dicken Polstern breiter gemacht, weite Ärmel verbargen die Tatsache, daß die Arme der Ruml, ebenso wie ihre Beine, normalerweise so gebaut waren, daß sie am Knie und Ellbogen angewinkelt wurden.

Als die Verkleidung fertiggestellt war, konnte man ihn auf einige Entfernung für eine Verhüllte Person halten. Aber diese Änderungen waren nur der Anfang. Jetzt mußte er lernen, bei seinen Bewegungen in diesen beengenden Kleidungsstücken wenigstens den Anschein von Natürlichkeit zu erwecken.

Die Hüllen waren ungemein unbequem – wie die anliegende, aber leblose Haut irgendeines häßlichen Geschöpfs. Aber Jason war sich selbst gegenüber ebenso unnachgiebig wie gegenüber den anderen Mitgliedern der Expedition. Eine Schicht nach der anderen, während der Rest der Expedition die grabenden Sammler baute, sie zur Erde schickte und dann auf dem Mond wieder Filmstreifen sammelte, schritt Jason in seiner Kajüte verhüllt und bartlos auf und ab, während der Kapitän und die beiden Spezialisten seine Bewegungen mit Bandaufzeichnungen der Eingeborenen verglichen und entsprechend kritisierten.

Intelligentes Leben, das wußten sie alle, ist ungemein anpassungsfähig. Und Jason spielte um einen großen Einsatz. Und dann kam schließlich der Zeitpunkt, da die drei Beobachter keine Kritik mehr üben konnten und Jason selbst die Hüllen nicht mehr als allzu unnatürlich empfand.

Er erklärte, daß er jetzt mit sich selbst zufrieden sei. Er ging in den Monitorraum, um zum letztenmal die Informationen anzusehen, die die Grabemechanismen über den geheimen Ort der Verhüllten Leute geliefert hatten. Da stand er jetzt – ein unnatürlich aussehender Ruml in seinen Hüllen –, während der Recorder ihn darüber informierte, daß die Sammler jetzt die ganze unterirdische Anlage kartographisch erfaßt und ihre immensen Ausmaße festgestellt hatten: Ein Sechstel eines Kilometers der Eingeborenen hoch, beinahe acht Kilometer lang und einen Kilometer breit. Und die ganze unterirdische Anlage war von einer extrem dicken Schicht Beton umgeben, die mit Stahlstangen verstärkt war.

Die Sammler hatten durch die Dicke dieser Mauern keine Aufnahmen machen können. Da man sie streng darauf programmiert hatte, keine Versuche anzustellen, sich durchzubohren, um die Eingeborenen nicht zu alarmieren, war über das Innere der Anlage nichts bekannt.

Was sich also innerhalb der Betonmauern befand, war noch ein völliges Geheimnis. Wenn Jason in die Anlage eindrang, würde er das blind tun müssen – ohne zu wissen, was für Verteidigungsanlagen er antreffen würde. Der einzige offene Eingang, den die Sammler entdeckt hatten, war ein Liftschacht, durch den Vorräte nach unten geschafft wurden.

Jason stand eine Weile nachdenklich da. Der Kapitän und die Offiziere der Expedition warteten.

„Schön", sagte er zuletzt. „Ich halte es für höchst wahrscheinlich, daß diese Anlage errichtet worden ist, um vor Angriffen durch andere Eingeborene Schutz zu bieten – und nicht vor Angriffen von jemandem, wie wir es sind. Jedenfalls werde ich von dieser Annahme ausgehen."

Dann wandte er sich dem Kapitän und den Offizieren zu, um ihnen seine letzten Anweisungen für die Zeit seiner Abwesenheit zu geben. Was sie tun sollten, falls er nicht zurückkehrte, sagte er nicht. Befehle dieser Art waren unnötig, ja eine unehrenhafte Beleidigung.

Das Antlitz des Planeten jenseits des Mondes lag noch in finsterer Nacht, als Jason unmittelbar über dem vergrabenen Schiff die Oberfläche des Satelliten erreichte. Hinter ihm füllte sich das Loch in dem staubbedeckten Felsgestein sofort wieder, als wäre Zauberei im Spiel.

Sein kleines Schiff erhob sich von der Oberfläche des Mondes, fiel über den Horizont hinaus und stürzte in die nächtliche Finsternis des Planeten unter ihm.

Er erreichte den Planeten in dem Augenblick, als die Sonne hinter dem östlichen Horizont hervortrat. Die frische Kühle der Morgendämmerung lag in der Luft. Er tarnte sein Schiff, so daß es wie ein Gebüsch aussah. Dann betrat er zum erstenmal den Boden der fremden Welt.

Die fremdartige, geruchlose Atmosphäre des Planeten stieg ihm in die Nase. Er blickte gegen die aufgehende Sonne und sah ein paar Bäume und ein baufälliges Gebäude, das sich schwarz vor der roten Halbkugel der Morgensonne abzeichnete. Er schlug einen Viertelkreis und ging auf die verlassene Fabrik der Eingeborenen zu, die die unterirdische Anlage bedeckte.

Nicht weit von seinem Schiff erreichte er den Feldweg, der an ein paar Farmhäusern vorbei zu dem verlassenen Fabrikkomplex führte, der vor ihm am Horizont aufragte wie ein monströses Durcheinander von ein paar riesigen Schachteln. Die Angewohnheit der Verhüllten Leute, ihre Bauwerke in atemberaubende Höhen zu führen (selbst kleine Wohnhäuser erreichten die Höhe von drei Stockwerken, wie zu Hause ein Familienpalast), sorgte dafür, daß er sein Ziel von dem Augenblick an sah, da er das Schiff verließ. Er schritt weiter, und zu seiner Linken stieg die Sonne höher, enorm groß und rötlichgelb. Nach einer Weile erreichte er eine Holzbrücke, die über einen kleinen Bach führte. Die Ufer des Baches waren von wildwachsender Vegetation überwuchert. Niemand hatte versucht, das Ufer zu begradigen oder zu Ehren der lebengebenden Flüssigkeit, die er spendete, zu verschönern. Die Brücke selbst war ein primitives Bauwerk, auf dem seine Schritte hohl hallten. Er empfand etwas wie Erleichterung, als er das primitive Bauwerk am anderen Ende verließ und wieder den festen Boden des Feldwegs unter sich hatte.

„Früh auf den Beinen, was?" sagte eine Eingeborenenstimme nur ein oder zwei Meter neben der Brücke.

Jason wirbelte wie ein Fechter herum und sah – sich selbst.

18

Kator stand da und starrte den Eingeborenen an. Er starrte eine Gestalt an, die am abschüssigen Bachufer hinter der Brücke saß.

Jason starrte sich selbst an. Er selbst starrte sich selbst an.

Ein Behälter mit brennender Vegetation hing an seinem Mund, und Rauch kräuselte daraus hervor. Er war in eine blaue Beinbedeckung eingehüllt, und sein Oberkörper steckte in einer abgewetzten, mit Ärmeln versehenen Hülle aus Leder. Seine pelzlosen Hände hielten einen langen Stab aus eingeborener Vegetation über die Wasser des Baches. Am Ende des Stabes hing eine Leine, die in das Wasser hinunterreichte. Die Lippen in seinem pelzlosen Gesicht verzogen sich nach Art der Eingeborenen nach oben, in einer Art, die nicht Aufregung oder Wut, sondern Freundlichkeit bedeutet.

Aber er selbst stand gegenüber am Ende der Brücke. Da war etwas gleichzeitig Tapferes und Klägliches an der kleinen Gestalt, die er vom Bachufer aus ansah. Kein menschliches Wesen hätte sich auch nur einen Augenblick durch sein Aussehen täuschen lassen. Die Kleider, die er trug, waren primitiv und falsch verschlossen. Und die Gestalt, die sich in ihnen versteckte, stand gebückt da wie Groucho Marx in den alten Filmkomödien Anfang der dreißiger Jahre. Das rasierte Gesicht wirkte ohne seinen Pelz und ohne den Bart wie das eines Kindes, und das ganze Wesen war höchstens einen Meter fünfzig groß.

Für Jason war es phantastisch, gleichzeitig einen Meter fünfzig und einen Kopf größer zu sein. Geduckt dazustehen und im gleichen Augenblick aufrecht dazusitzen. Über seinen eigenen Anblick zu erschrecken und über seinen eigenen Anblick Mitleid zu empfinden . . . Jasons Betrachtungsweise sprang von seinem menschlichen Körper in den Kators, von seinem Katorkörper in den Jasons . . . in seinen Katorgeist . . . in seinen Jasongeist. Er war Jason. Er war Kator. Er war Jason-Kator oder Kator-Jason . . . Jason . . . Kator-Jator-Jaskatoron . . . er war beide. Die Persönlichkeiten verschwammen ineinander. Glichen sich an. Gingen ineinander auf. Er taumelte.

„Bist du krank?" fragte er sich selbst. Vielleicht war es ein Eingeborener, der von einer Krankheit infiziert war, für die seine Rasse anfällig war.

„Nein", sagte er und fing sich wieder. „Was machst du hier? Kleiner Spaziergang?"

„Ja", sagte er und fragte sich gleichzeitig, ob der Eingeborene seinen Akzent bemerkte. „Du angelst?"

„Forellen", antwortete er und bewegte seine Rute. Ein kleines, buntes Etwas hüpfte auf den Wellen, dort, wo die Leine in das Wasser eindrang.

„Aha", sagte er, ohne zu wissen, was Forellen waren. „Gibt es hier welche?"

„Nun", antwortete er, „man weiß nie, was man fängt. Bist du von hier aus der Gegend?"

„Nein", sagte er.

„Stadt?" fragte er.

„Ja", sagte er. Er dachte an die planetenweite Stadt der Heimatwelt. Ja, er war aus einer Stadt.

„Wo geht's denn hin?"

„Oh . . ." – er hatte sich das noch auf dem Mond zurechtgelegt – „. . . ich dachte, ich geh' zu den Gebäuden dort hinten und suche eine große Straße und vielleicht ein Fahrzeug zur nächsten Stadt."

„Dann geh nur weiter", sagte er zu seinem kleinen, geduckten Ich. „Ich würde dir den Weg zeigen, aber ich muß fischen. Du kannst es ohnehin nicht verfehlen."

„Danke. Und viel Glück mit deiner Jagd im Wasser hier."

„Danke, Freund."

Der Impuls kam tief aus seinem Inneren. Er hatte recht gehabt – er hatte recht gehabt. Aber er hatte Kator von Angesicht zu Angesicht als er selbst entgegentreten müssen, um die beiden Persönlichkeiten übereinanderzulegen, wie Ausschnitte aus einem Stück Pappe. Jetzt hatte er es getan, und die Überlappung war zu deutlich und ausgeprägt. Und dann sagte er zu der kleinen, geduckten Gestalt mit dem rasierten Gesicht. „Wir sind uns sehr ähnlich – mehr als du glaubst."

Er starrte sich an, vermochte das Gehörte nicht zu begreifen. Was der Eingeborene gesagt hatte, klang vernünftig, war es aber nicht. Es schien, daß der Eingeborene sich auf etwas bezog, was er für selbstverständlich hielt, etwas, das er jedoch in ihrer Unterhaltung vorher nicht erwähnt hatte.

„Ja", sagte er und beschloß, die unbegreifliche Bemerkung einfach zu ignorieren. „Ich muß jetzt weiter." Als er sich gerade abwenden wollte, bewegte ihn ein seltsames Gefühl. Vielleicht war es ein Impuls des Zufallsfaktors. Der Eingeborene hatte ihn verblüfft – es würde nicht schaden, den Eingeborenen auch zu verblüffen. Und wenn der andere unruhig wurde, so trug er immerhin Handwaffen bei sich, mit denen er ihn schnell und geräuschlos töten konnte. „Vielleicht", sagte er, von diesem seltsamen Impuls beflügelt, „vielleicht kannst du mir sagen – bin ich hier unter Freunden?"

„Ja", sagte der Eingeborene. „Du bist hier unter Freunden."

Sein Magen zog sich zusammen. Zweifellos war es der Zufallsfaktor, der ihn veranlaßt hatte, so zu sprechen – und den Eingeborenen veranlaßt hatte, auf höfliche, ehrenwerte Rumlart zu antworten. Vielleicht wollte ihm der Zufallsfaktor damit zeigen, daß diese Eingeborenen seines künftigen Reiches nicht ohne Ehre waren, wie er früher befürchtet hatte, als die Berichte der Sammler darauf hinwiesen, daß sie keine Waffen besaßen und sich nicht duellierten. Dankbarkeit stieg in ihm auf. Er hob in grüßender Art, in der Art der Eingeborenen, die Hand und sprach still für sich einen Segen für diese fremde Eingeborenengestalt, die ihn nie verstanden hätte, selbst wenn er ihn laut ausgesprochen hätte – lagen doch so viele Jahrtausende Rumlgeschichte dahinter.

„Wasser sei mit dir, Schatten sei mit dir, Frieden sei mit dir . . ."

Und ohne den Blick vom Wasser abzuwenden, hob der Eingeborene die Hand – gerade als hätte er ihn gehört.

Und Jason drehte sich in seinen schwerfälligen Hüllen um und ging in dem Rumlkörper Kators auf die Fabrik zu.

Der Feldweg beschrieb einen kleinen Bogen. Dann stand er vor dem breiten Drahttor, wo die Straße auf dem Fabrikgelände in die

Tiefe führte. Das Tor war verschlossen und abgesperrt. Jason in Kators Körper sah sich um, erblickte niemanden und nahm einen Silberkegel aus der Tasche. Er berührte damit das Schloß. Es gab eine kleine Rauchwolke, und das Tor senkte sich nach innen. Er schob sich durch, schloß das Tor hinter sich und ging auf das Gebäude mit dem Liftschacht zu.

Auch die Tür dieses Gebäudes war versperrt. Wieder sah Jason sich um, aber die Bewacher der verlassenen Fabrik schienen nicht auf ihn zu achten. Jason hielt das kegelförmige Objekt an das Schloß einer kleinen Tür, die in das große Tor eingelassen war, und schlüpfte hinein.

Dahinter war eine große freie Fläche. Offensichtlich parkten hier die Lastwagen, wenn sie Vorräte und Material abluden, die dann auf einem Förderband, breit genug, um auch große Kisten aufzunehmen, nach unten gebracht wurden. Das Band führte durch ein wirres Durcheinander dunkler, schlafender Maschinen im düsteren Licht von Fenstern, die ein paar Stockwerke hoch in die Wellblechwände eingelassen waren.

Jason lauschte. Er hörte nichts. Dann steckte er den Kegel weg und zog die Handwaffe. Er duckte sich und sprang in einem Satz auf das Förderband, das einen Meter fünfzig über dem Boden hing. Mit schußbereiter Waffe folgte er dem Band in das Labyrinth von Maschinen hinein.

Es war eine fremdartige, mechanische Wildnis, durch die er sich hier schlich. Das Förderband war keineswegs kurz. Nachdem er eine gewisse Strecke zurückgelegt hatte, nahmen seine lauschenden Ohren ein Geräusch auf.

Er blieb stehen, horchte.

Das Geräusch, das er wahrgenommen hatte, waren die Stimmen von Eingeborenen, die sich unterhielten.

Vorsichtig ging er weiter. Langsam kam er den Stimmen näher. Sie schienen sich nicht auf dem Förderband, sondern in einiger Entfernung davon zu befinden. Schließlich hatte er sie erreicht. Er kniete nieder, spähte zwischen den Maschinen hindurch und sah etwa zehn Meter vom Band entfernt eine freie Fläche. Dahinter gab es einen verglasten Käfig, in dem fünf Menschen an Tischen saßen oder herumstanden; sie trugen blaue Hüllen mit Waffenharnischen, an denen Handwaffen hingen.

Jason duckte sich und kroch wie ein Schatten auf dem Förderband an ihnen vorbei. Die Stimmen hinter ihm wurden leiser. Dann erreichte er den Liftschacht und die Plattform, auf die das Förderband offenbar seine Last ablud.

Jason untersuchte die Plattform. Sie wurde offenbar von unten gesteuert. Aber irgendwelche Steuerorgane mußte es auch auf der Plattform selbst geben – wenn auch nur für den Notfall.

Jason sah sich um und entdeckte drei Schalter auf einer Platte am fernen Ende der Plattform. Mit Hilfe des kleinen Magnetwerkzeugs löste er die Platte und studierte die Drähte, die zu den Schaltern führten. Wiederum fand er etwas vor, worauf er durch die Fachleute der Mannschaft vorbereitet worden war. Erstaunlicherweise – nach den Begriffen normaler, vernünftiger Ruml – befand sich an den Schaltern überhaupt kein Schloß.

Er befestigte die Platte wieder und griff nach dem Schalter, der nach seinen Informationen die Plattform nach unten schicken mußte. Einen Augenblick zögerte er. Von jetzt an ging er ein kalkuliertes Risiko ein. Es war unmöglich vorherzusehen, was für Verteidigungsanlagen oder wie viele Bewaffnete ihn unten erwarteten. Er hatte die Wahl gehabt, schon vorher Sammler auszuschicken, um diese Informationen zu beschaffen, hätte dabei aber riskiert, die Eingeborenen zu warnen. Er hatte sich lieber dafür entschieden, selbst das Risiko auf sich zu nehmen.

Er drückte den Schalter nieder. Die Plattform sank mit ihm nach unten. Die Dunkelheit des Schachts umgab ihn.

Die Plattform fiel so schnell, daß er instinktiv die Klauen an den Fingerspitzen ausfuhr, um sich festzuhalten. Einen Augenblick lang sah er das Bild eines Gerätes vor sich, das nur für nichtlebende Lasten bestimmt war. Dann beruhigte ihn wieder das, was er über verderbliche Früchte und empfindliche Geräte erfahren hatte. Und da kam die Plattform schnell, aber ohne den leisesten Ruck zum Stillstand. Licht aus einem Seitengang überflutete ihn.

Jason sprang im gleichen Augenblick herunter und rannte auf Deckung zu – hinter der Tür des kleinen Raums, wo der Schacht endete. Und das geschah keine Sekunde zu früh. Ein Kreuzfeuer von blauen Strahlen zuckte über die Fläche, wo er noch einen Augenblick vorher gestanden hatte.

Dann erloschen die Strahlen wieder. Der Geruch von Ozon erfüllte den Raum. Einen Augenblick stand Jason wie erstarrt da, die Waffe in der Hand, aber kein lebendes Wesen zeigte sich. Die Strahlen waren offenbar automatisch als Verteidigungsmaßnahme gegen tierische Eindringlinge abgefeuert worden. Das gehörte zu den normalen Schutzvorrichtungen des Lifts. Und dann stellte er fest – sein Magen zog sich dabei zusammen –, daß die Stelle, wo er Deckung gefunden hatte, praktisch die einzige im ganzen Raum war, die nicht von den Strahlen bestrichen worden war.

Er schob sich hinter der Tür hervor – und blieb sofort stehen. Er hatte es gefunden.

Er stand in einer unterirdischen Halle von ungeheuren Ausmaßen. Er selbst war im Vergleich dazu auf die Größe eines seiner kleinen Sammler zusammengeschrumpft. Hier war er ein Pygmäe. Nein, weniger als ein Pygmäe. Eine Ameise unter Riesen, schwach erleuchtet von einer beinahe unsichtbaren Decke hundertfünfzig Meter über ihm.

Er befand sich am Rande eines unterirdischen Raumflughafens. In seiner Nähe ragten die gigantischen Umrisse riesiger Raumkreuzer auf. Er hatte es gefunden – den geheimen Versammlungsort, wo sich die militärische Macht der Verhüllten Leute sammelte. Tief in seinem Innern regte sich Dankbarkeit, Dankbarkeit darüber, daß die Verhüllten Leute jetzt ohne allen Zweifel den Beweis erbracht hatten, nicht ohne Ehre zu sein.

Zwischen den titanischen Schiffsleibern hallte der Klang von Metall, das gegen anderes Metall und Beton schlug, an sein Ohr; hinzu kam das Geräusch von Füßen und Stimmen. Wie ein Raubtier auf der Heimatwelt der Ruml glitt Jason von Schatten zu Schatten zwischen den großen Schiffen dahin, bis er eine Stelle erreicht hatte, von der aus er die Vorgänge verfolgen konnte, ohne selbst gesehen zu werden.

Er spähte hinter einem runden faßdicken Träger hervor und sah, daß er ganz gegen seine Erwartung am Rand der abgestellten Schiffe stand. Die Entdeckung versetzte ihm einen Schock. Waren das alle?

Auf diesem Platz befanden sich höchstens ein Dutzend Schiffe – und dabei hätte er wesentlich mehr aufnehmen können.

Er sah sich um. In endloser Weite dehnte sich das Feld vor ihm, und höchstens fünfzehn Meter von ihm entfernt standen fünf Eingeborene in grünen, einteiligen Hüllen und bauten den Regulator einer Hyperantriebseinheit aus einem Schiff aus. Ein einzelner Eingeborener in blauer Hülle mit Waffenharnisch und Handwaffe stand daneben und – das war zweifellos seine Aufgabe – bewachte sie.

Jetzt tauchte ein weiterer Eingeborener in Blau zwischen den

Schiffen auf. Jason duckte sich hinter den Träger, der ihm Deckung bot. Der zweite Wächter kam auf den ersten zu.

„Nichts", hörte Jason ihn sagen. „Vielleicht ein Kurzschluß in der Kraftstation. Jedenfalls ist nichts mit dem Lift heruntergekommen. Ich habe nachgesehen."

„Vielleicht eine Ratte?" fragte der erste Wächter.

„Nein, ich hab' alles überprüft. Wenn etwas auf der Plattform gewesen wäre, hätten die Strahlen es erfaßt. Aber sie sehen jetzt oben nach."

Jason duckte sich noch tiefer.

Die Eingeborenen waren jetzt gewarnt, selbst wenn sie nicht ernsthaft mit einem Eindringling wie ihm rechneten. Trotzdem war er freudig erregt. Er hatte in eines der Schiffe eindringen wollen, um seine Maschinenanlage kennenzulernen. Jetzt war das – dank der ausgebauten Hypereinheit, die er gesehen hatte – nicht mehr nötig. Seine Hoffnung, das große Risiko, das er eingegangen war, sollten sich auszahlen. Sein Reich lag vor ihm.

Jetzt blieben nur noch zwei Dinge zu tun. Zunächst mußte er eine Bildaufzeichnung der Raumschiffhalle machen und sie mit nach Hause nehmen, und dann mußte es ihm gelingen, unversehrt sein Schiff wieder zu erreichen.

Er griff an den obersten Knopf seiner Außenhülle, die nach Art der Eingeborenen seinen Oberkörper bedeckte. In dem Knopf war die Kamera verborgen, die unablässig lief und Bild und Ton all dessen, was ihm begegnet war, aufgezeichnet hatte. Aber jetzt mußte er die Einstellung korrigieren, um die riesige Halle und die mächtigen Raumkreuzer um ihn herum aufzuzeichnen. Jasons Finger nahmen die nötigen Einstellungen an der scheinbar glatten Oberfläche des Knopfes vor. Und dann lief er eine halbe Stunde lang wie ein Unterhaltungsrecorder herum und nahm Bilder, nicht nur von den mächtigen Schiffen, sondern auch von allem anderen in diesem geheimen unterirdischen Hangar auf.

Schade, dachte er, daß er nicht auch ein Bild von der Decke weit über ihm aufnehmen konnte, die hinter den Lichtquellen, die auf die Schiffe und ihn herunterstrahlten, verborgen war. Ein solches Bild würde den Mechanismus zeigen, der notwendig war, um die Decke zur Seite zu schieben, wenn all diese Schiffe starten sollten. Aber das war nicht so wichtig. Das wichtigste war das, was er hier unten filmte.

Als er schließlich fertig war, arbeitete er sich zum Liftschacht zurück. Beinahe hätte er in dem mächtigen Labyrinth von Schiffen und Trägern vergessen, wo er war, aber der Orientierungssinn, den man in seiner ersten Erwachsenenperiode bei der Aufklärerausbildung zu einem wahren Präzisionswerk entwickelt hatte, trug jetzt Früchte. Er orientierte sich und arbeitete sich zum Eingang des Raumes zurück.

Dort blieb er vor der Plattform stehen und spähte vorsichtig hinüber. Wenn er den Raum jetzt durchquerte, würden zweifellos die automatischen Mechanismen ausgelöst werden, die die Strahlwaffen abfeuerten. Er suchte ein paar Augenblicke nach den Schaltern, die die Eingeborenen zweifellos angebracht hatten, um den Mechanismus dann abzuschalten, wenn sie sich selbst der Plattform nähern wollten. Aber er fand nichts. Und mit jeder Minute nahm die Gefahr zu, daß man ihn entdeckte. Und wenn man ihn jetzt entdeckte, dann war alles, was die Expedition und er geleistet hatten, sinnlos – und die Eingeborenen würden gewarnt sein, würden erfahren, daß sein Volk ihre Welt entdeckt hatte. Gelang es ihm dagegen, jetzt zu entkommen, ohne jemanden zu alarmieren, so würde die künftige Expedition den Vorteil der Überraschung auf ihrer Seite haben. Sein Reich würde in die Hände der Ruml und in seine eigenen Hände fallen, und es würde kaum Mühe kosten.

Er kehrte zu der offenen Türe zurück und starrte hinaus.

Ein paar Sekunden lang stand er da und dachte so intensiv nach wie noch nie zuvor in seinem Leben – stärker sogar als während des Duells mit Hurrag Adoptivsohn. Es mußte einen Weg zur Plattform geben, der an den Lichtschranken vorbeiführte.

Plötzlich kam ihm eine Idee. Er wußte, daß die Stelle hinter der Tür sicher war. Dort hatten ihn die Strahlen bei seinem Kommen auch nicht erreicht. Zwei lange Sprünge würden ihn von dort zur Plattform tragen. Und im Gegensatz zu den Eingeborenen war sein Körper dazu ausgerüstet, lange Sprünge zu machen. Wenn es ihm gelang, mit einem Satz die Plattform zu erreichen . . . Das war möglich, er wußte es. Aber damit setzte er alles auf eine Karte. Wenn er sein Ziel verfehlte, bestand keine Hoffnung, den Strahlen zu entgehen.

Die Tür ging nach innen auf und war etwa zwei Meter hoch und einen Meter breit. Von dem innersten Punkt aus waren es etwa sechs Meter bis zur Plattform. Er griff durch den Eingang hinein und schob die Tür so auf, daß sie im rechten Winkel zum Türstock stand, ging ein paar Schritte zurück, nahm die schwerfälligen Fußhüllen ab und stopfte sie in die Taschen seiner Körperhülle. Dann ging er auf allen vieren zu Boden und krümmte den Rücken. Seine Klauen streckten sich. Einen Augenblick lang spürte er die Welle von Verzweiflung und Angst, daß die schwerfälligen Hüllen den Sprung unmöglich machen würden. Aber er hatte jetzt keine Zeit mehr, sie abzunehmen. Und dann schob er alle Zweifel von sich und trat noch ein paar Schritte zurück, bis er gute zehn Meter von der Tür entfernt war.

Er dachte an sein Reich und sprang.

Er war erst seit zwei Perioden erwachsen, seine Reflexe waren hervorragend, und das Training unter Schwertmeister Brodth war erstklassig gewesen. Als er die zehn Meter zurückgelegt hatte, betrug seine Geschwindigkeit gute dreißig Stundenkilometer. Er stieß sich von der Türschwelle ab und flog an der Tür vorbei. Er selbst hatte den Eindruck, die Tür dabei kaum zu berühren. Aber vier Klauen klammerten sich an dem Holz fest und verliehen ihm die geringfügige Richtungsänderung und den Stoß, den er brauchte. Einen Augenblick flog er über den tödlichen Boden des Raums hinweg. Dann schienen ihm die Plattform und der Schacht entgegenzuspringen. Und er klatschte mit solcher Wucht auf die Plattform, daß es ihm den Atem nahm.

Die Strahlen flammten nicht auf.

Der Raum blieb still und sicher.

Halb benommen, aber des Lärms bewußt, den er bei der Landung verursacht hatte, suchte er am Rand der Plattform herum, fand die Schalter und legte jenen um, den er sich vorher gemerkt hatte und von dem er wußte, daß er die Plattform nach oben schicken würde.

Er schoß in die Finsternis des Schachts empor. Auf dem Weg nach oben holte er wieder Luft. Er machte sich gar nicht erst die Mühe, die schwerfälligen Fußhüllen wieder anzulegen, sondern zog die Handwaffe und hielt sie schußbereit. In der Sekunde, als die Plattform am oberen Ende des Schachts anhielt, sprang er herunter und rannte lautlos über das Förderband. Und das mit einer Schnelligkeit, zu der kein Eingeborener je fähig gewesen wäre.

Er hörte jetzt die Laute von Eingeborenen, die sich draußen bewegten, aber er achtete nicht auf sie, sondern rannte weiter. Zweifellos würde ihn der Zufallsfaktor, nachdem er ihn so weit gebracht hatte, auch jetzt nicht verlassen – davon war er überzeugt

– und da hallte ein Ruf aus dem Labyrinth von Maschinen zu seiner Linken.

„Stehenbleiben! He!“

Ohne zu zögern feuerte er in die Richtung, aus der die Stimme gekommen war und warf sich von dem Förderband in das Durcheinander von Zahnrädern und Antriebselementen zu seiner Rechten. Hinter ihm war ein Stöhnen und das Aufklatschen eines fallenden Körpers zu hören. Ein blauer Strahl zuckte über das Förderband, genau zu der Stelle, wo er noch vor einer Sekunde gewesen war.

Er verhielt sich jetzt ganz ruhig und lauschte. Sein erster Eindruck war gewesen, daß er es nur mit einem Eingeborenen zu tun gehabt hatte. Aber jetzt hörte er drei Stimmen.

„Was war los?“

„Ich dachte, ich hätte etwas gesehen.“

Die Stimme, die ihn angerufen hatte, stöhnte plötzlich. „Ich wollte schießen und bin zwischen die Antriebstrommeln gefallen.“

„Bist du festgeklemmt?“

„Ich glaube, ich hab’ mir die Beine gebrochen.“

„Du sagst, du hättest etwas gesehen? Augenblick, wir holen dich raus.“

„Ich dachte, ich hätte etwas gesehen. Ich weiß nicht. Ich glaube, der Alarm hat mich nervös gemacht. Da ist jetzt nichts auf dem Band. Helft mir heraus!“

„Bill, hilf mir.“

„Nur ruhig! So . . . vorsichtig . . . schon gut!“

„So ist’s gut. In Ordnung. Wir bringen dich zum Arzt.“

Jason blieb reglos stehen, während die zwei ihren verletzten Kameraden aus dem Gebäude schleppten. Dann war wieder Schweigen um ihn. Er atmete tief durch. Es war kaum zu glauben, aber der Zufallsfaktor hatte ihm erneut beigestanden.

Vorsichtig und leise schob er sich wieder auf das Förderband zu. Jetzt konnte nichts mehr passieren. Er arbeitete sich langsam nach vorne, bis er die Tür des Gebäudes und einen kleinen Streifen Tageslicht sehen konnte.

Perfektion, sagte er sich, zieht den Zufallsfaktor an. Seine Klauen rutschten ab, die Oberfläche, auf der er sich jetzt befand, war glatter, als er es angenommen hatte. Er spürte, wie er zur Seite abglitt. Er beschleunigte sein Tempo. Er durfte jetzt einfach nicht abrutschen.

Seine Klauen konnten an der polierten Fläche keinen Halt finden. Von irgendwo kam ein seltsames klopfendes Geräusch. Und dann spürte er einen plötzlichen Krampf wie von einem verzerrten Muskel im Nacken. Er mühte sich noch mehr ... und plötzlich begann sich seine Umgebung um ihn zu drehen.

Eine Welle von Übelkeit überkam ihn. Er spürte, wie seine Glieder sich lockerten, wie sein Körper in die Nacht abglitt.

Er fiel, und die Dunkelheit schloß sich um ihn, als seine Sinne versagten.

19

Jason schraubte die beiden Hälften des kleinen Blasrohrs auseinander und schob die Waffe in eine Innentasche seiner Lederjacke zurück. Als die beiden Männer in blauen Uniformen den schlaffen Körper Kators heranbrachten, folgte er ihnen. Und als sie Kator zu Boden legten, zog Jason einen kleinen gefederten Bolzen unmittelbar hinter dem spitzen Ohr aus dem Nacken des Ruml.

Als er sich über den bewußtlosen Ruml beugte und sein Körper den linken Arm einen Augenblick abschirmte, schloß sich seine linke Hand über dem obersten der großen Knöpfe an Kators Jacke. Als er sich aufrichtete und abwandte, sah er sich Swenson gegenüber.

„Jetzt können Sie es uns doch sagen, oder?" fragte der bebrillte Mann. „Was war das für ein Lähmungsgift?"

Jason lächelte müde und etwas ironisch. „Äthylalkohol", sagte er.

„Alkohol!" Swenson starrte ihn an und mußte dann unwillkürlich lachen. „Sie wollen sagen, sein Körpersystem ist dem unseren so ähnlich? Alkohol hätten wir selbst nehmen können!"

„So ähnlich sind sie wieder nicht – nicht so ähnlich, wie Sie glauben", sagte Jason. „Es ist nur zufällig so, daß sie von Alkohol ebenso berauscht werden wie wir. Aber nicht auf dieselbe Weise. Die meisten unserer Drogen – Chloroform zum Beispiel – hätten ihn umgebracht. Selbst Alkohol hat nicht die gleiche Wirkung auf sie ..." Er deutete auf Kator. „Haben Sie gesehen, wie schnell er die Besinnung verlor, als nur ein paar Tropfen in seinen Blutkreislauf eingeschleust wurden? Sie oder ich hätten diese Menge überhaupt nicht gespürt."

„Ja . . .“ sagte Swenson und sah Kator an. „So, jetzt werden wir anfangen, ihn mit Geräten vollzustopfen. Wenn er wieder zu sich kommt und zu seinem Schiff zurückfliegt, wird er voll miniaturisierter Aufnahmegeräte sein, so voll wie eine politische Versammlung. Wie lange wird er ohne Bewußtsein bleiben?“

„Die Ruml verschlucken kurzlebige, alkoholproduzierende Bakterienkulturen, so wie wir zur Entspannung Whisky trinken“, sagte Jason. „Sie sind in ein paar Minuten high, verlieren beinahe sofort die Besinnung und bleiben etwa zwei Stunden bewußtlos. Wenn sie dann die Besinnung wiedergewinnen, befinden sich sich in tiefem Schlaf, der etwa vier Stunden anhält.“

„Also sechs Stunden?“

„Nein, nicht, wenn Sie es kurz machen wollen“, sagte Jason. „Sie können ihn wecken, sobald die Periode der Bewußtlosigkeit vorbei ist. Bei der Eile, die ich . . . die er . . .“ Jason sah, wie Swensons Augen bei dem Versprecher flackerten „,. . . die er empfunden hat, kann es sein, daß er sofort aufwacht, wenn er zu sich kommt. Aber um sicherzugehen, können Sie ja etwas nachhelfen.“

„Gut.“ Swenson wandte sich ab und erteilte den Soldaten Befehle. Jason glitt in den Schatten zurück. Dann nahm er einen kleinen braunen Würfel aus der Tasche, etwa von der Größe eines Etuis, wie Juweliere ihn benutzen, um einen Ring unterzubringen. In der Dunkelheit mußte er sich fast völlig auf seine Fingerfertigkeit verlassen, als er ein paar Einstellungen an dem Knopf von Kators Jacke vornahm und ihn gegen die winzige Öffnung in dem Etui hielt. Dann drückte er auf den Würfel.

Ein schwaches, kaum hörbares Summen ertönte und verstummte sofort wieder. Jason schob den Würfel in die Tasche und ging zu Kator zurück, der immer noch zwischen den drei Uniformierten lag.

„Ich sollte mir die Stelle noch einmal ansehen, wo der Bolzen ihn getroffen hat“, sagte Jason. Etwas unsicher ließen sie ihn durch. Jason kauerte sich nieder und drehte Kators Kopf etwas zur Seite, um besser sehen zu können. Dann stützte er sich mit der linken Hand etwas auf und schob den Knopf wieder auf den Haken, an dem er befestigt gewesen war.

Keiner der Posten schien etwas zu merken. Die Knopfbefestigungen waren typisch für die Ruml, und nur jemand wie Jason konnte sie finden.

„Was ist denn? Gehen Sie uns hier aus dem Weg!“ hörte er

Swensons Stimme hinter sich sagen, als er sich wieder aufrichtete. „Verschwinden Sie hier, Jason. Von jetzt an übernehmen wir diese Sache.“

Die Stimme des Mannes war unpersönlich und hart. Und was er sagte, entsprach genau dem, was er dachte – wenn jetzt die miniaturisierten Aufzeichnungsgeräte und Kameras unter der Haut Kators angebracht waren, konnte man dem Ruml auf sein Schiff folgen. Er würde dann Bilder und Geräusche durch ein Hyperradio selbst von der Heimatwelt der Ruml zu ihnen schicken, falls er dorthin zurückkehren sollte. In den Augen von Swenson, Coth und den anderen war Jason jetzt nicht mehr wichtig.

Jason tauchte in die Schatten der Maschinen unter. Er hatte Swenson damals, als sie Kators Festnahme geplant hatten, gesagt, daß er den genauen Grundriß nicht nur des unterirdischen Raumschiffhangars, sondern auch der verlassenen Fabrik kennen mußte, die über der Erdoberfläche als Deckung dafür diente. Jetzt arbeitete er sich geschickt durch die Fabrik – aber nicht auf den Seitenhof zu, wo das Fahrzeug nach Washington wartete.

Er fädelte sich seinen Weg durch leere Räume und zwischen stummen Maschinen zum anderen Ende der Fabrik und trat durch eine verrostete kleine Tür auf ein unkrautbewachsenes Feld, das vielleicht vierzig Meter breit war, und dahinter zu einem Stacheldrahtzaun und einem kleinen Gebüsch mit ein paar Ahornbäumen und Eichen.

Er schlenderte scheinbar gleichgültig über das Feld. Als er zwischen den Bäumen war, beschleunigte er seine Schritte. Wenig mehr als eine Stunde und gute drei Meilen später bestieg er an einer Haltestelle in einer Kleinstadt den Bus.

Es dauerte eine Weile, bis der Bus sich in Bewegung setzte. Aber gute achtzehn Minuten später erwachten seine Kompressoren schließlich schmatzend zum Leben, und er glitt aus dem Stationsgebäude. Jason lehnte den Kopf gegen die gepolsterte Kopfstütze und schloß die Augen, die vor Müdigkeit gerötet waren. Er hatte das Seine getan.

Von jetzt an lag alles bei Kator und den Familienoberhäuptern auf der Heimatwelt.

20

Als er erwachte, hatte er einen Augenblick Zeit nachzudenken, sich zu erinnern, daß er sich nicht auf der Heimatwelt befand, sondern durch ein Fabrikgebäude auf der Welt der Verhüllten Leute geflohen war, daß er noch einen Sprung von der Festnahme entfernt war – als etwas geschehen war.

Langsam kam alles zurück, und langsam begann er seine Umgebung in sich aufzunehmen.

Er war irgendwo zwischen engen Wäldern eingezwängt. Über ihm waren nur Schweigen und Finsternis. Es schien ihm, daß er eine Weile besinnungslos gewesen war, aber weit über ihm schien seinen Rumlaugen das Licht, das durch die hohen Fenster des Fabrikgebäudes hereinströmte, beinahe im gleichen Winkel einzufallen wie vorher. Eine Weile starrte er zu dem Licht empor.

Nein, er hatte unrecht. Es war vielleicht ein Achtel oder ein Sechstel der Sonnenperiode des Planeten verstrichen, während er dagelegen hatte, tot für den Rest der Welt.

Sein Nacken schmerzte etwas hinter dem Ohr, und er hatte auch ein paar andere Stellen an seinem Körper, die weh taten. Er mußte im Sturz die Besinnung verloren haben. Aber die Wachen, die ihn jagten, hatten ihn offensichtlich nicht gefunden . . .

Plötzlich wurde er aus seinen Gedanken gerissen. Stimmen drangen an sein Ohr. Die Stimmen zweier Eingeborener, die in einiger Entfernung von ihm standen. Er hob etwas den Kopf und sah, daß er in einem schmalen Spalt zwischen den beiden Metallwänden lag. Und der Spalt führte wie ein Tunnel ohne Dach zwischen dem Ende des Förderbandes und der Tür ins Freie.

„. . . nicht möglich“, sagte einer der Verhüllten Leute. „Wir haben überall nachgesehen.“

„Aber Sie haben den Raum verlassen, um Rogers zum Arzt zu tragen?“

„Ja, Sir, aber Corry hat vor der Tür Wache gehalten, während wir das taten. Und dann, als wir zurückkamen, haben wir alles abgesucht. Hier ist niemand.“

„Ein komischer Tag heute“, sagte die zweite Stimme. „Zuerst dieser Kurzschluß dort unten, und dann bildet Rogers sich ein, daß er etwas sieht, und bricht sich das Bein." Die Stimmen entfernten sich. „Na schön, dann vergessen wir's eben. Ich erwähne es in meinem Bericht, und wir schließen das Gebäude hinter uns ab, bis ein Inspektor es sich angesehen hat."

Er hörte, wie die kleine Tür geöffnet wurde.

„Was soll denn hier überhaupt einer stehlen?" fragte die erste Stimme, die sich jetzt ebenfalls entfernte. „Soll er sich vielleicht eine halbe Million Tonnen Raumschiff unter den Arm klemmen und es wegtragen?"

„Die Vorschriften . . ." Dann wurde die Tür geschlossen, und er konnte den Rest nicht mehr hören. Schweigen herrschte wieder.

Jason-Kator bewegte sich in der Finsternis.

Einen Augenblick lang hatte er Angst, er habe sich beim Sturz das Bein gebrochen. Aber seine Arme und Beine gehorchten ihm. Es war, wie er angenommen hatte – er hatte nur Abschürfungen davongetragen. Dankbarkeit stieg in ihm auf. Ein Glück, daß er erst zwei Perioden alt war. Ein älterer Mann mit spröderen Knochen . . . er durfte gar nicht daran denken.

Jedenfalls war er nicht so sehr eingezwängt, daß er nicht mehr heraus konnte. Als er ins Freie trat, waren nirgends Eingeborene zu sehen.

Die Sonne stand im Zenit. Niemand war weit und breit zu sehen. Er duckte sich und hatte binnen zwei Minuten das Tor hinter sich gelassen und zwischen den Bäumen, die den Feldweg zu beiden Seiten säumten, Deckung gefunden. Jetzt eilte er zu seinem kleinen Ein-Mann-Schiff zurück.

Der eingeborene Angler war nicht mehr zu sehen. Im Augenblick schien überhaupt niemand da zu sein. Er erreichte sein Schiff, und erst als er sicher durch den getarnten Eingang geschlüpft war, gestattete er sich den Luxus, das Gefühl der Sicherheit zu empfinden.

Dabei war er eigentlich noch gar nicht völlig in Sicherheit. Er hatte jetzt lediglich ein Schiff, in dem er versuchen konnte zu fliehen, falls man ihn entdeckte. Er durfte sich von diesem Gefühl der Sicherheit nicht einlullen lassen. Das könnte dazu führen, daß er unvorsichtig wurde. Immerhin mußte er noch bis zum Einbruch der Nacht warten, bis er den Start riskieren konnte.

Er befreite sich von den widerlichen Hüllen, die er hatte tragen müssen, und kümmerte sich um die aufgeschürften Stellen an seinem Körper. Sie waren lästig, aber binnen einer Woche würden sie geheilt und vergessen sein. Der Knopf mit dem Recorder an seinem Jackett war intakt. Damit war eine Aufzeichnung von allem, was er getan hatte, verfügbar. Ansonsten würde man auf der Heimatwelt nichts benötigen – nur den Film und Kators eigenes einzigartiges und wertvolles Wissen um die Reaktionen der Verhüllten Leute. Wenn es nur bald Nacht würde . . .

Er wartete, zwang sich zur Geduld und träumte von den Gesichtern der Söhne, die er haben würde. Den ersten würde er Aton nennen, nach Aton Mutteronkel, den zweiten Hurrag und den dritten Bela. Und wenn sie einmal lange genug aus dem Beutel waren, um den Begriff der Ehre zu verstehen, würde er jedem einzelnen von ihnen persönlich von dem Manne erzählen, von dem der Name, den sie trugen, stammte. Und von der Rolle, die jene drei ehrenwerten Männer bei der Gründung des Königsreichs ihres Vaters auf dem Planeten der Verhüllten Menschen gespielt hatten.

Und er selbst, der Kator, würde sein Leben hier zu Ende leben und eines Tages hier sterben. Aber vielleicht würde die zweite oder dritte Generation seiner Abkömmlinge zurückkehren, wie es unter seinem ersten Sohn oder Enkel ihr Recht war, um auf der Heimatwelt einen Palast der Katori zu gründen. Und eines Tages würden von jenem Palast der Katori andere ausziehen, um neue Reiche zu gründen.

Er würde das nicht mehr wissen. Seine auf der Welt der Verhüllten Leute begrabenen Gebeine würden bis dahin schon zu Staub geworden sein und es nicht mehr wissen. Aber seine Gene in den Leibern der Abkömmlinge würden es wissen und sich wahrhaft und in Ehren Ruml nennen. Die Ruml, ehrenwert als Rasse, stets wachsend und stets in Weiterentwicklung begriffen, jener fernen, unvorstellbaren Zukunft entgegen, in der die Ruml nur noch Ehre und nichts anders mehr kennen würden.

Und dann begann endlich die gelbe Sonne rot und immer dunkler zu werden und den Horizont zu berühren. Schatten fluteten über die Zäune und das wachsende Korn. Er setzte sich an das Intercom seines kleinen Schiffs und rief über Hyperradio das Expeditionsschiff auf dem Mond.

Der Lautsprecher knisterte.

„Schlüsselträger?“

Er sagte nichts.

„Schlüsselträger? Hier spricht der Kapitän. Euer Kanal sendet. Könnt ihr uns hören?“

Er blieb stumm, und sein Gesicht wurde starr vor Erregung.

„Schlüsselträger!"

Endlich beugte er sich vor und flüsterte ins Mikrofon:

„Keinen Sinn . . ." Sein Flüstern wurde lauter, wurde zu einer heiseren und gequälten Stimme. „Eingeborene . . . haben mich umzingelt. Kapitän . . ."

Er hielt inne. Auf der anderen Seite herrschte wartendes Schweigen. Dann erneut die Stimme des Kapitäns:

„Schlüsselträger! Haltet aus! Wir schicken ein Schiff und holen . . ."

„Keine Zeit . . ." wisperte er. „Kein Ausweg. Zerstöre mich und das Schiff. Möget Ihr Wasser haben, Schatten haben . . ."

Er griff zum Steuerknüppel und jagte das kleine Schiff in den dunkler werdenden Himmel. Und beim Start feuerte er einen zylindrischen Gegenstand auf die Stelle, wo das Schiff soeben noch gestanden hatte.

Wenige Sekunden später erleuchtete die winzige, kurze, aber unglaublich wirksame Explosion eines Hypermotors den Frieden des ländlichen Nachmittags.

Und Jason schoß am Steuer seines kleinen Schiffs in die Nacht hinaus. Er jagte zum Mond zurück, beeilte sich aber nicht. Er schaltete auf konventionellen Antrieb, bis er die Grenze der Atmosphäre erreicht hatte. Erst dann schaltete er auf den unversehrten Hypermotor, um an Bord seines Schiffes in drei zeitlosen Sprüngen die der Erde abgewandte Seite des Mondes zu erreichen.

Bis er das vergrabene Expeditionsschiff erreicht hatte, waren vier Stunden Lokalzeit verstrichen. Als er sich der Stelle über dem verborgenen Schiff und dem Labyrinth der in das Mondgestein eingegrabenen Räume näherte, bekam er keine Antwort. Er öffnete den Tunnel, durch den er selbst das größere Schiff mit seinem kleinen Scout verlassen hatte, und stellte fest, daß das Expeditionsschiff seine Atemluft abgelassen hatte. Folglich mußte er erst wieder eine Atmosphäre aufbauen, ehe er weitergehen konnte.

In den Korridoren und in den Außenräumen des Schiffes war niemand zu finden.

Und als er den Turnsaal erreichte, lagen sie alle dort, wie er es erwartet hatte, in Reih und Glied, die Offiziere und der Kapitän etwas abseits von ihnen. Ohne Hoffnung, zur Heimatwelt zurückzukehren, mit einem verschlossenen Schiff und einem Schlüsselträger, der von einem fernen Feind getötet worden war, hatten sie ihr

Leben auf ehrenwerte Weise beendet und sich hingelegt, um das Schiff für jene, die nach ihnen kommen würden, zu bewahren.

Er blickte auf sie. Tiefe Zuneigung überflutete ihn. Dann ging er an das Logbuch des Schiffes. Er schaltete den Recorder bis zu dem Zeitpunkt zurück, an dem er von dem Planeten aus angerufen hatte, und spielte das Log ab. Der Kapitän hatte das Gespräch mit ihm voll aufgezeichnet und dann eine Erklärung abgegeben. Er hatte mit den Worten geschlossen, die Jasons nicht zu Ende gesprochenen Segen beendeten, kurz bevor das kleine Schiff scheinbar auf dem Planeten unter ihnen vernichtet worden war.

Jason diktierte einen kurzen Bericht über seine Flucht und Rückkehr aus der Falle, die die Verhüllten Leute ihm gestellt hatten.

Das Expeditionsschiff hatte im Laderaum genügend Platz. Er trug die toten Leiber einen nach dem anderen dorthin, ordnete sie in Reih und Glied und schaltete die Klimaanlage des Raumes auf Weltraumtemperatur. Die Leichen würden ihren Familien auf der Heimatwelt zurückgegeben werden. Das war seinerseits keine notwendige, aber eine ehrenwerte Tat. Dann ging er in die Steuerzentrale zurück, sperrte die Steuerorgane auf und machte sich an die Arbeit.

Zwischen den einzelnen Hyperraumschiffen bestand kein großer Unterschied. Er konnte dieses große Schiff allein ebensogut steuern wie den kleinen Aufklärer, mit dem er den Ausflug zum Planeten der Verhüllten Leute vorgenommen hatte. Er setzte Kurs auf die Heimatwelt. Jetzt, da die Position dieses Sterns der Verhüllten Leute festgestellt war, machte dies keine Schwierigkeit. Die Computer des Raumschiffs konnten selbst Entfernung und Richtung berechnen. Im Gegensatz zu der Zeit, die der Herflug beansprucht hatte, sollte es ihm gelingen, die Heimatwelt in drei Sprüngen durch den Hyperraum zu erreichen. Höchstens zwei Tage Heimatzeit – beziehungsweise eineinhalb Tage, gemessen nach der Rotation der Welt der Verhüllten Leute.

Er steuerte das Schiff aus seinem Versteck unter der Oberfläche des Mondes heraus und übergab die weitere Programmierung den Computern. Dann begab er sich in seine eigene Kajüte.

Die Dinge lagen dort alle so, wie er sie zurückgelassen hatte. Er holte sich Nahrung aus einem Wandschränkchen und nahm sich auch eine der Alkoholkulturen. Aber als er die Bakterienkultur dann neben seine Papiere auf den Tisch gestellt hatte, wurde ihm klar, daß er sie nicht schlucken wollte.

Dies war ein Augenblick, der an sich berauschend genug war – ein Rausch, der die chemische Trunkenheit, die man aus solchen Kulturen gewinnen konnte, klein und nichtig erscheinen ließ. Er warf die Kultur in den Abfallschacht. Und dann fiel ihm plötzlich etwas ein.

Aus einer Tasche in dem Harnisch, den er unter den jetzt schon zu Asche gewordenen Hüllen getragen hatte, nahm er den Würfel mit dem Wurm. Er hatte doch vergessen, ihn dem Boden seiner Herkunft zurückzugeben. Nun, dafür würde schon ein andermal Gelegenheit sein . . .

Er hielt den Wurm in seinem transparenten Würfel ans Licht über seinem Schreibtisch. In diesem Licht schien der Wurm beinahe zu leben. Er schien sich zu drehen und sich vor ihm zu verbeugen, sein Königtum anzuerkennen.

Er legte den Würfel auf den Tisch und holte den Knopf mit seinem Minirecorder, um ihn in ein Wiedergabegerät zu schieben. Als er die Anlage einschaltete, verdunkelten sich die Lichter des Raums, und der Morgen jenes fremden Planeten, der ihn umfangen hatte, als er sein kleines Schiff verließ, leuchtete aufs neue in seiner Kajüte auf. Er machte es sich an seinem Podest bequem und verfolgte die Ereignisse des Tages, das Gespräch mit dem Eingeborenen am Strom, die Reise über das Förderband und den Abstieg in die unterirdischen Tiefen, sowie seine Rückkehr. Und in dem Augenblick, als er ausglitt und stürzte, wurde das Bild plötzlich schwarz, und der Ton setzte aus.

Offenbar war der Recorder bei dem Sturz gebrochen, dachte er. Die Aufzeichnung war also zu Ende. Schade, aber immerhin hatte er alles Wichtige registriert.

Er wollte schon aufstehen und das Gerät ausschalten – als es wieder hell wurde. Die Gestalt des Eingeborenen, den er an dem Fluß gesehen hatte, diesmal aber mit den Wänden eines Zimmers hinter sich, stand ihm gegenüber.

Der Eingeborene nahm den Behälter mit brennender Vegetation aus dem Mund.

„Ich grüße Euch und vertraue darauf, daß ich unter Freunden bin“, sagte er auf Ruml, und zwar so perfekt, wie seine Lippen und sein Mund es aussprechen konnten. „Ich begrüße Kator Zweitvetter Brutogas und all die ehrenwerten Familienoberhäupter, die jetzt auf der Heimatwelt zusehen werden . . .“

Kator sprang von seinem Podest.

21

Jason taumelte etwas und stolperte gegen einen hohen Zaun aus schwarzen, schmiedeeisernen Stangen. Der plötzliche Schmerz an seiner aufgeschürften Schulter rüttelte ihn wach. Erneut versuchte er instinktiv, den bereits hochgeschlagenen Kragen seines Regenmantels gegen den beständig auf ihn einpeitschenden Regen aus dem bleiernen Himmel der Hauptstadt noch höher zu ziehen. Er war jetzt seit mehr als zwanzig Stunden in Washington. Solange er in Bewegung blieb, seiner Wohnung oder jedem anderen Ort, wo man ihn kennen würde, fernblieb, glaubte er, eine gute Chance zu haben, bis zum kritischen Augenblick in Freiheit zu bleiben. Bis hierher hatte er es immerhin geschafft. Vermutlich hatte er noch sechs weitere Stunden Zeit.

Er gab einen Augenblick der verführerischen Müdigkeit seiner Beine nach, lehnte sich gegen die Eisenstäbe und holte das zusammengefaltete Zeitungsblatt aus der Tasche. Es war so zusammengefaltet, daß man drei Spalten auf dem Titelblatt sehen konnte, sein Bild und einen Teil der Überschrift:

... FBI GESUCH ...

Darunter ein Bild von ihm in Hemd und Hosen, zum Glück vor drei Jahren aufgenommen. Und dann ertappte er sich dabei, wie er zum dritten Mal den einleitenden Absatz des Artikels las:

Von Will Uhlmann: Auch heute noch von der Polizei gesucht wird Dr. Jason Barchar, den das FBI im Zusammenhang mit dem mutmaßlichen Verrat von Regierungsgeheimnissen an eine unbekannte fremde Macht verhören möchte.

Jason riß sich von dem Artikel los. Was hier geschrieben stand, war nicht wichtig. Sein Bild war wichtig. Zum Glück hatte er in den letzten paar Wochen abgenommen, und die Bartstoppeln von mehr als sechsunddreißig Stunden versteckten sein Gesicht. Und jetzt kam es darauf an, daß er sich nicht in seiner gewohnten Art bewegte, handelte oder auch nur hinstellte. Die meisten Menschen verrieten sich durch ihre Gewohnheiten, ihre Haltungen und ihre Handlungen – das hatte er einmal gelesen, irgendwo, es lag so lange zurück, daß er sich nicht mehr erinnern konnte, wo und wann das gewesen war. Irgendwann in jener fernen Vergangenheit, ehe er das erstemal von einer Rasse von Wesen gehört hatte, die man die Ruml nannte.

„Das bist du nicht“, sagte er sich und starrte das Zeitungsbild an. „Du siehst nicht so aus, du lächelst nicht so, du fühlst dich auch nicht so. Du bist zwanzig Jahre älter als das, du hast nach vorn gebeugte Schultern, du bist ein Tramp . . . ein Nichts.“

Er steckte die Zeitung in die Tasche zurück. Zeit, sich wieder zu bewegen, ehe er an den eisernen Zaun gelehnt einschlief. Er stieß sich müde ab und setzte grimmig seine ungeheuer schweren und schmerzenden Beine in Bewegung. „Es ist einfach nicht wahr“, dachte er, „daß man im Stehen einschlafen kann.“ Er hatte das selbst bei der Militärausbildung getan, als man sie eines Tages nach einem Tagesmarsch von zweiunddreißig Meilen nachts geweckt und noch einmal in Marsch gesetzt hatte, dreißig Meilen Nachtmarsch. Im Mondlicht stumpf einen Fuß vor den anderen setzend, hatte er den weißen Tornister des Mannes vor ihm beobachtet, wie er sich dauernd auf und ab bewegte, auf und ab und auf und ab . . . und dann hatte er sich plötzlich dabei ertappt, wie er stolperte, beinahe in den vom Mondlicht beschienenen Graben neben der Straße fiel, und erst dann bemerkt, daß er die Reihe verlassen hatte. Er hatte sich dann zusammengerissen, und eine Weile andere Dinge angesehen, und dann hatte der Tornister wieder angefangen, seine Blicke einzufangen, auf und ab und auf und ab . . . und der ganze Vorgang hatte von neuem begonnen.

„Bloß nicht einschlafen“, dachte er. „Wenn ich einschlafe, werde ich überfahren.“ Seine Hand fuhr in die Tasche mit dem Dexedrin und den anderen Pillen, mit denen er eine Flasche gefüllt hatte, als er sich auf das hier vorbereitet hatte. Aber die letzten beiden Male, da er das Dexedrin eingenommen hatte, schien es nicht gewirkt zu haben. Jetzt wurde ihm nur noch übel davon.

Es regnete gleichmäßig aus einem Himmel, so finster, daß man am hellichten Tag die Straßenlaternen eingeschaltet hatte. In der Ferne grollte hin und wieder der Donner. Die Beleuchtung der Bürogebäude in der Stadt war eingeschaltet. Die Verkehrsampeln funkelten im Regennebel, wenn er eine Kreuzung erreichte.

Seine Kehle fühlte sich wie trockenes Sandpapier an, seine Augen waren schwer und trocken, sein Gesicht brannte unter der Hutkrempe und in dem hochgeklappten Kragen seines Regenmantels. Diese letzte Anstrengung nach der Erschöpfung der letzten Wochen war mehr, als er ertragen konnte. Er war krank, hatte Fieber.

Zuerst war er dankbar für das Fieber gewesen, weil er das Gefühl hatte, daß es ihn aufweckte und ihn wachsamer machte. Aber jetzt hatte der Kreis sich geschlossen, und er haßte es – es zehrte an seinen Kräften.

Seine Füße stießen gegeneinander, und er wäre beinahe hingefallen. Eine Frau, die in entgegengesetzter Richtung ging, sah ihn im Vorübergehen an mit einem Blick, der ihn einen Augenblick lang zusammengepreßte Lippen und verengte Augen erkennen ließ, als sie einen kleinen Bogen schlug, um nicht mit ihm zu kollidieren.

„So geht das nicht", dachte er plötzlich. „Ich schaffe das nicht auf der Straße, wenn ich versuche, mich so in Bewegung zu halten."

„Muß mich irgendwo verstecken", dachte er.

Er schüttelte den Kopf und sah sich um, um festzustellen, wo er war. Einen Augenblick erkannte er die Straße nicht – und dann fiel es ihm plötzlich wie Schuppen von den Augen. Er war wieder in vertraute Gefilde geraten – und diesmal war er nur ein paar Häuserblocks vom Gebäude der Stiftung entfernt.

Ein paar Sekunden lang arbeitete sein Verstand messerscharf. Das Stiftungsgebäude! Das war eine Chance. Sein ursprünglicher Plan war gewesen, dorthin zurückzukehren und sich zwischen den Büchern zu verstecken. Er hatte den Plan dann verworfen, weil er fürchtete, dort in eine Falle zu geraten, aus der es keinen schnellen Ausweg mehr gab. Blieb er dagegen auf der Straße, so konnte er seine Pläne von einer Sekunde auf die nächste ändern.

Aber jetzt war ihm bewußt, daß sein Verstand nicht mehr richtig arbeitete, daß er jeden Augenblick aus physischer Erschöpfung zusammenbrechen und damit der Polizei in die Hände fallen konnte – oder, was ebenso schlimm war, irgendeinem guten Samariter, der die Polizei rufen würde. Nein, so hatte das keinen Sinn. Das Stiftungsgebäude bot mehr Sicherheit als die Straße.

Es war etwa drei Häuserblocks entfernt. Als er näher kam, begann es sich vor seinem geistigen Auge zu verklären – das Versprechen eines warmen Platzes am Kamin für einen Mann, der im Blizzard erstarrt. Eine Vision des Betts im Kellerraum, das er benutzt hatte, drängte sich ihm auf. Er kämpfte gegen den verführerischen Gedanken an, in einem Bett zu schlafen.

Er streifte jetzt mit einer Hand an der feuchten Ziegelmauer des Stiftungsgebäudes entlang, um sich auf den Beinen zu halten, und näherte sich der Seitengasse, die an der Hinterseite des Gebäudes vorbeiführte. Er bog in die Gasse ein. Nach etwa dreißig Fuß mußte der Hintereingang des Gebäudes kommen – der Eingang zur Küche der alten Kantine und zu der Treppe, die in den Keller hinunterführte. In der Küche würden Leute sein, die mittags dort arbeiteten. Wenn er Glück hatte, konnte er sich an ihnen vorbeischleichen. Er hatte da einen nicht ganz zu Ende gedachten Plan . . .

Jetzt hatte er die Metalltür in der Hinterwand des Gebäudes erreicht. In dem schwachen Licht konnte man die Kratzer und die Kritzeleien an der Blechtür erkennen. Er blieb stehen, lehnte sich gegen die geschlossene Tür und überlegte sorgfältig, was er tun mußte.

Dann füllte er seine Lungen, damit seine Stimme sicher und nicht erschöpft klang. Er schluckte ein paarmal, um sich die Kehle anzufeuchten. In der Ferne rollte der Donner, und der Regen prasselte stetig herunter. Er richtete sich auf, schlug mit der Faust gegen die Blechtür und riß sie auf.

„Stromableser!“ schrie er und ging hinein, ließ die Tür hinter sich zuknallen.

„Unten im Keller!“ rief eine Stimme aus der dampferfüllten Küche zu seiner Rechten. Niemand kam heraus, um ihn anzusehen. Er ging schnell weiter, damit seine Schritte normal klangen. Aber als er die schmalen Holzstufen hinunterging, versagten ihm plötzlich die Knie den Dienst. Beinahe wäre er gestürzt.

Aber sein Wille trieb ihn weiter, und wenige Sekunden später schlugen seine Schuhsohlen auf den harten Beton des Kellerbodens. Er ging einen Korridor hinunter, vorbei an den grünen Metalltüren, hinter denen die Vorratsräume lagen.

Seine Willenskraft ließ ihn beinahe im Stich, als er die etwas größere Holztüre zwischen den grünen Stahltüren zu seiner Linken erreichte. Dahinter waren der Raum und das Bett, das jetzt seit Stunden vor ihm schwebte, ebenso verführerisch wie der Traum von einer Quelle für einen in der Wüste Verlorenen.

Trotzdem ging er weiter durch die schmale Tür, die in die Bücherräume führte. Hier waren die Fenster nicht groß genug, um genügend Tageslicht hereinzulassen. Die künstliche Beleuchtung war abgeschaltet. Er griff in die Höhe, fand die herunterhängende Schnur der ersten Sechzig-Watt-Birne hinter dem Eingang und zog daran. Gelbes Licht enthüllte ihm die Bücherstapel und die Magazine und die enge Wendeltreppe, die nach oben führte.

Das Klettern kostete ihn große Mühe. Als er schließlich die dritte Etage erreicht hatte, stampfte er schwer die Gänge zwischen den

Regalen hinunter, bis er die polierte Hartholztür erreichte, die zu Meles Büro führte.

Er legte sein Ohr an die Tür, lehnte sich dankbar und erschöpft dagegen und hörte das leise, höfliche Klicken ihrer Schreibmaschine – er seufzte –, und in seinem inneren Ohr klang es wie eine Explosion. Er legte die Hand auf den Türknopf, öffnete ihn und taumelte die beiden Stufen zu ihrem Schreibtisch hinunter.

Seine Hand tastete nach dem Papierkorb, wollte ihn umkippen und darauf Platz nehmen, so wie er es früher getan hatte. Aber die Mühe war zu groß, seine Kräfte waren ihr nicht mehr gewachsen. Die Knie versagten ihm den Dienst, und er fiel schwer auf einen großen tragbaren Video-Audio-Recorder, der neben ihrem Schreibtisch stand.

Erst jetzt wurde ihm bewußt, daß ihr Gesicht ihn hinter der jetzt verstummten Schreibmaschine anstarrte. Er starrte zurück. Er hatte sich – vor undenklichen Zeiten – zurechtgelegt, was er ihr sagen würde . . . daß die Situation es unumgänglich machte, sie um ihre Hilfe zu bitten. Aber jetzt, da er sie von Angesicht zu Angesicht vor sich sah, hatte er weder die Kraft noch die Worte. Er saß einfach da, immer noch triefnaß, lehnte sich auf ihren Schreibtisch und starrte sie mit Augen an, die die Schlaflosigkeit trocken gebrannt hatte – und schwieg.

Und dann begann der Raum sich langsam auf ihn herunterzusenken. Er merkte kaum, wie er fiel, wie er von dem Recorder glitt, wurde sich seiner hilflosen Versuche, aufrecht zu bleiben, kaum bewußt . . . und dann . . . Schwärze.

Als er erwachte, war er wieder zwischen den Büchern. Nicht weit von der Tür, die zu Meles Büro führte, aber in einer Ecke. Das Licht warf Schatten, die ihm genügend Schutz boten, sollte hier jemand nach ihm suchen. Er befand sich in einer Ecke, halbaufgerichtet, und eine schwere graue Wolldecke bedeckte ihn und war um seine Schultern gewickelt.

Mele kniete vor ihm und goß etwas aus einer Thermosflasche in eine große Kaffeetasse. Er blinzelte sie unsicher an, sammelte seine verwirrten Sinne. Wie es ihr gelungen war, seine hundertsiebzig Pfund die Treppe hinaufzuschleppen – ganz zu schweigen von der Decke, in die sie ihn hatte einhüllen müssen –, war mehr, als sein müdes Gehirn sich jetzt vorstellen konnte.

„Trink das jetzt“, sagte sie und hielt die volle Tasse an seine Lippen. Er fing an zu schlucken, hielt aber dann so plötzlich inne, daß ein Teil der Flüssigkeit heruntertropfte. Plötzlich hatte er erkannt, daß das vielleicht Kaffee war. Dabei hatte er in den letzten vierundzwanzig Stunden unzählige Tassen Kaffee in Schnellimbissen und aus Kaffeemaschinen getrunken, so daß ihm allein von dem Gedanken übel wurde.

Aber dann beruhigte ihn der Geschmack, den er auf den Lippen empfunden hatte, und der Duft, der von der Flüssigkeit ausging. Es war heiße Fleischbrühe mit Gemüseeinlage, und die schmeckte wie eine fremdartige, wundersame Delikatesse aus einem fernen Land. Er war ebenso hungrig wie durstig, und ein Schüttelfrost, der sich mit dem Fieber in seinem Kopf angefreundet hatte, rüttelte ihn vom Kopf bis zu den Zehen.

Eineinhalb Tassen von der Suppe schluckte er hinunter – und dann war er plötzlich voll. Keinen weiteren Tropfen brachte er hinunter, und er kniff die Lippen zusammen und versuchte gleichzeitig, die Hand unter der Decke hervorzuarbeiten, um die Tasse wegzuschieben. Aber Mele begriff und nahm die Tasse weg.

„Jetzt schluck das", sagte sie und holte ein paar Pillen und eine Tasse mit Wasser. „Das sind Antibiotica, Achrocidin."

Er nahm die Pillen in den Mund und schluckte das kalte Wasser.

„Jason", sagte sie und stellte die Tasse weg. „Hast du getan . . . was die behaupten?"

„Was?" fragte er. „Was . . . behaupten die denn?"

„Hast du einen Filmstreifen an die Aufzeichnung gehängt, die Kator gemacht hat, und den Ruml gesagt, daß wir über sie Bescheid wissen und was es mit den Ködern auf sich hatte und ihnen ein Bild unserer Kriegsschiffe im Weltraum gezeigt?"

„Ja", sagte er heiser, denn seine Kehle hatte inzwischen zu schmerzen begonnen. „Ich mußte. Weißt du . . ."

„Du brauchst es mir nicht zu erklären." Sie starrte ihn immer noch an, immer noch auf den Knien. „Mir ist es gleichgültig, warum du es getan hast. Als Swenson zu mir kam, um festzustellen, ob ich etwas über deine Pläne wußte, versuchte ich mir vorzustellen, warum du so etwas tun konntest – den einzigen Vorteil, den wir besaßen, den Fremden auszuliefern, die uns zehn zu eins überlegen sind. Dann, als sie dich nicht fanden und ich langsam erkannte, wie alle anderen darüber dachten – was sie vorhatten, falls sie dich erwischen würden –, wurde mir plötzlich klar, daß es mir egal war."

Er sah sie an. In seinem fiebrigen Kopf summten und sangen ihre Worte, ohne verständlich zu werden.

„Jason ...“ sagte sie. Sie griff durch die Decke nach seinem Oberarm. „Verstehst du denn nicht? Du mußt verstehen! Mir ist es egal, was du getan hast! Ich war stolz auf dich – ich dachte immer, alles müßte entweder richtig oder falsch sein, ganz gleich, was ich darüber dachte. Aber das kann ich nicht mehr!“ Sie beugte sich vor und drückte ihn durch die schwere Decke an sich, preßte ihr Gesicht gegen die grobe Decke über seiner Brust. „Nur du bist für mich wichtig. Du!“ Ihre Arme preßten ihn an sich, als wollte sie ihn erdrücken. „Und sie werden dich nicht erwischen! Das werde ich nicht zulassen!“

Er sah ihr dunkles Haar unter seinem Kinn, er öffnete den Mund, wollte etwas sagen, aber seine Lippen zitterten nur, er brachte keinen Laut heraus. Und dann sah er, wie sich hinter ihr ein schwarzer Schatten bewegte, wie sich das Licht von der Decke verdunkelte. Einen Augenblick verschwand er, dann tauchte er wieder auf.

Er näherte sich ihnen, und plötzlich wurde der Umriß eines Mannes und dann einiger Männer, einer hinter dem anderen, daraus. Sie schlichen sich heran, während Mele sich immer noch an ihn klammerte und er dasaß, unfähig, etwas zu sagen.

Sie bemerkte ihre Anwesenheit nicht, bis ihre Hände sie packten und wegzogen. Und erst dann wurde ihr bewußt, daß sie Jason gefunden hatten, und sie fing an, sich zu wehren.

22

„Warum haben Sie das getan?“ fragte Swenson.

Das war die gleiche Frage, mit der sie auf Jason eingehämmert hatten, seit sie ihn und Mele aus dem Stiftungsgebäude hierher gebracht hatten – wo immer es auch sein mochte. Was sie mit Mele gemacht hatten, wußte er nicht. Was sie mit ihm getan hatten war, daß sie ihn in diesen kahlen Raum mit ein paar geradlehnigen Stühlen gebracht hatten, wo ihn Männer, die er noch nie zuvor gesehen hatte, immer wieder mit dieser einen Frage quälten.

Der Grund, warum sie Fragen stellen und eine Antwort von ihm erwarten konnten, war, daß die Chemie an seinem kranken und erschöpften Körper Wunder gewirkt hatte. Ein paar Pillen und zwei Injektionen, eine in jeden Arm, hatten sein Fieber gebrochen, seinen Kopf klar gemacht und die Müdigkeit wie hinter eine Mauer geschoben – so daß er immer noch wußte, daß sie da war, sie ihn aber nicht mehr störte. Sein Herz pumpte kräftig, vielleicht etwas zu schnell, und in seinen Ohren sang etwas. Aber davon abgesehen fühlte er sich beinahe normal.

Aber nicht ganz. Da war etwas Unnatürliches an seiner Wachheit, an der Tatsache, daß das Zittern und der Schüttelfrost aufgehört hatten. Er hatte das Gefühl, als bestünde er aus zartem Porzellan, als würde ihn jede ruckartige Bewegung zersplittern lassen. Es war reine Willenskraft, die ihn aufrecht hielt, und jene Fragen schienen aus weiter Ferne zu kommen, von einem Ort, zu dem er überhaupt keine Beziehung hatte. Er antwortete monoton und gleichmäßig und sagte immer wieder dasselbe: „Ich kann Ihnen das nicht erklären, denn Sie würden es nicht begreifen. Sie müßten in Kator gesteckt haben, um das zu begreifen, und das hat keiner von Ihnen getan; ich kann es nicht erklären."

„Probieren Sie es doch", sagte Swenson. „Wenn wir es nicht begreifen, ist doch nichts verloren, oder?"

„Es gibt da keine Worte", sagte Jason. „Man muß es erlebt haben. Wissen Sie, wir sind intelligent, und die Ruml sind das auch." Die gleiche Erklärung hatte er schon unzählige Male abgegeben, auch schon, bevor Swenson ins Zimmer gekommen war. „Wir haben beide – beide Rassen meine ich – ein hochentwickeltes Gehirn. Aber in dieser Sache reagieren wir nicht mit unserem Gehirn, die Ruml nicht und wir Menschen nicht. Wir reagieren primitiv . . ." Er hielt inne. Es hatte keinen Sinn.

„Weiter", sagte Swenson grimmig.

„. . . primitiv", wiederholte Jason. „Emotionell, instinktiv. Wir reagieren gegen sie wie gegen Fremde, und sie gegen uns ebenso. Und weil die Reaktion auf jener gefühlsmäßigen Ebene stattfindet, sind wir nicht vernünftig. Vernunft, Verstehen, das sind intellektuelle Dinge, Dinge, die wir während des Wachstumsprozesses in einer zivilisierten Kultur lernen. Ein junges Tier – ein junges Kind – ist nicht vernünftig. Es bringt kein Verständnis auf. Es konzentriert sich ganz darauf, zu überleben und zu wachsen. Es nimmt jeden Vorteil wahr, der sich ihm bietet, ohne abstrakte Moralwerte oder unsichtbare Unterschiede zu bedenken. Wenn wir Grundlagenforschung . . ."

„Kommen Sie da nicht vom Thema ab?" fragte Swenson. „Die Zeit verfliegt."

„Es hängt alles zusammen. Aber schon gut", sagte Jason. „Ich hab' Ihnen ja gesagt, daß Sie es nicht begreifen würden. Das Verstehen ist in Ihrem Geist ebenso blockiert wie in dem der Ruml, und zwar durch primitive gefühlsmäßige Reaktionen auf Fremde. Grundlagenforschung hätte uns gezeigt, daß das passieren würde, und zwar, noch ehe wir mit einer Rasse wie den Ruml Verbindung aufnahmen. Wir hätten gewarnt sein können, hätten die primitive Reaktion vermeiden können, aber das waren wir nicht. Und jetzt steht hier eine starre Meinung gegen die andere, ein blockierter Geist gegen den anderen."

„Zeigen Sie uns doch, wo unser Geist blockiert ist", sagte Swenson. „Vielleicht können wir ihn dann öffnen."

„Sie glauben wirklich, daß Sie das wollen", antwortete Jason. „Aber das tun Sie nicht. Sie müssen damit anfangen, indem Sie Kator begreifen. Beginnen Sie damit, daß Sie in ihm einen Mann mit einem strikten Moralbegriff sehen . . ."

„Moralbegriff!" sagte jemand im Raum.

Jason blickte nicht einmal auf. „Sehen Sie?" sagte er zu Swenson. „Das haben Sie nicht gesagt, aber es hätte genausogut von Ihnen kommen können. So empfinden Sie alle."

„Wir brauchen doch nicht einmal zu bedenken, wie er uns gegenüber gehandelt hat", sagte Swenson. „Gegen seine eigenen Leute hat er alles andere als einen Moralbegriff gezeigt. Hat er nicht gerade siebenundfünfzig Mitglieder seiner eigenen Rasse belogen und sie bewußt zum Selbstmord getrieben? Was ist daran moralisch?"

„Die höchste Moral, die es gibt", sagte Jason. „Die Moral des Überlebens, als Individuum und als Rasse. Sie sind gestorben, damit er nicht nur leben, sondern auch erfolgreich sein möge. Wenn es in seiner ganzen Rasse, seiner ganzen Familie, eine Person gegeben hat, die er liebte, so war das Bela. Und er ließ Bela willkürlich töten, um sein Prestige in den Augen der Expeditionsmitglieder zu steigern . . ."

„Wobei er die ganze Zeit wußte, daß er sie ebenfalls töten würde", sagte Swenson. „Ich glaube, Sie begreifen, daß es für uns sehr schwer zu schlucken ist, daß dies eine edle Tat war."

„Aber er hatte den Punkt noch nicht erreicht, wo er sie in Sicherheit töten konnte!" sagte Jason. „Sie sehen seine Autorität in menschlichen Kategorien! Sie sehen seine Pflichten in menschlichen Kategorien. Sie sehen seine Ziele in menschlichen Kategorien . . ."

Die Tür flog auf. Ein Mann streckte den Kopf herein, und Jason brach plötzlich ab. Der Ausdruck, den er im Gesicht des Mannes gesehen hatte, war der Ausdruck eines Mannes, der den Beweis für seine eigene Vernichtung erblickt hat.

„Es fängt an", sagte der Mann zu Swenson. „Sie hatten gesagt, ich sollte es Ihnen melden. Wenn Sie kommen wollen, sollten Sie jetzt alle mitkommen."

„Gleich", sagte Swenson. „Kommen Sie mit, Jason, kommen Sie mit und sehen Sie sich an, was Sie angerichtet haben."

Jason arbeitete sich mühsam hoch. Von den Männern umgeben, ging er aus dem Raum, ein paar Korridore entlang und schließlich in einen Saal mit einem großen, dreidimensionalen Bildschirm an einem Ende und Sitzreihen wie in einem Theater davor.

In der dritten Reihe saß Mele neben einer hochgewachsenen Frau und zwei Männern in Straßenanzügen. Sie brachten Jason in dieselbe Reihe und ließen ihn sich setzen. Er nahm neben Mele Platz.

„Mele", sagte er. „Wie . . ."

„Schon gut." Sie lächelte ihm zu, griff nach seiner Hand und drückte sie. Und sie ließ seine Hand nicht los. Und weder die Männer noch Jason hatten etwas dagegen einzuwenden. Swenson nahm auf Jasons anderer Seite Platz.

„Fertig", sagte Swenson und wandte sich zu einem der Männer hinter ihm. Die Reihen füllten sich mit dreißig oder vierzig Leuten.

Kurz darauf verblaßte die Deckenbeleuchtung. Auf dem 3-D-Bildschirm baute sich wie in einem Würfel aus Glas eine Szene auf. Jason erkannte sie sofort, obwohl Kator noch nie an diesem Ort gewesen war. Aber jeder Ruml wußte, wie er aussah. Das war der Versammlungssaal des Rats der Familienoberhäupter der Ruml. Normalerweise bestand dieser Rat aus einundfünfzig Familienoberhäuptern, die reihum aus den mehr als fünfhunderttausend Familienoberhäuptern auf allen Rumlwelten ausgewählt wurden. Krankheit oder wichtige Geschäfte hielten normalerweise die Hälfte der verfügbaren Männer davon ab, an der Sitzung teilzunehmen. Der Rest nahm den Platz ihrer Familien ein, wenn sie dazu aufgerufen wurden. Damit gehörten sie dem Rat etwa zehn Tage innerhalb einer Periode an.

Die Chance, dem Rat anzugehören, ergab sich daher nie öfter als einmal im Leben eines wählbaren Familienoberhauptes, wenn überhaupt. Und die Pflichten der einundfünfzig Mitglieder waren zweierlei. Das wußte Jason. Die erste bestand darin, das anzuordnen, was für die Ehre der Ruml als Rasse erforderlich war, und die zweite, einen Gründer zu bestätigen – ob er nun der Gründer einer Familie war oder der Gründer einer Familie und eines Reichs.

Heute waren die einundfünfzig hier zusammengekommen, um letzteres zu bestätigen. Der Brutogas war geladener Gast ohne Stimmrecht, so daß heute zweiundfünfzig Räte anwesend waren. Und in dem Augenblick, als Jason sich gesetzt hatte, strömten die schweren langbärtigen Ruml ehrenwerten Alters herein, um ihre Sitze in einem halbkreisförmigen Amphitheater einzunehmen, das auf eine kleine kreisförmige Bühne herunterblickte. Als alle saßen, trat Kator durch eine niedrige Tür in das Amphitheater und salutierte mit der rechten Hand über der Brust und mit ausgestreckten Klauen.

Als Jason ihn sah, machte sein Geist, vor Erschöpfung, Krankheit und den Aufputschmitteln, die man ihm eingepumpt hatte, geschwächt, den Sprung. Im Wachtraum fand er sich plötzlich im Körper des Bildes von Kator, wie er es vorher nur im Schlaf gewesen war. Die geistige Verbindung zwischen ihm und Kator funktionierte immer noch – und in dieser Sekunde verließ er den Raum des unbekannten Gebäudes in Washington und sprang in den Versammlungssaal auf der Heimatwelt der Ruml.

Sein Körper saß aufrecht und mit offenen Augen da und blickte auf den Bildschirm. Aber nur die um ihn herum sahen wirklich zu. Jason erlebte die Szene, die sie sahen. Zum letztenmal war er Kator.

Jason-Kator blickte auf die Familienoberhäupter, die auf ihn herabschauten, und als er das graue Gesicht des Brutogas zwischen ihnen sah, durchlief ihn eine instinktive Regung von Stolz – die sofort von einer Welle von Scham und Sorge hinweggespült wurde. Er richtete sich auf und wandte sich an die versammelten Familienoberhäupter.

„Ehrenwerte Ratsherren“, sagte er. „Ich bin Kator Zweitvetter Brutogas. Ich vertraue darauf, daß ich hier unter Freunden bin.“

„Schlüsselträger“, erwiderte das ehrenwerteste Mitglied, „Ihr seid hier unter Freunden. Ihr habt einen Bericht abzugeben?“

„Das habe ich“, sagte Jason. „Das Logbuch meiner Reise mit dem Expeditionsschiff zur Welt der Verhüllten Leute befindet sich bereits in Euren Händen. Ihr wißt bereits, was in ihm steht. Ich habe noch eine zusätzliche Aufnahme zu zeigen, aber vorher möchte ich dieser Versammlung eine Forderung von besonderer Art vorlegen.“

„Eure Forderung betrifft Euch selbst?“ sagte das ehrenwerteste Mitglied mit den Worten, die immer gegenüber jenen gebraucht wurden, die unter vergleichbaren Umständen hier standen.

„Ja, Ehrenwerter. Ich verlange, daß die Tatsache besonders gewürdigt wird, daß ich anders geworden bin als alle anderen Ruml und deshalb der ehrenwerten Rasse der Ruml besonders nützlich und wertvoll sein kann.“

„Und worauf beruht diese Behauptung?“ fragte das ehrenwerteste Mitglied.

„Diese Behauptung beruht darauf“, sagte Jason, „daß die Verhüllten Leute völlig anders sind als jede andere Rasse, die die Ruml seit Anfang der Zeiten entdeckt haben. Sie haben eine Zivilisation entwickelt, die beinahe so groß wie die unsere ist. Es ist sogar möglich, daß ihre Intelligenz und ihre Ehre der unseren gleichen. Angesichts einer solchen Abweichung von allem, was in der Geschichte bekannt ist, erhebe ich meine Forderung.“ Er hielt inne.

„Und welches ist diese besondere Forderung?“ Die Frage kam vom Sitz des ehrenwertesten Mitglieds über ihm.

„Ehrenwerte Ratsherren“, sagte Jason. „Von der Expedition, die zur Welt der Verhüllten Leute geschickt wurde, bin ich allein mit jenem Wissen zurückgekehrt, das einen Versuch, Familien auf jener Welt zu gründen, erfolgversprechend erscheinen lassen würde. Wegen meines einmaligen und besonderen Werts für die Rasse der Ruml stelle ich vor dieser Versammlung daher den Antrag, daß in meinem Fall besondere Schritte unternommen werden.“

„Was für besondere Schritte, Schlüsselträger?“

„Ich möchte darauf hinweisen“, sagte Jason, „daß, ebenso wie die Verhüllten Leute für uns neu und ungewohnt sind, auch das ehrenwerte Verhalten ihnen gegenüber neu sein kann – ebenso wie die Wichtigkeit des Wissens, das ich besitze. Deshalb bitte ich, daß diese Versammlung nicht sofort nach Entgegennahme meines Berichts handeln möge, gleichgültig, wie eindeutig auch die ehrenwerten Schritte scheinen mögen. Ich bitte vielmehr, daß diese Versammlung die nächsten Schritte wenigstens um einen Tag hinauszögern möge, um an diesem Tag zu beraten, ob die eindeutig vorgeschriebenen ehrenwerten Schritte tatsächlich ehrenwert sind und ergriffen werden sollen oder ob vielleicht neue Schritte von bisher noch nicht geahnter Art eher angezeigt sind.“

Als Jason geendet hatte, herrschte Schweigen.

„Schlüsselträger“, sagte der Vorsitzende nach einer Weile, „das ist ungewöhnlich. Ich möchte klarstellen – Ihr verlangt, daß diese Versammlung sich jeder Handlung Euch gegenüber enthalte, jeder Entscheidung darüber, ob Eure Handlungen ehrenwert oder nicht ehrenwert waren, daß sie keinerlei Entscheidung über Belohnung oder Vergeltung treffe? Gleichgültig, wie klar uns die Sache auch erscheinen mag."

„Nur für einen Tag", sagte Jason. „Ich wünsche, daß Ihr einen Tag wartet und Euch Euer Urteil einen Tag überlegt."

Wieder Schweigen.

„Wünscht jemand unter den Ratsherren Einwände vorzubringen?" fragte der Vorsitzende dann. Keine Stimme wurde laut.

„Gut", sagte der Vorsitzende. „Eine Verzögerung von einem Tag kann keine Bedeutung haben, wenn es eine Frage der Ehre ist, da alle Fragen der Ehre für einen ehrenwerten Mann klar sein müssen. Euer Wunsch sei Euch gewährt, Schlüsselträger. Wollt Ihr uns jetzt Euren Bericht geben?"

„Ja, ehrenwerte Ratsherren, und Dank", sagte Jason und neigte den Kopf. „Ich glaube, ich brauche nicht mehr zu sagen, als zu wiederholen, daß die Verhüllten Leute für uns etwas Neues darstellen und daher vielleicht auch ein neues ehrenwertes Verhalten unsererseits erfordern. Und jetzt will ich meine zusätzliche Aufnahme zeigen."

Jason trat zur Seite und griff an seinen Harnisch. „Ihr habt gesehen", sagte er, „wie ich den Wächtern der Verhüllten Leute entkam und zum Schiff der Expedition zurückkehrte, wo ich die ganze Mannschaft tot vorfand. Da sie mich für tot hielten und da die Rückkehr zur Heimatwelt ohne die Schlüssel des Schiffs und ohne den Schlüsselträger unmöglich war, hatten sie Selbstmord begangen – wie es nach den gegebenen Umständen für sie ehrenwert war. Ich hatte sie, wie Ihr wahrscheinlich schon vermutet habt, durch einen Trick zu diesem Verhalten veranlaßt, um der einzige zu sein, der mit dem Wissen um die Verhüllten Leute heimkehrte, der einzige, der zur Kolonialisierung ihrer Welt angesichts ihres Widerstands fähig sein würde . . ."

Er hielt inne und blickte zu der Versammlung auf, um seine Worte zu unterstreichen.

„Wie es", sagte er, „für mich nach den vorliegenden Umständen ehrenhaft war. Für einen Mann, der sich verpflichtet hat, sein Reich zu gründen, sind alle Handlungen, die zu seinem Erfolg beitragen, ehrenhaft. Oder nicht?"

„Doch, das sind sie“, antwortete die Stimme des Vorsitzenden der Versammlung.

„Als ich jedoch“, sagte Jason langsam und besorgt, „an Bord des Schiffes war und den Heimatkurs programmiert hatte, betrachtete ich das, was in meinem Recorder war, bis zu dem Augenblick meines Sturzes in der Fabrik der Eingeborenen und darüber hinaus. Und was ich da sah, veranlaßte mich, meinen Ehrgeiz aufzugeben . . .“

„Aufzugeben?“ Ein halbes Dutzend Stimmen rief es gleichzeitig aus. „Schlüsselträger! Ein Mann kann seinen Ehrgeiz nicht aufgeben, sobald er einmal begonnen hat, ein Reich zu gründen!“ Das war die Stimme des Vorsitzenden, die sich klar und deutlich von den anderen abhob.

„Ich weiß“, sagte Kator. Sein Gesicht verzerrte sich vor Angst. „Laßt mich meine Gründe zeigen. Ihr habt gesehen, was mein Recorder bis zu meinem Sturz in der Fabrik aufnahm. Laßt mich jetzt zeigen, was ich nachher in meinem Recorder fand. Diese Aufnahme war es, die mich nicht nur veranlaßte, mein Ziel aufzugeben – sondern auch in Ehren davon Abstand zu nehmen, mich den in Ehren von eigener Hand gefallenen Mitgliedern der Expedition anzuschließen und zu Euch hierher zurückzukehren.“

„Anzuschließen . . .“ begann die Stimme des Vorsitzenden. Aber Kator hatte bereits den Knopf an seinem Harnisch gedreht. Er war den Versammelten nicht mehr sichtbar. Statt dessen sahen sie in dem leeren Raum vor sich eine Aufzeichnung in Bild und Ton.

Eine Sekunde lang sahen sie nur das grelle Flackern einer unterbrochenen Aufnahme. Dann wurde das Bild wieder klar. Alle zweiundfünfzig Ratsmitglieder blickten auf einen der Verhüllten Leute – den Eingeborenen, der vorher, als Kator den Fluß überquerte, zu ihm gesprochen hatte.

Jetzt nahm der Eingeborene den Behälter mit brennender Vegetation aus dem Mund, klopfte die Asche an einem Stein aus und legte seinen Stab mit der Leine zur Seite. Er sprach Ruml, so perfekt, wie seine fremden Stimmbänder dies vermochten.

„Ich grüße Euch“, sagte er, „und vertraue darauf, daß ich unter Freunden bin. Ich begrüße Kator Zweitvetter Brutogas und all die ehrenwerten Familienoberhäupter, die jetzt auf der Heimatwelt zusehen werden. Wie Ihr wißt, bin ich ein Angehöriger jener Rasse intelligenter Wesen, die Ihr die Verhüllten Leute nennt, weil wir im

Gegensatz zu Euch die Angewohnheit haben, Körperbedeckung zu tragen. Richtig bezeichnet man uns als Menschen.“ Die Lippen des Fremden sprachen das fremde Wort sorgfältig aus, so wie ein Ruml es aussprechen würde. „*Me-he-n-schen*. Mit einiger Übung sollte es Euch nicht schwerfallen, es auszusprechen.“

Stimmengewirr erhob sich, aber der Vorsitzende brachte es zum Schweigen.

„Ruhe!“ sagte er mit scharfer Stimme. „Hört zu!“

„. . . wir Menschen“, sagte das Bild des Eingeborenen und zog dabei die Mundwinkel hoch, „haben eine kriegerische Vergangenheit. Aber wir ziehen es vor, keine Kriege zu führen. Unsere Ehre hat nicht die gleichen Grundlagen wie die Eure. Deshalb möchte ich Euch einige Dinge zeigen, die für uns das tun, was die Ehre für Euch tut.“

Plötzlich wechselte die Szene. Die versammelten Ruml sahen vor sich eines der kleinen langschwänzigen Eingeborenentiere, die Kator als Modell für seine Informationssammler benutzt hatte. Das hier aber war kleiner als jene, die die Expedition als Vorbild benutzt hatte, und besaß ein weißes Fell. Es suchte seinen Weg durch die Gänge einer Schachtel ohne Decke, stieß hier gegen eine Wand und fand dort einen Eingang zum nächsten Korridor. „Das“, sagte die Stimme des Eingeborenen, „ist ein Gerät, das in der Sprache der Menschen ‚Labyrinth‘ genannt wird. Wir benutzen es, um die Intelligenz des Versuchstieres zu prüfen, das Ihr hier seht. Dieses Gerät ist eines der Forschungswerkzeuge in unseren Studien des Wissens, das wir als ‚Psychologie‘ bezeichnen. Diese Psychologie entspricht in mancher Hinsicht dem, was Ihr Ruml Euer Ehrensystem nennt und von dem Ihr annehmt, daß jedes zivilisierte intelligente Wesen es notwendigerweise entwickeln muß.“

Das Bild wechselte und zeigte erneut den Eingeborenen.

„Die Psychologie“, sagte er, „lehrt uns Menschen vieles Nützliche über die Reaktion anderer Organismen. Das kommt daher, weil es wie Euer Ehrensystem auf grundlegenden universellen Trieben aufbaut, so wie zum Beispiel dem Trieb des Individuums oder der Rasse zum Überleben.“

Er griff zur Seite und hob den Stab auf, den er vorher ins Wasser gehängt hatte. Er hielt ihn so, daß sie ihn sehen konnten.

„Auch das“, sagte er, „basiert auf einem psychologischen Prinzip, wenn es auch von Menschen schon lange, bevor wir mit dem Studium der Psychologie begannen, benutzt wurde . . .“

Das Bild wanderte an der Rute entlang, die Leine herunter, die daran befestigt war und – zur Überraschung aller Zuschauer – in ein Wasser, das die Zuschauer bisher nicht gesehen hatten. Die Leine setzte sich auch unter Wasser fort, bis sie in einem Wurm endete, ähnlich jenem, den Kator in einem durchsichtigen Würfel aufbewahrt hatte. Dann bewegte es sich ein paar Zentimeter zur Seite, erfaßte das Bild eines eingeborenen Unterwassertieres ohne Glieder, das sich mit Hilfe eines fächerförmigen Schwanzes und kleinerer Flossen am Körper vorwärts bewegte. Das fremde Wesen schwamm auf den Wurm zu und verschluckte ihn. Und dann begann er sofort um sich zu schlagen. Eine Nahaufnahme zeigte, daß sich in dem Wurm ein Metallhaken mit Widerhaken befand. Und das Unterwassergeschöpf wurde trotz all seines Widerstandes von dem Eingeborenen aus dem Wasser gezogen. Anschließend versetzte er ihm einen Schlag über den Kopf und legte es in einen Kasten.

„Ihr seht", sagte der Eingeborene, der jetzt wieder im Bild war, „daß dieses Gerät sich auf sehr primitiver Ebene des Überlebenstriebes des Versuchstieres – wir nennen es Fisch – bedient. Um zu überleben, muß der Fisch essen. Wir bieten ihm etwas zu essen an. Aber indem er nimmt, was wir anbieten, liefert sich der Fisch uns aus. Er befestigt sich an dem Haken, der in dem, was wir anbieten, verborgen ist, und wir holen ihn mittels der daran befestigten Leine aus dem Wasser."

Der Eingeborene hielt inne, wie um seine Worte eindringen zu lassen. Unter den Ruml auf den Sitzen des Amphitheaters herrschte Schweigen.

„Alle intelligenten raumfahrenden Rassen", fuhr der Eingeborene fort, „die wir uns vorstellen können, müssen einen universellen Überlebenstrieb zeigen, ebenso wie der Fisch, wenn auch auf einer sehr viel komplizierteren Ebene."

Er schien sich nach vorne zu beugen, wie um das Vertrauen der Zuschauer zu gewinnen.

„Der Wurm am Haken", sagte er, „ist als ‚Köder' bekannt. In ähnlicher Weise war der Wurm, den Kator in dem Raumwrack fand, das einem unserer Raumschiffe glich, ein ‚Köder'. Er war dazu bestimmt, in gleicher Weise auf unbekannte Rassen und Kulturen zu wirken, wie der Wurm auf den Fisch wirkte. Unser Ziel ist es natürlich zu studieren, wer oder was den ‚Köder' nimmt. Als Kator das Raumschiffwrack in Schlepp nahm, gab es ein Monitorgerät, das ihm in einem Abstand von nur ein paar tausend Kilometern folgte. Bis hierher zur Heimatwelt.

Als euer Expeditionsschiff kam, gestatteten wir, daß es auf unserem Mond landete. Wir haben nicht nur das Schiff, sondern auch Eure Methoden, mit denen Ihr Informationen über unsere Welt und unsere Mitmenschen gesammelt habt, intensiv studiert. Unser Ziel war es natürlich erneut, soviel wie möglich über Euch Ruml zu lernen, wobei wir von der Grundlage ausgingen, daß jeder, der sich Wissen über einen möglichen Konkurrenten verschafft, solange dieser Konkurrent über ihn nichts weiß, einen unleugbaren Vorteil besitzt."

Der Eingeborene richtete sich auf.

„Nachdem wir alles, was durch solche Beobachtung in Erfahrung gebracht werden konnte, aufgezeichnet hatten", sagte er, „ließen wir zu, daß einer Eurer Sammler einen unserer unterirdischen Raumhäfen fand und daß einer Eurer Leute – Kator – unsere Welt und sogar die unterirdische Anlage betrat.

Wir führten eine Anzahl von Labyrinthtests an Kator durch, während er die unterirdische Anlage betrat und später wieder aus ihr entkam. Es wird Euch freuen zu hören . . ." – wieder verzog der Eingeborene sein Gesicht in jener seltsamen Weise, bei dem die Mundwinkel hochgezogen wurden – „. . . daß Eure rassische Intelligenz nach unserer Ansicht einen sehr hohen Stand erreicht hat, wenn Ihr auch nicht das seid, was wir ‚labyrinthorientiert' nennen. Es fiel uns nicht schwer, Kator dazu zu bringen, das Förderband zu verlassen und einer Route zu folgen, die ihn auf eine schlüpfrige Fläche führte, die er nicht überqueren konnte. Als er stürzte, wurde er bewußtlos gemacht . . ."

Ein Ton, der wie ein Seufzer, vielleicht auch wie ein Ausruf des Schreckens klang, ging durch die Versammlung.

„Während der darauffolgenden Stunde waren wir imstande, eine gründliche und vollständige Untersuchung eines erwachsenen männlichen Ruml durchzuführen. Dann wurde Kator wieder an die Stelle zurückgebracht, wo er gestürzt war, und wir gestatteten ihm, sein Bewußtsein zurückzuerlangen. Dann ließen wir ihn entkommen."

Der Eingeborene legte den Stock mit der Schnur, den er die ganze Zeit in der Hand gehalten hatte, beiseite.

„Wir wissen alles über Eure ehrenwerte Rasse", sagte er. „Und Ihr als Rasse wißt mit der einzigen Ausnahme Kators nichts über uns. Angesichts dessen, was wir über Euch in Erfahrung gebracht haben, sind wir zuversichtlich, daß Ihr nicht zulassen werdet, daß Kators Wissen Euch nützen wird." Er hob den Finger. „Ich habe Euch noch eine Szene zu zeigen."

Er verschwand. An seiner Stelle tauchten vor einem Hintergrund von Sternbildern, die niemand in der Versammlung erkannte, eine unabsehbare Reihe von Raumschiffen auf, eine mächtige Silhouette hinter der anderen, wie dunkle, mächtige Dämonen, die auf der Lauer waren. „Kator", sagte die Stimme des Eingeborenen, „hätte sich die Frage stellen sollen, warum in der unterirdischen Anlage, zu der wir ihm Zutritt gewährt haben, so viel Platz frei war. Kommt und besucht uns auf der Erde, wenn Ihr bereit seid, über einen Kontakt zwischen unseren beiden Rassen zu verhandeln, in dem es nicht zu Gewaltanwendung kommt."

Das Bild im Versammlungssaal erlosch. Im grellen Licht der Deckenbeleuchtung stand Kator klein und allein da, und die zweiundfünfzig Familienoberhäupter starrten ihn an.

Einen Augenblick lang saßen sie stumm und reglos da. Dann, wie eine Reaktion auf ein unbewußtes, instinktives, primitives Signal, ebenso reflexartig wie das Signal, das ein Wolfsrudel dazu veranlaßt, über ein verletztes Tier aus den eigenen Reihen herzufallen – sprangen sie von ihren Sitzen auf und stürzten sich auf ihn.

„Wartet!" schrie Kator verzweifelt. „Wartet und überlegt! Ihr werft den einzigen Vorteil weg, den Ihr habt. Genauso wie der Eingeborene es Euch vorausgesagt hat. Seht Ihr denn nicht, daß ich die einzige Chance bin, die Ihr habt, und daß das völlig anders ist als alles, was wir bisher . . ."

Aber sie waren schon über ihm. Er war jung und stark, aber gegen ihn sprangen zweiundfünfzig, darunter auch der Brutogas, und der Instinkt kämpfte ebenso in ihm, wie er für sie kämpfte. Er ging zu Boden und spürte die Klauen kaum, die ihn zerfetzten.

„Ich sterbe in Ehren!" konnte er noch schreien, als noch ein letzter Rest Atem in seinem Leib war.

Und als er starb, bäumte sich der Körper von Jason auf der Erde kämpfend zwischen den Reihen der Zuschauer um ihn herum auf und fiel dann schlaff und leer zurück, als er spürte, wie die Finsternis des Todes ihn endlich in ihre Arme nahm und ihn hinwegtrug von allem was war, auf der Heimatwelt und auf der Erde.

23

Sterben, dachte Jason träge, ist aufhören. Das Aufhören zu erleben, ohne zu sterben, ist, wie wenn man einen langen Weg geht und diesen langen Weg wieder zurückkommen muß.

Er wußte nicht, wie lange es her war, seit er aufgehört hatte, seit Kator gestorben war und seit er gespürt hatte, wie die Klauen das Leben aus ihm herausrissen, aber es waren schon einige Tage verstrichen, seit er zum ersten Mal bewußt die weiße Decke über seinem Krankenhausbett gesehen hatte. Tageslicht und Nacht wechselten sich darin ab, diese Decke zu färben. Leute kamen und gingen. Gelegentlich sprachen sie mit ihm, aber lange Zeit machte er sich nicht die Mühe, ihnen Antwort zu geben.

Nachdem du aufgehört hast, dachte er, ist nichts, nicht einmal noch einmal aufzuhören, sehr wichtig. Es ist nur notwendig, sich ein wenig gehenzulassen, um wieder aufzuhören – und diesmal für alle Zeit. Manchmal fragte sich Jason unbestimmt, warum er es eigentlich nicht tat. Es schien irgendeinen Grund dafür zu geben, aber es war ihm zu unwichtig, um sich damit zu befassen.

Und dann tauchte nach einer Weile Mele unter denen auf, die kamen und gingen. Langsam wurde ihm bewußt, daß sie manchmal ein paar Stunden neben seinem Bett saß. Und nach einer Weile stellte er fest, daß er gelegentlich Antwort auf ihre Fragen gab, wenn sie wissen wollte, wie er sich fühlte und was er dachte. Und auf diese Weise gewann er langsam, ohne es zu merken, wieder Kontakt mit der Welt um ihn herum.

„Nein", sagte er und beantwortete damit eine ihrer Fragen. „Kator war ein sehr seltener, mutiger und ungewöhnlicher Mann – Ruml, meine ich. Auf einen wie ihn kommt eine Million anderer Ruml, die nie das versucht hätten, was er tat. Das ist etwas, was Swenson und die anderen nicht begreifen konnten. Und dann . . ."

„Du brauchst nichts zu sagen, wenn du nicht willst", sagte Mele. „In diesem Krankenzimmer sind Mikrophone, weißt du. Die wollen bloß Informationen, damit sie dir einen Hochverratsprozeß oder so etwas machen können. Deshalb haben sie mich herkommen lassen, weil sie hofften, daß du mit mir sprechen würdest."

„Schon gut", sagte er gleichgültig. „Ich will ja nur, daß sie verstehen. Was habe ich gesagt? Ja, da ist noch etwas, was die Leute hier nicht begreifen – aber eines Tages begreifen werden –, nämlich, daß weder Kator noch die anderen Ruml die Erde in dem Sinne erobern wollten, wie wir das sehen. Kator wollte das Recht gewinnen, ein Reich zu gründen – und das bedeutet, eine eigene Familie zu beginnen und so viele Söhne zu haben, wie er wollte. Normalerweise können Ruml nur einen Sohn haben."

Er sah, daß Mele dicht neben ihm saß und ihn ansah.

„Du sagst, du willst, daß die Leute das erfahren?" fragte sie. „Soll ich dir also Fragen stellen?"

Er dachte träge darüber nach. Und dann kam wie aus einem Reflex die Antwort.

„Natürlich", sagte er. „Aber ich hab' es dir doch gerade gesagt."

„Ich weiß, was du gesagt hast", meinte sie. „Warum wollte er denn so viele Söhne? Nur, um auf sie stolz sein zu können?"

Jason schüttelte den Kopf.

„Du denkst wie ein Mensch", sagte er. „Die Chance, daß er auf einen seiner Söhne stolz sein konnte, war sehr gering. Aber indem er viele hatte, vergrößerte er seine Chance."

„Was für eine Chance?"

„Daß einer wie er selbst entstehen würde", sagte er, „sei es unter seinen Söhnen oder deren Söhnen und so weiter. Es könnten einer oder mehrere darunter sein, die ebenfalls Familien gründeten."

Mele starrte ihn an und schüttelte langsam den Kopf. „Warum?" fragte sie. „Ich verstehe das nicht. Er gründet Familien – oder Reiche . . ."

„Das ist dasselbe", murmelte Jason.

„Damit irgendwelche seiner Abkömmlinge dasselbe tun können? Das ist doch ein Kreis. Da wiederholt sich doch nur dasselbe."

Jason schüttelte auf dem Kissen den Kopf.

„Das ist das Überleben der Tüchtigen auf Rumlart", sagte er.

Einen Augenblick gab sie keine Antwort. Dann platzte sie förmlich heraus.

„Jetzt begreife ich!" rief sie. „Damit am Ende alle Ruml Abkömmlinge derer sind, die Familien gründen, der Führer!"

„Ja . . ." sagte Jason. Er begann wieder einzuschlafen.

„Aber Jason . . ."

Doch er hörte sie bereits nicht mehr. Das Gespräch hatte ihn ermüdet. In den nächsten paar Tagen wurde er kräftiger, widersetzte sich aber ihren Bemühungen, ihn wieder zum Reden zu bringen. Es hatte keinen Sinn. Die Leute waren emotionell außerstande, die Ruml zu begreifen – ebenso wie die Familienoberhäupter der Ruml es nicht über sich gebracht hatten, ihn leben . . . ihn die Schande des Lebens ertragen zu lassen. Es hatte keinen Sinn, es erklären zu wollen.

Und dann wachte er eines schönen Morgens plötzlich auf und stellte fest, daß Mele ihn schüttelte.

„Wach auf!“ sagte sie mit leiser, aber eindringlicher Stimme. „Wach auf, Jason! Die Ruml sind da! Eine große Flotte von ihnen ist in der Kreisbahn um die Erde. Du mußt aufwachen! Ich hätte das wahrscheinlich nicht wissen sollen, aber es kam durch das Radio im Schwesternzimmer, und ich habe es gehört. Und ich habe auch gehört, daß man dich wegbringen will – irgendwohin. Und wahrscheinlich erschießen. Die Nachtschwester hat es der Tagesschwester gesagt! Jason, wach auf. Vielleicht können wir vorher hier weg. Aber du mußt aufwachen, aufwachen!“

Er starrte sie benommen an, irgendwie gereizt, daß sie ihn immer noch schüttelte. Und dann begriff er. Er packte ihre Arme, die ihn schüttelten.

„Hilf mir aufzustehen“, sagte er. „Hilf mir beim Gehen.“

Sie half ihm.

Als er auf den Beinen war, versagten ihm beinahe die Knie den Dienst, aber er ließ nicht los. „Hilf mit“, sagte sie. Sie führte ihn, und sie gingen durchs Zimmer. „Swenson“, sagte er. „Ich muß mit Swenson sprechen.“

„Das kannst du nicht, Jason“, sagte sie. „Wir müssen dich hier rausholen. Die Schwestern . . .“

„Die sind jetzt nicht mehr wichtig. Ich muß Swenson sprechen. Darauf kommt es an!“

„Das geht nicht“, sagte Mele. „Oh Jason, sei doch kein Narr! Du bist jetzt nicht mehr in Swensons Händen. Du mußt irgendwie fliehen. Die glauben nicht, daß du dein Bett verlassen kannst, also haben wir noch eine Chance. Wenn wir auf der anderen Seite über den Korridor laufen, dort gibt es eine Feuertreppe . . .“

„Nein“, sagte er. „Hör zu, Mele – wenn die mich wegholen, mußt du versuchen, Swenson zu erreichen. Wenn die Ruml hier sind, mußt du zu ihm und ihm klarmachen, wie er sich ihnen gegenüber verhalten muß. Wenn er etwas falsch macht, werden sie angreifen, ebenso sicher, wie sie Kator getötet haben . . .“

„Aber sie werden auf jeden Fall angreifen . . .“

„Nein. Hör mir zu. Willst du mir zuhören?“ fragte er. „Wir haben wahrscheinlich nicht viel Zeit, bis man mich holt.“

„Ich höre zu“, sagte sie. „Wenn du das willst, hör’ ich dir zu. Aber, Jason . . .“

„Hör zu und paß gut auf“, unterbrach er sie. „Sag Swenson – es kann sein, daß er bereit ist, dir zuzuhören und das jetzt zu glauben, nachdem er gesehen hat, wie Kator starb und die Ruml kamen. Sag ihm, das Problem betrifft beide Rassen, die unsere und die Ruml. Beide Rassen haben den Instinkt, die Rasse zu bewahren und sie durch das Überleben der Tüchtigsten zu verbessern, aber wegen grundlegender Unterschiede in der Entwicklung sind zwei absolut verschiedene Kulturen daraus geworden. Kulturen, deren Instinkte mit Sicherheit einen Zusammenstoß herbeiführen werden, wenn sie einander nicht verstehen lernen. Kannst du das begreifen?“

„Ich . . . glaube schon . . .“ Sie führte ihn immer noch im Zimmer auf und ab.

„Ich hab’ ohnehin keine Zeit, es zu wiederholen“, sagte er. „Ich will also fortfahren. Unter den Menschen war die erste Schutzeinheit die Familie. Dann der Clan, der Stamm, und das dehnte sich aus bis zur Nation und der Gruppe von Nationen. Und dadurch kamen immer mehr Leute in die Kategorie ‚nicht fremd‘. Bis wir schließlich begannen, die ganze Bevölkerung der Welt in eine sich selbst schützende Gruppe einzubeziehen. Schön . . .“

Plötzlich hielt er inne; seine Beine zitterten. „Ich setze mich besser eine Weile“, sagte er.

Sie führte ihn zum Bett zurück, und er setzte sich auf die Kante, wobei er sich in dem lächerlichen Krankenhausnachthemd mit seinen Bändern am Rücken recht komisch vorkam. „Jedenfalls – das Auftauchen einer intelligenten fremden Rasse hat sowohl in uns als auch in den Ruml die alten, gegen Fremde gerichteten Schutzgefühle wachgerüttelt, jene Gefühle, die ihren Ursprung bei den Menschen in der primitiven Zusammenrottung der Familie haben – und bei den Ruml in etwas anderem.“

„Etwas anderem?“ wiederholte Mele.

„Ja. Das ist es, was ich dir erklären möchte. Der Instinkt, der Menschen dazu veranlaßt, sich im Angesicht der Gefahr vor einem fremden Feind zusammenzurotten, basiert auf den primitiven Banden der Zuneigung, und zwar nicht nur in der menschlichen Familie, sondern bei allen höheren Säugetieren. Das ist es, was Elefanten dazu veranlaßt, einen der ihren zu stützen, wenn ein Jäger ihn angeschossen hat. Diese Reaktion erwächst aus der Zuneigung zwischen Mutter und Kind, zwischen dem männlichen Elternteil – und so weiter. Aber die Ruml kennen diese Art von Zuneigung nicht.“

„Aber sie haben doch Familien. Du redest doch immer von ihren Familien.“

„Nicht im gleichen Sinne wie wir“, sagte Jason. „Ein junger Ruml verbringt die Jahre, in denen seine Persönlichkeit geprägt wird, nur halb bewußt im Tragebeutel seiner Mutter. Kurz nachdem er ihren Beutel verläßt – das wäre bei einem männlichen Kind etwa im Alter von zehn Jahren, aber die Ruml reifen schneller als wir –, hat er bereits vergessen, wie sie aussah. Die Jahre der Zuneigung eines menschlichen Kindes sind bei einem Ruml verloren. Die einzige Zuneigung, zu der sie auf individueller Basis fähig sind, ist eine Art warmer Bewunderung zwischen männlichen Wesen und eine momentane, vorübergehende Liebe zwischen Mann und Frau, die aber in keinerlei Beziehung mit dem Auftauchen ihres Kindes in der Rumlgesellschaft, zehn Jahre später, steht.“

Mele runzelte die Brauen.

„Aber . . . die haben doch eine Gesellschaft?“ sagte sie.

„Aber eine völlig andere Gesellschaft. Ich habe dir doch gesagt“, erklärte Jason, „daß bei ihnen die Familie nicht die Grundlage ihrer sozialen Reaktion ist. Aber sie haben den gleichen Rasseninstinkt für das Überleben. In ihrem Fall drückt er sich in ihrem Ehrbegriff aus.“ Er sah sie ernst an. „Begreifst du?“

Sie schüttelte den Kopf.

„Ich verstehe nicht, wie man Ehre . . .“

„Das ist es ja gerade. Ein Mensch kann sich das nicht vorstellen. Es sei denn“, sagte Jason mit einem schiefen Lächeln, „er hätte so wie ich eine Weile in einem Rumlgehirn gelebt. Du mußt es mir einfach glauben. Jeder wird es mir glauben müssen. Es stimmt. Glaub mir, ein Ruml reagiert ebenso stark und emotionell auf eine mögliche Bedrohung seiner Ehre oder seines Ehrsystems, wie ein Mensch auf eine Bedrohung seines Kindes reagiert.“ Jason stemmte sich vom Bettrand hoch. „Ich will wieder gehen. – Er reagiert ebenso stark und ebenso primitiv.“

„Aber warum?“ sagte Mele und half ihm. „Wie kann er denn auf etwas so . . . so Kaltes und Abstraktes reagieren? Ich meine, warum sollte er das?“

„Weil“, keuchte Jason und biß die Zähne zusammen, „weil das die Art und Weise ist, wie das Rumlsystem des rassischen Überlebens und der Auswahlprozeß beim Überleben der Tüchtigsten funktioniert."

„Wie?"

„Die Rumlrasse ..." sagte Jason. „Nein, ich will weitergehen ..." Seine Knie hatten ihm wieder den Dienst versagt, und er widerstand Meles Versuch, ihn zum Bett zurückzulenken. „Die Rumlrasse ist die ganze Zeit genau wie eine Armee, die auf einen General wartet. Jedes Individuum, das sie zu einem neuen Ziel führen will, der Besiedlung neuer Länder oder irgend etwas, das Platz für bessere Lebensbedingungen für die Rasse schaffen wird, kann ihre Dienste in Anspruch nehmen, indem er sich lediglich in eine Position begibt, in der ein solches Unterfangen gelingen könnte."

„Aber das ist doch unlogisch!" sagte Mele. „Die werden alle versuchen ..."

„Sicher!" sagte Jason grimmig. „Aber die Sache hat einen Haken. Wer sie anführt, wer versucht, ein Reich oder eine Familie zu gründen, so wie Kator es tat, muß Erfolg haben – oder untergehen. Er darf nicht den kleinsten, nicht den unwichtigsten Fehler machen. Wenn er nicht völligen Erfolg nach Hause bringt, so ist das ein Zeichen, daß der Glücksfaktor ihm nicht geholfen hat – er war also nicht der erwählte Führer und muß sofort beseitigt werden."

„Getötet?" fragte Mele.

„Du hast ja gesehen, was sie mit Kator gemacht haben", sagte Jason.

„Aber warum ihn töten? Ihn dafür bestrafen, daß er versucht hat ..."

„Nein", sagte Jason. „Jetzt kommt das primitive instinktive Element der Reaktion. Sozial betrachtet, glauben sie, daß sie ihn zur Strafe töten – aber der moderne Rumlsoziologe weiß, daß der wirkliche Grund ein anderer ist." Er wandte den Kopf und starrte Mele an. „Weißt du, wenn sie ihn leben ließen, könnte er es noch einmal versuchen und Erfolg haben. Und das würde eine Frage aufwerfen: Hat er Erfolg gehabt wegen seines angeborenen Genies, die Ruml zum Erfolg zu führen? Oder nur, weil er aus seinem ersten Fehler gelernt hat? Die Ruml töten jene, die nicht auf der ganzen Linie Erfolg haben, um sicher zu sein, daß sie die echten genetischen Talente bewahren. Weißt du, im Sinne der Entwicklung arbeiten sie unbewußt auf einen Superruml hin, ebenso wie wir unbewußt auf einen Supermenschen hinarbeiten."

„Aber“, sagte Mele, „das erklärt immer noch nicht, warum du sagtest, Kator sei eine Ausnahme unter einer Million von Ruml. Gibt es denn nicht mehr Ruml, die das versuchen?“

„Nein“, sagte Jason. „Das ist die Kehrseite der Medaille. Die emotionelle Blockierung im durchschnittlichen Ruml, die ihn daran hindert, den Versuch zu machen, ist ungeheuer stark. Es gibt einen Zug im Rassencharakter der Ruml, der gegen den Versuch der Gründung eines Reiches arbeitet. Die Angst vor dem Versagen ist ungeheuer – und die Angst, zugeben zu müssen, daß sie versagt haben, ist noch viel ausgeprägter. Deshalb war es eine so große Tat von Kator zurückzukehren – aber darauf wollen wir jetzt gar nicht eingehen. Worauf es ankommt ist, daß das Rumlindividuum oder die Rumlrasse, wenn der geringste Anlaß besteht, den Erfolg eines Unternehmens zu bezweifeln, nicht dazu gebracht werden kann, es zu versuchen. Höchstens in äußerster Not . . .“

Er hielt inne. Die Tür hatte sich geöffnet. Zwei große Männer in grauen Anzügen waren soeben hereingekommen.

„Sie haben mir zugehört!“ sagte Jason. „Haben Sie verstanden? Jetzt möchte ich Ihnen erklären, wie das uns betrifft . . .“

„Ich weiß nicht, wovon Sie reden“, antwortete einer von ihnen. „Wir sind gerade hierhergekommen. Sie müssen mitkommen – beide.“

„Er kann nicht gehen!“ rief Mele. „Er wollte gerade ein paar Schritte versuchen. Er hat die letzten drei Wochen auf dem Rücken gelegen.“

„Ich weiß“, sagte der Mann. „Dafür ist Sorge getragen. Wir haben draußen im Korridor einen Rollstuhl für ihn. Kommen Sie . . .“ Er griff nach Jasons Arm.

„Weshalb wollen Sie sie denn haben?“ fragte Jason, als man ihn zur Tür schob. „Wohin bringen Sie uns?“

„Sie können sich die Fragen sparen“, sagte der Mann, der seinen Arm hielt. „Sie bekommen doch keine Antwort.“

24

Die beiden Männer in den grauen Anzügen geleiteten sie zu einem Frachtaufzug und dann zu der Rasenfläche hinter dem Gebäude. Ein Luftwaffenhubschrauber erwartete sie dort. Zwanzig Minuten schnellen Fluges brachten sie zu einem großen Militärstützpunkt, den Jason kurz darauf erkannte. Fort Laude, auf halbem Wege zwischen Washington und Philadelphia. Der Helikopter senkte sich auf die Raumschiffpiste in der nordöstlichen Ecke der Anlage hinab.

Aber ehe sie die Runway erreichten, setzte der Kopter vor einem breiten rechteckigen Gebäude mit einem verglasten Kontrollturm auf. Sie wurden zu dem Gebäude gebracht, wo sie ein Lift in das oberste Stockwerk des Kontrollturms beförderte. Ein Fenster blickte auf die Piste hinaus. Und zwischen den Raumschiffsilhouetten dort unten sah er ein Schiff, das ihm vertraut vorkam, obwohl er es noch nie mit seinen menschlichen Augen gesehen hatte.

Erst jetzt erblickte er Thornybright. Hoch aufgerichtet und dominierend stand er in seinem blauen Anzug neben Swenson, Coth und ein paar anderen in Zivilkleidung. Alle wandten sich um, als Jason und Mele eintraten. Um Swensons Augen lagen tiefe, dunkle Ringe.

„Ich hab' denen gesagt", sagte Thornybright hinter Swenson, „daß Sie die einzige Chance sind, die sie noch haben, Jason. Und die haben mir zum erstenmal geglaubt."

„Lassen wir das jetzt", sagte Swenson, ohne den Kopf zu wenden. Er sah Jason an. „Das Raumschiff dort draußen? Erkennen Sie es?"

Jason blickte noch einmal durch das Fenster hinaus. „Dieses Schiff speziell kenne ich nicht", sagte er. „Aber es ist natürlich ein Rumlraumfahrzeug – der Typ, den man für Truppentransporte und Angriffe verwendet."

Coth wandte sich um und sagte zu einem der anderen Offiziere etwas, das Jason nicht hören konnte. „Die Offiziere des Schiffs", sagte Swenson scharf. „Können Sie sie erkennen?" Das Rumlschiff stand etwa dreihundert Meter entfernt. Jemand reichte Jason ein Fernglas. Als er das Glas nahm, begegnete sein Blick dem Meles. Ihre blauen Augen waren völlig ruhig und ruhten voller Zuversicht auf ihm.

Er hob das Glas an die Augen. „Ja", sagte er, als die Gestalten vertraute Umrisse annahmen. „Das ist der Kapitän, der dort am Fuß der Rampe steht. Der erste und der dritte Offizier stellen die Mannschaft auf. Der Schlüsselträger ist drinnen. Der kommt erst am Ende heraus."

Er studierte die Ruml in ihren Harnischen. Der Feldstecher war ein herrliches Gerät, leichter und viel schärfer als sein eigener. Mit einem solchen Glas hätte er gern die herbstliche Falkenwanderung über das Westufer des Lake Superior, nördlich von Duluth, beobachtet. Schließlich ließ er das Glas sinken und wandte sich wieder Swenson zu.

„Es ist noch niemand aus dem Schiff gekommen, den ich kenne", sagte er. „Die Mannschaft scheint genau nach Proporz aufgeteilt zu sein. Zur Hälfte Haken und zur Hälfte Stäbe, politisch betrachtet."

„Weshalb sind sie hier? Was wollen sie?" wollte Swenson wissen.

Jason sah ihn an.

„Sie sind hier, um zu verhandeln. Wenn Sie sie lassen", sagte Jason.

„Wenn wir sie lassen!" schnaufte Swenson. „Aber genau das wollen wir doch von ihnen!"

„Dann nur zu", sagte Jason. „Dann gibt es wohl nichts mehr zu reden, oder?" Er hatte eine Menge durchgemacht. Er konnte nichts dafür, daß seine Worte etwas bitter klangen.

Swenson starrte ihn an. „Wir wollen nichts falsch machen", sagte er schließlich.

„Endlich", sagte Jason und seufzte müde. „Endlich – Sie wollen nichts falsch machen. Ist auch Zeit . . ." Der Raum fing an, sich langsam um ihn zu drehen. Er spürte, wie er fiel, Hände griffen nach ihm und schoben ihm einen Stuhl hin.

„Er will nichts . . ." Er merkte, wie er lachte, schwach und unkontrolliert. „Er will nichts falsch machen . . . will nicht . . ." Lachen sprudelte hilflos aus ihm heraus, übertönte das, was er sagen wollte. Er spürte zum letzten Mal, wie er gleich einem Ertrinkenden unterging, wie die Hysterie ihn umfing . . .

25

Mele war plötzlich neben seinem Stuhl. Er spürte ihre Hände auf seinen Schultern und begann, gegen das Lachen anzukämpfen.

„Er muß sich ausruhen!" herrschte sie die Männer an.

„Nein." Jason begann wieder nüchtern zu werden und schüttelte den Kopf. „Ich bin bloß nicht daran gewöhnt, auf den Beinen zu sein, das ist alles. Wenn ich mich hinsetze, wird es schon wieder gut." Er lächelte. „Setzen wir uns doch alle."

Swenson zog sich einen Stuhl heran.
Die anderen blieben stehen.
„Schön", sagte Swenson. „Vielleicht haben Sie es mir schon einmal gesagt, und ich habe bloß nicht zugehört. Jetzt höre ich zu. Alles höre ich mir an, was Sie zu sagen haben. Alles."
Jason nickte.
„Es ist eine Frage der Urinstinkte, in uns und in den Ruml auch", sagte er. „Das müssen Sie begreifen, wenn Sie verstehen wollen, wie man mit den Ruml umgehen muß. Wie ich Mele schon sagte ..."
„Was Sie in dem Krankenzimmer sagten, ehe wir Sie hierherbrachten?" fragte Swenson. „Das haben wir mitgehört."
Jason sah ihn an.
„Wir haben Ihr Gespräch auf Band aufgenommen. Als wir anriefen, um zu veranlassen, daß man Sie hierherbrachte, hat der Mann, der das Gespräch überwacht hat, mir alles per Telefon durchgegeben." Er blickte zu dem Rumlschiff hinaus. „Nur zu. Verschwenden Sie keine Zeit. Fahren Sie von da ab fort, wo Sie aufgehört haben ..."
„Grundlagenforschung", sagte Jason. „Wenn wir die letzten hundert Jahre ein vernünftiges Grundlagenforschungsprogramm gehabt hätten, dann wären wir auf die Unterschiede im Charakter der Ruml vorbereitet gewesen, auf die Unterschiede, die es zwischen ihnen und uns gibt. Und wir hätten gewußt, wie wir reagieren mußten, wenn wir sie trafen."
„Wie hätten wir denn irgend etwas wissen können, ehe wir sie trafen?" fragte Swenson. „Ehe wir wußten, wie sie waren?"
„Sie begreifen nicht, wie Grundlagenforschung vor sich geht", sagte Jason. „Es ist eine Suche nach Wissen um des Wissens willen. Es sind hier auf der Erde Arbeiten durchgeführt worden, die uns vor einer Psychologie nach Art der Ruml hätte warnen können. Diese Warnung hat es gegeben; ich habe sie gefunden. Ich suchte eine Brücke, irgend etwas, das ihrer Rasse und der unseren gemeinsam war. Und ich fand diese Brücke in einem Artikel, den ein finnischer Zoologe im Jahre 1960 geschrieben hat.
„1960?" Swensons Stimme klang ungläubig.
„In einem Magazin, das sich *Natural History* nannte", sagte Jason. „Ich glaube, in der Januarausgabe. Der Artikel nannte sich *Ein Schlüssel zu der Wildheit der Bären,* und er war von einem Mann namens Peter Krott verfaßt. Der Artikel berichtete, wie er, seine Frau und seine Kinder ein Jahr lang zwei junge Bären in Freiheit in

den italienischen Alpen aufzogen. Und dann berichtete er die Schlüsse, die er nach einer einjährigen Beobachtung der beiden Tiere zog."

„Die Ruml sind wie Bären?"

„Nein ..." begann Jason und schüttelte den Kopf. Aber da unterbrach ihn einer der Uniformierten.

„Ein paar von den Fremden gehen wieder ins Schiff zurück!"

„Schon gut", sagte Jason. „Die holen jetzt bloß den Schlüsselträger. In einer Situation wie dieser kommt er nicht ohne Begleitung heraus – wo war ich?"

„Ruml sind nicht wie Bären, sagten Sie", antwortete Swenson.

„Richtig. Nur in einem winzigen Punkt sind sie einander ähnlich. Aber der Unterschied zwischen den Bären und den Menschen deutet auf den Unterschied zwischen den Ruml und uns."

Er hielt inne, spürte seine Erschöpfung.

„Nur zu", sagte Swenson.

„Was Krott entdeckte", sagte Jason, „war, daß die Jungen nach einer gewissen Wachstumsperiode eine bestimmte Verhaltensweise bei der Nahrungsaufnahme entwickeln ..." Jason sah sich in dem Ring der Gesichter um. „Weiß jemand von Ihnen etwas über Verhaltensweisen bei der Nahrungsaufnahme – wie bei den Haien zum Beispiel? Wissen Sie, was ein sogenanntes Ernährungsmuster ist?

Wenn ein Hai", fuhr er dann fort, ohne auf Antwort zu warten, „im Wasser Blut schmeckt, treibt der Instinkt ihn in eine Art Berserkerwut. Und in diesem Zustand läßt ihn das Reflexverhalten nach allem schnappen, nach einer Schiffschraube oder seinen eigenen heraushängenden Eingeweiden, wenn ein anderer Hai ihn gebissen hat, selbst im Sterben noch wird er weiter versuchen zu fressen. Diese Reaktion ist Teil seines Freßmusters. Das geht tiefer als die bewußte Kontrolle über seine Körperfunktionen."

„Aber die Ruml ..."

„Augenblick", sagte Jason. „Die Menschen haben ebenfalls Reflexe, auch wenn sie sie heutzutage mangels Gebrauch ziemlich tief vergraben haben. Reflexe, die unterhalb der bewußten Kontrolle liegen. Überlebensreflexe. Ein junges Kind unterhalb eines bestimmten Alters wird reflexartig angesichts der Gefahr oder eingebildeter Gefahr in die Arme des nächsten Erwachsenen kriechen. Das ist Teil des Überlebensmusters."

Er sah Mele an.

„Intellektuell war Mele der Ansicht, ich sollte das nicht tun, was ich tat, als ich jene Information auf Kators Recorder aufnahm", sagte er. „Aber das war intellektuelles Denken. Auf instinktiver Ebene gehorchte sie den Reflexen, mich zu schützen, weil sie mich liebte." Er sah zu Mele hinüber. Sie erwiderte seinen Blick.

„Die Bären, hat Krott festgestellt", sagte Jason, „entwickelten einen Reflex, der sie dazu veranlaßte, jede sich *bewegende* Nahrungsquelle anzugreifen. Obwohl sie mit der ganzen Familie sehr befreundet waren, griff eines Tages einer von ihnen Mrs. Krott an und riß ihr die Jacke herunter, um an ein paar Reagenzgläser mit Alkohol zu kommen, die sie in der Tasche trug. Der Angriff hatte nichts mit den Gefühlen des Bären für Mrs. Krott zu tun."

„Aber die Ruml . . .!" sagte Swenson ungeduldig.

„Das ist es ja", sagte Jason. „Die Ruml werden drei Jahre im Körper ihrer Mutter ausgetragen und nachher sechs Jahre in einem Beutel getragen, der dem des Beuteltiers ähnelt oder sagen wir: dem des Känguruhs. Und während dieser sechs Jahre sind sie nur halb bei Bewußtsein. Dann fangen sie plötzlich zu wachsen an, verlassen den Beutel und stehen binnen einer Woche auf eigenen Beinen. Sie verlassen ihre Mutter und nehmen binnen weniger Wochen extrem schnellen Lernens Sprache und Sitten auf. Binnen weniger Wochen sind sie kleine Erwachsene, individuell unabhängig und voll verantwortlich."

„So ist das also . . ." sagte Swenson langsam. „Wo wir denken, werden sie also von Reflexen geleitet – ist es das?"

„Und wir werden in Bereichen von Reflexen geleitet, wo sie wiederum denken", sagte Jason. „Während das junge Menschenkind lernt und sich in einer liebevollen Umgebung, der Familie, befindet, ist der junge Ruml im Beutel seiner Mutter noch nicht bei Bewußtsein. Wenn er diesen Beutel verläßt, ist er im Wesen erwachsen und unabhängig. Er wird sich kaum an seine Mutter erinnern, geschweige denn irgendeine Zuneigung oder einen sonstigen ähnlichen Reflex für sie empfinden. Und unter diesen Umständen konnten die Ruml natürlich nicht eine Gesellschaft auf den gleichen Grundlagen wie die unsere entwickeln."

„Nun?" fragte Swenson. „Was ist dann ihre Grundlage?"

„Sind Sie sicher, daß Sie die unsere kennen?" fragte Jason. „O ja, Sie sagten, Sie hätten gehört, was ich Mele im Hospital gesagt habe. Nun, ich will es noch mal wiederholen. Unser Instinkt als Menschen ist es, die Rasse als Individuum zu schützen. Den Ruml dagegen fehlen die ersten Jahre der menschlichen Entwicklung, und so haben sie statt dessen einen Impuls, die Rasse als Idee zu schützen – ein Ehrsystem, das dafür geschaffen ist, das Überleben der Rasse zu garantieren."

Er sah Swenson an.

„Darauf habe ich hingearbeitet", sagte er. „Ich habe einen Weg gesucht, die Ruml davon zu überzeugen, daß sie friedlich Seite an Seite mit den Menschen leben sollten. Einen Weg, der sich in Kategorien der Ehre, so wie die Ruml sie kannten, ausdrücken ließ – nicht in Kategorien unserer eigenen menschlichen Rechte und Gefühle für eine Sache, die die Ruml einfach nicht kennen. Genaugenommen existieren diese für sie überhaupt nicht. Für uns – zum Beispiel – wäre es unmoralisch, unseren besten Freund ungerecht zum Tode zu verurteilen, nur um andere damit zu beeindrucken. Für jemanden wie Kator gab es keine Verbindung zwischen den Moralbegriffen und einer solchen Handlung. Das einzig moralisch Wichtige für ihn war es, bei der Gründung seines Reichs Erfolg zu haben. Alles, das ihm dabei half, war moralisch, weil es darauf abzielte, die Rumlrasse zu verbessern."

Jason hielt inne und schloß wieder die Augen, um auszuruhen.

„Was ist dann für sie unmoralisch?" fragte Swenson, als sei es weniger sein Ziel, eine Antwort auf seine Frage zu bekommen, als Jason zum Reden zu bringen. Aber der lachte bloß.

„Ich bin froh, daß Sie diese Frage gestellt haben", sagte er. „Auf den Punkt wollte ich gerade kommen. Es ist unmoralisch, keinen Erfolg zu haben. Das ist es, was für die Ruml unmoralisch ist. Die ganze Rasse der Ruml ist wie ein Königreich von Untertanen, das bereitsteht und darauf wartet, daß jemand es übernimmt, jemand, der den Mut hat, sich die Krone aufzusetzen und es nach vorne in die Zukunft zu führen. Aber wenn er sich die Krone aufsetzt, muß er andauernd Erfolge liefern – das ist der Grund, warum nur ein Ruml unter Millionen es versucht. Jeder Mißerfolg – ganz gleich wie unbedeutend – ist sein Todesurteil. Deshalb habe ich diesen Abschnitt zu Kators Aufnahme hinzugefügt."

„Was meinen Sie damit?" fragte Swenson.

„Ich meine . . ."

„Augenblick mal!" unterbrach ihn einer der Uniformierten, der am Fenster stand und zu dem Raumschiff hinausblickte. „Jetzt passiert etwas. Es kommen mehr von denen heraus. Einer ist in der Mitte. Er hat eine Art Metallgürtel um . . ."

„Der Schlüsselträger." Jason versuchte aufzustehen. „Das wird der Schlüsselträger sein. Jemand sollte ihm entgegengehen . . .“

„Setzen Sie sich.“ Swensons Hand hielt ihn im Stuhl fest. „Sagen Sie uns, warum Sie das mit Kators Aufnahme gemacht haben.“

Jason lächelte traurig.

„Um zu beweisen, daß er versagt hatte“, sagte er. „Die Tatsache, daß wir die ganze Zeit über ihn Bescheid gewußt hatten, und die Tatsache, daß ich behauptete, daß wir ihn benutzt hatten, machten ihn zu einem Versager. Und damit war alles, was er getan hatte, unmoralisch statt moralisch. Er war ein falscher Anführer gewesen. Er hätte das Expeditionsschiff in die nächste Sonne jagen oder sich die Kehle durchschneiden müssen.“

„Warum hat er das nicht getan? Wußten Sie, daß er es nicht tun würde?“ wollte Swenson wissen.

„Ich wußte es“, nickte Jason. „Ich hatte wochenlang in seinem Körper und seinem Geist gelebt. Er war ein zu großer Mann – wenn Sie wollen, ein zu großer Ruml –, um es sich so leicht zu machen. Statt sich selbst zu töten und damit seine Schande zu beenden – und es ist eine Schande, die Menschen sich überhaupt nicht vorstellen können, Mitruml getötet zu haben, die sonst vielleicht Söhne hätten zeugen können, die wahre Führer geworden wären –, statt also das zu tun, beschloß er, mit seiner Schmach zu leben. Er beschloß, zurückzufliegen und es den Familienoberhäuptern auf der Heimatwelt zu sagen. Er entschied, sie zu bitten – Sie haben gesehen, wie er sie darum bat –, ihn lange genug leben zu lassen, daß er sein Wissen über uns an sie weitergeben konnte, wenn sie mit uns Verbindung aufnahmen. Und Sie haben gesehen, was geschah.“

„Sie haben ihn getötet“, sagte Swenson. Seine Augen waren hohl von Schlaflosigkeit und Nervenspannung. „Dann konnten die also nicht anders.“

„Doch, das konnten sie. Sie hatten ihm doch versprochen, einen Tag zu überlegen, ehe sie handelten. Erinnern Sie sich?“ sagte Jason. „Aber als es dann darauf ankam und sie vor der Tatsache standen, daß er ein Versager war, handelten sie, anstatt zu denken. So wie es uns allen ergeht, Ruml und Menschen, so wie es Mele erging, als sie vor der Entscheidung zwischen ihrem intellektuellen Gerechtigkeitsgefühl und ihrem instinktiven Drang, mich zu beschützen, stand. Ihre instinktiven Reaktionen behielten die Oberhand über ihre intellektuellen Zentren.“

„Aber jetzt sind sie hier“, sagte Swenson.

„Sie hatten genügend Zeit, es sich zu überlegen“, sagte Jason.

„Sie sind intelligent und zivilisiert. Sie haben inzwischen erkannt, daß es besser gewesen wäre, Kator der moralischen Pein zu überlassen, am Leben zu bleiben und ihnen zu helfen. Und sie glauben, wir seien ihnen gegenüber im Vorteil, weil wir über sie Bescheid wissen und sie nicht über uns."

Swenson starrte Jason an.

„Sie haben gewußt, daß sie ihn töten würden!" platzte es dann aus ihm heraus. „Sie haben gewußt, daß die Ruml Kator töten würden, als Sie diesen Abschnitt an seine Aufnahme hängten."

Jason spürte den Schmerz der Erinnerung wie einen körperlichen Schlag.

„Ja", sagte er. „Ebenso wie ich wußte, daß Kator genügend Größe besaß, zurückzukehren und nicht den leichten Ausweg des Selbstmords zu wählen. Das war die einzige Möglichkeit, die Ruml davon zu überzeugen, daß wir ihnen gegenüber im Vorteil waren."

„Aber . . ." Swenson starrte ihn aus hohlen Augen an. „Warum haben Sie alles auf die eine Karte gesetzt, uns einen Vorteil zu verschaffen? Wäre es nicht besser gewesen, durch Kator mit ihnen in Verbindung zu bleiben?"

Jason schüttelte den Kopf.

„Kator wollte nur sein Reich. Alles unterhalb dieser Grenze hätte für ihn ein Versagen bedeutet und sein Leben unerträglich gemacht, da er sich nun einmal die Aufgabe gesetzt hatte, ein Reich zu gründen. Sie denken jetzt wie ein Mensch. Aber für einen Ruml gibt es keinen goldenen Mittelweg. Nicht sein Leben ist wichtig, nur die Verbesserung der Rasse zählt."

Jason legte die Hände auf die Armstützen des Stuhles und schickte sich an aufzustehen.

„Wir mußten Kator aufhalten. Aber damit wurde ein Ehrproblem geschaffen. Es hätte ja sein können, daß wir irgendein anderes Individuum auf einer der Rumlwelten unterstützten, das seinerseits ein Reich gründen wollte. Diese Frage mußte – in Ehren natürlich – geklärt werden. Es war dabei ohne jeden Belang, daß die zivilisierten Ruml-Familienoberhäupter sich – rational – selbstverständlich eine friedliche Koexistenz mit uns vorstellen konnten. Ihr Instinkt aber sagte ihnen, daß wir eine Bedrohung für die Zukunft ihrer Rasse darstellten, weil wir Kators Plan vereitelt hatten – was wir natürlich tun mußten, um nicht seine Sklaven zu werden. Ihre Ehre verpflichtet sie, Schritte gegen uns zu unternehmen – wenn eines nicht gewesen wäre."

„Was denn?“ fragte Swenson. Er merkte, daß alle ihn jetzt anstarrten, selbst Thornybright.

„Der Kontrollreflex. Der Regulator. Sie sagen, Sie haben mitangehört, was ich Mele im Krankenhaus gesagt habe“, erklärte Jason. „Der Reflex, der beinahe alle Ruml-Individuen davon abhält, den Versuch der Gründung eines Reiches zu wagen. Die Ruml verstehen es nur, alles auf eine Karte zu setzen – oder es bleiben zu lassen, also überhaupt nicht zu wetten, um im Beispiel zu bleiben. Ihre ganze Kultur beruht auf der Entdeckung des reinen Talents. Für sie gibt es nur Erfolg oder Mißerfolg – und nichts dazwischen.“

Er sah seine Zuhörer an und erkannte, daß sie ihn immer noch nicht verstanden hatten.

„Wie ich schon sagte“, fuhr er fort, „die Angst vor dem Mißerfolg ist sehr ausgeprägt. Nur in äußerster Not, sozusagen mit dem Rücken zur Wand, als letzter Strohhalm des Ertrinkenden, ist die Natur der Ruml fähig, etwas in Angriff zu nehmen, bei dem auch ein Mißerfolg denkbar oder sogar möglich erscheint. Daher kommt es auch, daß sie keine Spiele kennen und ihre Duelle automatisch bis zum Tode durchkämpfen. Wenn man ihnen zeigt, daß man ihnen gegenüber einen Vorteil besitzt, so wie ich das in Kators Filmaufzeichnung tat, so drängt der instinktive Impuls die Ruml dazu, der Auseinandersetzung ganz aus dem Wege zu gehen.“

„Aber Sie sagten doch . . .“ Swenson zögerte. „Sie sagten doch, intellektuell wären die Ruml durchaus imstande, sich über ihre eigenen instinktiven Impulse hinwegzusetzen, so wie sie es auch taten, nachdem sie Kator getötet und sich die Zeit genommen hatten, über das Geschehene nachzudenken.“

„Stimmt“, nickte Jason. „Und deshalb sind sie jetzt hier. Wenn die menschliche Rasse irgend etwas unternimmt, womit ihr Sinn für das Überleben ihrer Rasse herausgefordert wird, werden sie kämpfen, hier und jetzt. Aber wenn eine solche Herausforderung vermieden werden kann – durch uns“, fügte er mit einem angespannten Lächeln hinzu, „werden die rationalen Zentren ihres Gehirns Gelegenheit haben, sich vorsichtig an die Idee heranzutasten und sich mit ihr abzufinden, daß sie mit Ungeheuern wie uns im gleichen Bereich des interstellaren Raums leben müssen.“

„Ungeheuern?“ sagte Thornybright, und das war das erste Mal, seit Jason hereingekommen war, daß er den Mund aufmachte. „Sehen die wirklich Ungeheuer in uns, Jason?“

„Warum nicht?“ fragte Jason grimmig. „Sehen wir denn nicht in ihnen auch Ungeheuer? Schließlich verfügen sie nicht über die Milch der frommen Denkungsart. Und wir besitzen, in ihren Augen, keine Ehre."

Swenson nickte. Und dann richtete er sich auf und blickte auf Jason hinab.

„Jetzt habe ich endlich begriffen", sagte er. „Ja. Ich glaube, wenn Sie es physisch schaffen, sollten Sie jetzt mitkommen und sie begrüßen. Wir möchten keine Fehler machen."

Er beugte sich hinunter und griff nach Jasons Arm. Der stemmte sich hoch und mühte sich, gerade zu stehen. Jetzt, da alles vorbei war, hatte er das Gefühl, als sei eine verborgene Kraftreserve plötzlich in ihm eingeschaltet worden.

An einer Seite von Swenson, auf der anderen von einem der Männer in Zivil flankiert, fuhren sie mit dem Lift hinunter und traten auf das Flugfeld hinaus. Ein niedriger Gepäckwagen erwartete sie. Sie stiegen auf die Plattform und fuhren zu dem Schiff hinaus, wo die Ruml in Reih und Glied hinter ihrem Schlüsselträger warteten.

Der Wagen hielt. Sie stiegen ab. Jason ging zwischen Swenson und dem Mann in Zivil bis auf ein paar Schritte auf den Schlüsselträger zu. Der Schlüsselträger starrte ihn an.

„Du ..." Der beinahe lippenlose Mund und die engen Kiefer verzerrten die menschlichen Worte beinahe bis zur Unkenntlichkeit. „Du bist der Angler."

„Ja", sagte Jason. Er nickte, mit einer Neigung seines Kopfes, die bei den Ruml als eine Geste respektvoller Zustimmung gebraucht wurde.

Der Schlüsselträger hörte auf, ihn anzustarren, und richtete sich auf. Er war ein älterer Ruml und trug einen Harnisch mit vielen daran befestigten Ehren. Das Haar seines Oberkörpers war beinahe gleichmäßig grau.

„Ich vertraue darauf", sagte er formell und präzise in der Sprache der Ruml, „daß ich unter Freunden bin."

„Ja", sagte Jason auf Ruml, „Schlüsselträger, hier seid Ihr unter Freunden."

Nachwort

Mit seinen etwa vierzig Büchern gehört Gordon Rupert Dickson gewiß zu den bekanntesten SF-Autoren, und seine Beliebtheit bei den Lesern ist groß. Und was die einschlägigen Auszeichnungen im Science Fiction-Genre angeht, so sind ihm auch diese nicht verwehrt geblieben: *Hugo, Nebula, E. E. Smith Memorial Award* und *August Derleth Award* wurden ihm für verschiedene Kurzgeschichten und Romane verliehen. Obendrein ist er ein ausgesprochen vielseitiger Autor, der in der Science Fiction gleichermaßen zu Hause ist wie in der Fantasy.

Er läßt sich am ehesten mit Poul Anderson vergleichen (jedenfalls in der Hinsicht, daß Anderson in ähnlichem Maße produktiv war und ist, mit Preisen ausgezeichnet wurde und eine breite Themenpalette anzubieten hat – inhaltlich gibt es durchaus Unterschiede). Tatsächlich sind diese beiden Autoren auch seit Studententagen – als sie Wand an Wand im gleichen Mietshaus wohnten und die Schreibmaschinentasten diesseits und jenseits der Trennwand im Dienste der Science Fiction klapperten – miteinander befreundet und arbeiteten gelegentlich auch zusammen.

Ein Ergebnis solcher Zusammenarbeit war ein Buch mit Abenteuern der Hokas, pelzigen Außerirdischen, die nicht fähig sind, die Literatur sowie die Metaphern der Menschen als solche zu begreifen – sie nehmen alles wortwörtlich, was zu kuriosen Ergebnissen führt. Ein kauzig-humoriges Buch, das unter dem Titel *Des Erdenmannes schwere Bürde (Earthman's Burden)* in der Reihe *Moewig Science Fiction* erschienen ist (Bd. 3530).

Noch etwas haben Gordon R. Dickson und Poul Anderson miteinander gemein, etwas, das angesichts der vielen Veröffentlichungen vielleicht zwangsläufig ist: Zwischen ihren größten Leistungen und der Masse ihrer Werke klafft ein breiter Spalt, das heißt, beide haben eine Reihe von Romanen geschrieben, die man eher als reine Unterhaltung ohne Ambitionen, als Lesefutter, sehen muß.

Was nun Gordon R. Dickson angeht, so sind sich Leser und

Kritiker zumeist darin einig, daß im Mittelpunkt seines Werkes der sogenannte *Childe-Zyklus* steht, an dem der Autor über die Jahre hinweg mit großer Ernsthaftigkeit gearbeitet hat und noch arbeitet. Da im Mittelpunkt der bisher veröffentlichten Texte die soldatische Kultur der Dorsais steht, sind sie gelegentlich als militaristisch mißverstanden worden – ein Vorwurf, der sich meines Erachtens nicht halten läßt, weder was die Texte noch die Grundeinstellung eines Autors angeht, der immerhin mit *Naked to the Stars (Gewalt zwischen den Sternen)* einen überzeugenden antimilitaristischen Roman geschrieben hat. Tatsächlich beabsichtigt Dickson mit dem *Childe-Zyklus* die Darstellung einer Menschheitsgeschichte von der Renaissance (die er als Geburtsstunde eines neuen Menschen ansieht) bis zum 23. Jahrhundert, einer Evolution, die zu einem neuen Selbstverständnis des Menschen führt.* Und eben dieses, Dicksons, Ringen um ein neues Selbstverständnis, steht auch hinter dem Roman *Herren von Everon (Masters of Everon)*, einem Text, der nichts mit dem *Childe-Zyklus* zu tun hat, aber wie *Naked to the Stars* oder *The Alien Way* zu den ambitionierten Romanen des Autors zu zählen ist. Der Mensch, so Dickson, steht nicht länger im Einklang mit der Natur, mit seiner Umwelt, letztlich mit den Gesetzen des Universums.

Dickson greift auf den Umweltbegriff eines Naturvolkes zurück, indem er mit Everon einen Planeten schildert, bei dem sich das Zusammenleben aller unterschiedlichen Glieder zu einem Bewußtsein der Natur manifestiert hat. Auch wenn dies vielleicht mit einigen mystifizierenden Beigaben versehen ist, so bleibt es ein sehr ehrlicher und überzeugender Ansatz, der den Leser über eine spannende Handlung hinaus für den Schutz seiner eigenen Umwelt sensibilisiert. *Herren von Everon (Masters of Everon)* erschien übrigens als Band 3513 dieser Reihe.

Der vorliegende Roman, *Mit den Augen der Fremden (The Alien Way)*, nach Meinung vieler Experten Dicksons bester Einzelroman überhaupt, erschien vor Jahren schon einmal unter dem Titel *Die Fremden* in einer deutschen Taschenbuchausgabe des kurzlebigen König Verlags. Die vorliegende Fassung folgt im wesentlichen dieser Ausgabe, wurde aber um die dort vorgenommenen Kürzungen des Originaltextes ergänzt. Dickson bemüht sich hier auf ein-

* Der *Childe-Zyklus* wird – erstmals ungekürzt und erstmals als Einheit – in der Reihe *Moewig Science Fiction* erscheinen.

dringliche Art um das Verständnis einer anderen Lebensform, deren Kultur auf anderen Werten als die unsere beruht. Dickson wirbt darum, „mit den Augen der Fremden" zu sehen, um diese Wesen zu begreifen und einen unsinnigen Krieg zu vermeiden. Ein humanistisch geprägter Roman, der zu den besten Titeln gehören dürfte, die sich mit der Psychologie von Aliens beschäftigen.

Hans Joachim Alpers